– 2 –

YASEMINS KAMPF

Eine Stimme unter Tausenden

Nurgül Sönmez

Bibliografische Information der Deutschen Nationalbibliothek: Die Deutsche Nationalbibliothek verzeichnet diese Publikation in der Deutschen Nationalbibliografie; detaillierte bibliografische Daten sind im Internet über http://dnb.dnb.de abrufbar.

Lektorat: Nurgül Sönmez
Korrektorat: Luther v. Georg - Corinna Feldmann
Weitere Mitwirkende: Gamze Taşdemir
Verlag: BoD · Books on Demand GmbH, Überseering 33, 22297 Hamburg, bod@bod.de
Druck: Libri Plureos GmbH, Friendensallee 273, 22763 Hamburg

ISBN: 978-3-7693-1920-0

YASEMINS KAMPF 2

Übersetzt aus dem Original türkischen, erschienen 2021 ©

Nurgül Sönmez

Übersetzerin / Lektorin: Nurgül Sönmez

Korrekturlesen: Corinna Feldmann

Korrekturlesen: Luther v. Georg

Buch Cover: Gamze Taşdemir

Buchsatz / Illustratorin: Gamze Taşdemir

Autorin:

✉ ns.nurgulsonmez@gmail.com

 nurgulsonmez

 nurgulsonmezofficial

Team:

g.tsdmrr@gmail.com

nurgulsonmezofficial

nurgulsonmez

Für alle Buchliebhaber...

Autoren Vita

Nurgül Sönmez

21.08.1979
Deutschland

In den Jahren zwischen 1995 - 2020 wurde sie oft ausgezeichnet.

Bereits im Jahr 1995, begann sie zu schreiben und verfasste unzählige

Gedichte, Songtexte und Romane.

Geschrieben nach wahren Begebenheiten. Die Rechte an über 50

Romanen und über 2500 Songtexten wurden von verschiedenen

Verlagen und berühmten Komponisten übernommen.

Nun steht sie nicht mehr hinter den Kulissen,

sondern mit ihren Werken mitten auf dem Podest.

Nurgül Sönmez
– Schriftstellerin –

WERKE DER AUTORIN

- **2014** erschien ihr erstes Buch Namens ANA (Poesi) (Türkisch)
- **2015** YASEMİN'İN SAVAŞI (Türkisch)
- **2017** YASEMİN'İN İNTİKAMI (Türkisch)

2021

- Matilda (Türkisch, Deutsch)
- 1001 GECE YERİNE – BİN BİR GÜN (Türkisch)
- STATT 1001 NACHT - TAUSENDUNDEIN TAG (Deutsch)
- YASEMİN'İN ÇARESİZLİĞİ 1 (Türkisch)
- YASEMİN'İN SAVAŞI 2 (Türkisch)
- YASEMİN'İN İNTİKAMI 3 (Türkisch)

2022

- Matilda (Englisch)
- YASEMINS VERZWEIFLUNG 1 (Deutsch)
- MAAROUF (Türkisch, Deutsch)
- INSTEAD OF 1001 NIGHT - THOUSAND AND ONE DAY (Englisch)
- YASEMINS KAMPF **2** (Deutsch)

2023

- YASEMINS RACHE 3 (Deutsch)

2024

- MAAROUF (Englisch)
- YASEMIN'S DESPERATION 1 (Englisch)
- YASEMIN'S STRUGGLE 2 (Englisch)
- YASEMIN'S REVENGE 3 (Englisch)

Alle Bücher wurden ins Französische üibersetzt und sind für die kommenden Buchprojekte geplant. Danach folgen Übersetzungen ins Arabische und Spanisch. Bei Interesse und Nachfrage auch in weiteren Sprachen.

Ihre Werke © basieren auf wahren Begebenheiten und unterstützen weiterhin soziale Projekte mit dem Erlös der Bücher.

Sehr bald auch als Hörbücher erhältlich!

Nurgül Sönmez
– Schriftstellerin –

Tausende Stimmen können die Hoffnung
für Eine Stimme sein

Kampf!

Yasemin begibt sich voller Trauer in ein fremdes Land.
Weder die Kultur noch die Sprache sind ihr vertraut.

Auch auf dieser Reise bleibt der Schmerz nicht lange fern.
Trotzdem ist sie fest davon überzeugt, nicht aufzugeben.
Entschlossen und voller Mut begibt sie sich in ihren Kampf.

Ein Kampf, der ihr alles abverlangen wird. Wird sie es
schaffen, sich und ihre Geschwister zu schützen?
Wird sie ihren Kampf gewinnen?

"*Geschrieben nach einer wahren Begebenheit*"

KAPITEL I

Mein geliebtes zu Hause!

Automatisch öffnete sich ein Eisentor vor uns. Der Fahrer fuhr langsam hindurch. Suat schrie erstaunt, lächelnd und überrascht: »Oh, was für ein schöner Anblick! Was für ein wunderschöner Ort das ist.« Ja, das war es wirklich, es war ein wunderbarer Ort.

Als wir unser Gepäck mitnehmen wollten, sagte der Herr des Hauses: »Was macht ihr da? Lasst los! Euer Gepäck wird hineingebracht.« Dann lächelte er wieder, als er sich zu mir wandte und sagte: »Ich wäre glücklicher, wenn du nur Hikmet sagst, mein Kind.« Sie waren sehr warmherzig, es reichte mir aus, nur das zu hören. »Hat euch meine Frau Filiz unterwegs von unserem Tagesablauf erzählt?«, fragte er.

»Ja, hat sie. Du hast sehr genau nachgedacht. Es wird uns allen guttun, wenn die Familien-Freunde zu Besuch kommen.«

Ich war fest entschlossen, meine Erfahrung zu erzählen, aber es war auch wichtig, dass wir gegeneinander Vertrauen aufbauten und Sympathie zueinander empfanden. Tatsächlich war die Aufregung groß. Wenn ich keine Nähe zu der Familie finden konnte, würde ich schweigen und nicht sprechen können. Zu mir selbst sagte ich: *»Ich hoffe, wir werden zusammenpassen.«*

Anschließend zeigte uns Hikmet, der Herr des Hauses und seine geehrte Ehefrau Filiz, die Dame des Hauses, das ganze Haus und die Umgebung.

Seht mich nicht an, wenn ich es ein zu Hause nannte, dies war eine sehr, sehr luxuriöse Villa. Der Zugang war durch ein großes Eisentor möglich. Die Gesamtfläche betrug siebzehntausend, sogar noch mehr siebzehntausendfünfhundert Quadratmeter. Der Eingang wurde mit einer privaten Sicherheitskabine und Kamerasystemen ausgestattet, die den gesamten Bereich zeigten. Dazu waren schwarz gekleidete Sicherheitsleute tätig. Nachdem wir einen langen Weg durch das große und weite Grünland gegangen waren, erschien die Villa direkt vor uns in ihrer ganzen Pracht. Sie hatte eine faszinierende Schönheit mit ihren Sitzgelegenheiten, dem Paradiesgarten aus bunten Blumen und Pflanzen, der den Menschen schon beim Zuschauen Ruhe gab. Alleine die Terrasse lag in ihrer ganzen Schönheit vor unseren Füßen. Das Vorhandensein eines großen Swimmingpools war wie der Name des Spaßes, der die Sommermonate zu den kühlsten Tagen machte. Ein großes Stück Land war für drei schöne Pferde und Reitplätze reserviert. Ein Stück weiter gab es ein wunderschönes Nebengebäude, das sorgfältig für das Personal gebaut und bis ins kleinste Detail durchdacht wurde.

Die Villa selbst verfügte über acht Parkplätze, von denen vier offen und vier überdacht waren. Die Außenansicht der Villa war ebenso großartig wie der Gartenbereich. Es war makellos und teilweise mit weißen und cremefarben Mosaiksteinen verziert. Moderne Laternen sorgten für ausreichendes Licht. Im Innenbereich konnte ich meine Überraschung nicht verbergen, als ich auf ein großes Wohnzimmer, zwei Küchen, ein Badezimmer und eine Toilette, einen bodentiefen Innenpoolbereich und ein türkisches Bad stieß.

Sobald ich den ziemlich großen und prächtigen Esstisch sah, war das Erste, was mir in den Sinn kam, dass es der Bereich war, in dem überfüllte Meetings abgehalten und Massen an Gäste empfangen wurden. Eine der Küchen war wie bei einer Restaurantküche eingerichtete, wie man es kannte. Sie wurde bis ins Detail akribisch durchdacht. Alle Vorbereitungen für die besonderen Gäste wurden in dieser Küche sorgfältig getroffen. Die andere Küche war sehr stilvoll mit weißen Hochglanzmöbeln eingerichtet, in der die täglichen Mahlzeiten zubereitet wurden. Es gab eine separate Tür für das Personal, um die Küche zu betreten. Es gab auch einen speziellen Bereich, der nur für sie gebaut wurde. An fast jeder Wand des Objektes hingen Gemälde, die von Filiz sorgfältig angefertigt wurden. Als ich die Treppe hochging, sah ich bei jedem Schritt weitere Bilder von Filiz, die stilvoll die Wände schmückten. Oben befanden sich die Räume für meine Geschwister und mich. Mein Zimmer hatte ein eigenes Bad, während meine Geschwister separate Zimmer und einen Gemeinschaftsbadebereich besaßen. Die Räume des Paares Hikmet und Filiz befanden sich im Obergeschoss. Es gab auch ein großes Kino. Alles war sehr luxuriös.

Jedoch hatte ich weltliches Eigentum gesehen, sie aber nicht verehrt. Sowohl Reichtum als auch Armut hatte ich erlebt, aber Gott ist der Geber und der Nehmer.

Überall im Haus herrschte Frieden, Liebe und Zuneigung. All die Schönheiten streichelten meine Seele.

Das Personal brachte uns allen Limonade. Es war das erste Mal, dass ich wie ein Kind behandelt wurde. Ich kannte dieses Gefühl nie. Denn ich war immer mit älterem, reifem Verhalten konfrontiert gewesen. Alle hatten höhere Erwartungen, als mein Alter es entsprach, und zum ersten Mal war ich hier ein Kind. Das erste Mal! Es fühlte sich gut an, ich konnte es nicht beschreiben, wie gut.

Hikmet und seine Frau Filiz stellten uns das Personal des Hauses vor. Der Gärtner Osman war mit Tante Meral verheiratet. Das Ehepaar war für die Familie und das Personal verantwortlich. Der persönliche Fahrer der Familie hieß Ahmet. Bei überfüllten Partys und Dinners wurden extra spezielle Chauffeure geholt, um die Gäste zu transportieren. Hasan war der Chefkoch des Hauses und mit ihm waren noch zwei weitere Köche tätig. Dilek und Elif waren für die Hausarbeit verantwortlich. Onkel Osman und Tante Meral managten das ganze Personal und weitere Anliegen der Familien. Außerdem gab es noch drei weitere Haushaltshilfen Natalia, Filiz und Selda. An diesem Tag trafen wir zum ersten Mal Onkel Osman, Tante Meral, Dilek und Selda.

Hier war es wie im Paradies. Die friedliche Natur spiegelte sich in meinem Gesicht wider. Als Suat seinen Lehrer Nihat kommen sah, rief er: »Mein Lehrer kommt.« Glücklich stand er auf. Plötzlich nahm der Lehrer das Tablett vom Personal an und brachte es selbst zu uns. Was für eine Überraschung!

»Die Getränke sind gekommen. Die Dienste sind von mir«, sagte er fröhlich und zauberte allen ein Lächeln ins Gesicht. Nachdem er die Getränke serviert hatte, begrüßte Suats Lehrer zuerst Hikmet: »Mein lieber Vater!« Als er seinen Sohn sah und dieser seine Hand küsste, leuchteten seine Augen. Er war sein ganzer Stolz. Dieses Gefühl ließ er in jeder Hinsicht spüren. Mit einer Hand streichelte er über seine Haare. »Willkommen, mein Sohn«, begrüßte er ihn liebevoll.

Anschließend war seine Mutter an der Reihe, die er auf elegantem Niveau die Hand küsste, dabei sagte er: »Meine Königin, liebe Mutter.« Aber er legte ihre Hand nicht auf seine Stirn, was ich das erste Mal sah, jemandem so die Hände zu küssen. Was für ein höflicher Umgang.

Auch seine Mutter war verzückt vom ihm. »Mein Sohn, mein Kind, mein einziger Sohn. Meine Augen waren schon auf die Suche nach dir. Willkommen zu Hause«, sagte sie mit einem warmen Lächeln. In diesem Moment sah ich auf Suats Gesicht, Traurigkeit, sein Kinn zitterte leicht und seine Augen waren voller Tränen. Sofort verstand ich den Zustand meines Bruders. Damals wandte sich sein Lehrer sofort an Suat, der auch die Tränen gesehen hatte: »Suat, willkommen!« Er küsste seine Wangen und umarmte ihn dann herzlich. »Yasemin, meine liebe Schwester, auch du bist herzlich willkommen!«, fügte er hinzu, küsste meine Wangen und umarmte mich auch wie ein liebevoller Bruder. Bei seiner Familie schien er noch freundlicher zu sein. Aber so schlimme Dinge waren passiert, dass es nicht einmal möglich war, warm und aufrichtig zu sein.

Zum Schluss wandte er sich an Kiraz, die er auch umarmte und küsste.

Zusammen setzten wir uns an den Tisch, wo er ohne zu atmen zur Sache kam: »Vater, Mutter, ich muss mit euch über ein sehr wichtiges Thema über Yasemin sprechen. Ich fahre morgen früh wieder ab, aber vorher müssen wir diese Angelegenheit besprechen. Notfalls müssen wir auch jetzt sofort eingreifen.« Ohne respektlos sein zu wollen, involvierte ich direkt: »Aber nicht vor meinen Geschwistern, definitiv nicht.« Alle hatten meiner Entscheidung zugestimmt. Suats Lehrer ergriff wieder das Wort: »Dann lass uns aufstehen und in einem anderen Raum reden.« Schon stand er auf, aber Filiz protestierte erstaunt über seine Reaktion: »Sohn, lass die Kinder atmen. Dann gehen wir und reden. Ist es so dringend? Was geht hier vor sich?« »Mutter, Vater. Es ist dringender als wir denken, lasst uns bitte reingehen, wir müssen notfalls sofort eingreifen«, sagte Nihat.

Daraufhin standen alle sofort auf ohne weiter zu widersprechen. In einem Raum nahmen wir unsere Plätze in Sesseln ein. Mein Bruder Nihat erzählte, was er gesehen und gehört hatte. Es waren gute und schlechte Dinge. Als er sich die Spuren der Schläge auf meinem Gesicht näher ansah, wurde er noch wütender. »Yasemin, erzähl uns, was passiert ist. Du musst nicht alles erzählen. Sag uns nur, was du kannst, du bist hier sicher. Dir wird absolut nichts passieren, da kannst du dir sicher sein«, forderte er mich auf. Filiz und Hikmet sahen sich ständig an: »Was geht hier vor sich?«, spiegelte sich die Frage in ihren Ausdruck wider.

Alle drei hatte ich sehr respektiert. Mit all meinem Mut konnte ich es am Telefon aussprechen, aber jetzt während ich ihnen gegenübersaß, so freundlich und herzlich begrüßt wurde, konnte ich ihr Leben und ihre Ansichten uns gegenüber nicht mit diesen Albträumen und Verrätern verunreinigen. Ich fing an zu weinen. Nein, ich konnte es nicht erzählen. Es fühlte sich an, als hätte ich meine Zunge verschluckt. Während Filiz aufstand und mich umarmte, meinen Kopf an ihre Schulter lehnte und mit einer Hand über mein Haar strich, begann Nihat zu sprechen:

»Yasemin, meine schöne Schwester. Du hast keine Schuld, das weißt du. Ich sehe dich, du musst keine Angst vor uns haben, wir sind deine Familie. Ich weiß, es ist schwer zu erzählen, es ist nicht einfach. Aber ich muss es jetzt mit Barmherzigkeit sagen.«

Damit konnte ich leben, ich nickte, aber ich konnte nicht aufhören zu weinen. Voller Scham versteckte ich mein Gesicht.

Bevor Nihat zu sprechen begann, übernahm Hikmet plötzlich in seiner vollen Weisheit das Wort: »Nihat, wurde Yasemin vergewaltigt?« Er hatte deutlich gefragt. »Ja, mein Vater. Ich habe sie gestern mit meinen eigenen Händen ihrer Tante übergeben. Es gab keine Anzeichen von Schlägen auf ihrem Gesicht. Sie wurde heute Morgen von ihrer Tante misshandelt und geschlagen. Als ihre Tante auf den Markt ging, wurde sie von ihrem Schwager vergewaltigt«, bestätigte er.

Schluchzer kamen über meinen Mund. Mein Kopf ruhte immer noch auf der Schulter von Filiz. Sein Vater ergriff sofort Maßnahmen. »Liebes, verlasse sie nicht, bleib bei Yasemin. Ich werde meine Freunde (Arzt, Inspektor, Kommissar, Staatsanwalt usw.) informieren, dass wir kommen. Alles Notwendige wird sofort eingeleitet. Wir fahren jetzt, macht euch bereit. Wir haben keine Minute zu verlieren«, gab er Anweisungen, anschließend stand er auf, um in seinem Büro zu telefonieren. Nachdem mir Filiz geholfen hatte, mein Gesicht zu waschen, gingen wir zusammen zum Auto.

»Was wird jetzt passieren?«, fragte ich Filiz ängstlich.

»Keine Angst, meine Tochter, wir fahren zuerst in die Klinik. Du wirst behandelt. Um eine Strafanzeige bei der Staatsanwaltschaft einreichen zu können, benötigen wir ein ärztliches Gutachten. Diese Phase mag für uns alle anstrengend sein, aber wir werden sie gemeinsam durchstehen. Es warten glückliche Tage auf uns, meine liebe Yasemin.«

All meine Sorgen und Ängste wurden mir nach und nach genommen.

Nachdem mein Gesundheitscheck vorbei war, wurde eine Hormon-Injektionstherapie durchgeführt, damit ich nicht schwanger wurde. Den genauen Namen kannte ich noch nicht. Aber später erfuhr ich, dass es ein Heilmittel gibt, um nicht schwanger zu werden. Es wird drei Tage lang gegeben. Der Kommissar, ein Freund vom Herrn des Hauses und Hikmet, kamen mit drei Polizisten ins Krankenhaus. Im Arztzimmer waren nur der Professor und ich. Die anderen warteten an der Tür.

Sie kamen ins Krankenhaus, damit wir keine Zeit verschwendeten. So erzählte ich, was sich zugetragen hatte.

Auf einmal, meinte der Kommissar: »Das ist jetzt genug, Kleines.« Bei meiner Aussage blieben mir die Worte im Hals stecken. Das meiste von dem, was ich sagen wollte, kam nicht über meine Lippen.

Nach der ersten Aussage erklärten sie mir, dass sie ihn sofort festnehmen und der Staatsanwaltschaft vorführen könnten und dass wir nach dem Krankenhaus zur Polizeistation gehen müssten. Währenddessen verhafteten sie bereits meinen Schwager.

Als ich so berichtete, blitzte das, was mein Vater mir damals auf der Polizeistation angetan hatte, wie ein Filmstreifen vor meinen Augen auf. Es war mein eigener Vater, der mich diesen Grausamkeiten ausgesetzt hatte, der mich daran gehindert hatte, auszusagen. Der die Bestrafung derer verhindert hatte, die seiner eigenen Tochter Unrecht zugefügt hatten und den Ruf seiner Tochter ruinierten.

Diesmal brachten mich die Annäherung einer Familie, wie ich noch nie zuvor so optimistisch und so herzlich Menschen kennengelernt hatte, zu Gerechtigkeit. Was zählte, war die Menschlichkeit, sie war unbezahlbar. Entweder war sie in den Herzen oder nicht. Dies war die Liebe Gottes. In dieser Gesellschaft fühlte ich mich wieder von Herzen sicher. Mit ihrer Ehrlichkeit, dem Glauben, dem Gewissenhaften und dieser Barmherzigkeit in ihren schönen Herzen.

Auf dem Weg vom Krankenhaus zum Auto sagte Filiz: »Meine liebe Yasemin, jetzt werden Hikmet und sein Freund, der Kommissar, den Haftbefehl von der Staatsanwaltschaft entgegennehmen. Die Person wird festgenommen, die dir das Böse angetan hat. Der Fahrer wird uns nun bei der Polizeiwache absetzen. Unser Anwalt ist da, ich habe auch meine Freundin, die Psychiaterin, informiert. Es wäre besser für dich, wenn du deine Aussage vor dem Kommissar und dem Richter in Anwesenheit eines Anwalts und eines Psychiaters abgeben würdest.«

Plötzlich fühlte ich eine Erleichterung in mir, ich sah mich einer Premiere gegenüber, die ich noch nie zuvor erlebt hatte. Diesmal war es ein >Kampf< für mich, sie würden mir zuhören und mich schätzen. Das ist also Familienliebe! Das nennt sich also Familienliebe!

In der Polizeistation wurden wir sehr gut bewirtet. Sofort brachten sie uns in das Zimmer des Kommissars und servierten uns Tee, Wasser usw. Die Psychiaterin Nalân, schien mir auch sehr warmherzig zu sein. Ihre Herangehensweise war sehr aufrichtig und liebevoll. In diesem Moment beschloss ich, mit ihr zu sprechen. Gleichzeitig hörte ich zu, was der Anwalt mit Filiz sprach. Sie waren formell, aber auch aufrichtig, da sie auch Freunde der Familie waren.

Dann kam Filiz zu mir und umarmte mich. »Meine liebe Yasemin, mein Röschen«, sagte sie in einem zuverlässigen und aufrichtigen Ton, dabei küsste sie mich auf den Kopf.

»Alles wird gut, glaub mir. Obwohl es für mich schwer zu glauben war, seufzte ich: »So Gott will.«

Der Kommissar und Hikmet waren auch in der Polizeiwache angekommen. Bevor sie in den Raum traten, ertönte eine Stimme im Flur. »Niemand verlässt den Raum, bis der Kommissar eintrifft«, sagte Herr Mustafa, der Anwalt. Plötzlich fühlte ich mich bei allem ein wenig nervös. Wir waren alle aufgeregt.

Hikmet wunderte sich über mich: »Wir sind bei dir, meine Kleine, hab keine Angst!« Er streichelte zärtlich mein Haar.

»Ich habe keine Angst mehr. Ihr habt mir so viel Selbstvertrauen gegeben, dass ich keine Angst mehr habe«, erwiderte ich.

Während ich meine Aussage zwanglos und schwer machte, waren nur der Anwalt, die Psychiaterin und der Kommissar im Büro. Hikmet, Nihat und Filiz waren in einem anderen Raum untergebracht, denn sie wollten nicht, dass sie der kriminellen Familie von Angesicht zu Angesicht gegenüberstanden.

Mein Schwager wurde festgenommen. Der Kommissar redete auf ihn ein: »Sie werden bald vor dem Haftrichter geführt. Sei aufrichtig! Sie werden dich dem Verbrecher stellen. Der Haftrichter wird Ihnen wichtige Fragen stellen. Sie müssen diese Fragen beantworten.« Dann wendete der Kommissar sich an mich: »Wir haben Ihre Arztberichte. Sie werden auch beim Haftrichter dabei sein. Wenn Sie nicht sprechen können, denken Sie daran, dass der Anwalt und die Psychiaterin bei Ihnen sind. Sie brauchen keine Angst zu haben. Das Gesetz steht hinter Ihnen. Dies ist ein demokratisches Land, niemand kann Ihnen schaden, niemand kann Sie unterdrücken. Sie haben Rechte.«

Natürlich war ich aufgeregt. Zum ersten Mal standen Leute hinter mir. Diejenigen, die Schäden anrichteten, würden ihre Strafe in dieser Welt und im Jenseits erleiden. Eine Stimme rief mich aus dem Korridor zum Haftrichter. Er wollte meine Aussage aufnehmen und bat mich, allein hineinzukommen. Vor ihm lag meine Akte, schnell überflog er die Seiten. Ich wusste nicht, wie ich mich verhalten sollte. Dann fing er an, uns zu befragen. Natürlich gab es Fragen, die mir schwerfielen. Beim Beantworten brauchte ich etwas Zeit und schluckte schwer.

Als ich merkte, dass ich Schwierigkeiten hatte, alles zu erzählen, bat ich um Erlaubnis, dass meine Psychiaterin und mein Anwalt den Raum betreten durften. Nach der Zustimmung wurden sie hineingeführt. Da ich nicht in demselben Raum wie mein Schwager aussagen wollte, war ich erleichtert, dass ich beistand erhielt.

Nachdem ich meine Aussage gemacht hatte, sagte mein Anwalt dem Haftrichter: »Wir werden Ihnen die schriftliche Stellungnahme noch einmal vorlegen, damit nichts in Ihrer Aussage fehlt.« Hikmet, Filiz, der Anwalt, die Psychiaterin und ich konnten gehen, nachdem wir die Aussage unterschrieben hatten.

Ich war müde. Das Ganze hatte mich erschöpft. Dieses Gefühl war erlösend, als ob die Last von mir genommen worden wäre. Die Chancen standen gut.

Was würde jetzt passieren?

Was würde ich als Nächstes erleben?

Ich wusste es nicht … Diese Ungewissheit war wie eine schwere Last für mich. Während mich Filiz mit einer Hand an der Schulter hielt, gab mir Hikmet auf der anderen Seite viel Selbstvertrauen. Ich hatte ein Gefühl von Traurigkeit und Schwere. Der Fahrer brachte das Auto zum Tor der Polizeiwache, öffnete die Türen und wartete auf uns. Ich ging Schritt für Schritt in ein unbekanntes Leben.

„Alles Gut" wird für immer meine Lieblingslüge bleiben.
Denn jeder glaubt sie und ich muss nichts erklären.

KAPITEL 2

Während Hikmet unterwegs war, rief er im Haus an und bat Suat und Kiraz, sich vorzubereiten. »Wir kommen, um die Kinder abzuholen«, sagte er und legte auf.

Dann rief er in einem Restaurant an und reservierte einen Tisch. »Halten Sie die Nebentische frei, ich brauche Ruhe«, bat er. In diesem Moment sah ich Filiz verwirrt an. Sie streichelte nur lächelnd meine Haare.

Anschließend rief er Eda, seine private Chefsekretärin an, der er auftrug, dass sogar die Kinderboutique geschlossen werden sollte.

»*Waren sie so reich?*«, ging mir der Gedanke durch den Kopf. Wir wollten keine Kleider oder Ausstattungen. Wir wollten nur ein normales Leben, Kind sein. Ein Leben unter normalen Bedingungen, mehr nicht.

An Hikmet und Filiz, die uns das Beste von allem bieten wollten, sagte ich beschämt: »Bitte, bitte, ihr bringt mich schon genug in Verlegenheit. Ihr habt mehr als nötig getan. Es besteht keine Notwendigkeit für das, was Sie jetzt tun. Wir wollen nicht so viel von Ihnen! Wie eine Mutter und wie ein Vater habt ihr uns eure Arme und die Tür eures Hauses geöffnet. Ihr habt uns unterstützt. Ich kann nicht mehr von euch verlangen. Bitte, ich bin verlegen.«

»Keine Sorge, mein Kind. Alles ist, wie es sein soll. Nachdem wir Suat und Kiraz abgeholt haben, gehen wir einkaufen. Wir gehen nach dem Einkaufen zum Abendessen. Wir haben

genug für heute. Morgen beginnen wir gemeinsam einen neu-
en Start. Ich hoffe, ein neuer Tag erwartet uns. Anschließend
werden wir über die Schule und den Tagesablauf sprechen,
damit wir Ordnung in euer Leben bekommen.« Hikmet und
Filiz drückten mir einen herzlichen Kuss auf die Stirn.

Es war das erste Mal, dass ich so viel Liebe, Respekt, Wert-
schätzung, Vertrauen und Sicherheit gekostet hatte. Was für
ein beruhigendes Gefühl es war, eine Familie zu haben und
Flügel von einem Schutzengel zu spüren. Ich hatte mich auf
den ersten Blick in beide verliebt. Sie waren warmherzig, aufrichtig und seriös. Der Frieden von Sicherheit stieg in mir auf.
Es war ein warmes Gefühl, sehr warm ...

Am Haus standen die Kinder vor der Garage. Nihat bot an:
»Ich werde dir mit Suat und Kiraz folgen und dich moralisch
unterstützen.«

Ohne Zeit zu verlieren, setzten wir unseren Weg fort. Die
Müdigkeit des Tages lastete auf mir. Das Gewicht der schmerzhaften Erinnerungen, die ich erlebt hatte, erdrückte mich. Im
Auto lehnte ich mich an die Schulter von Filiz. Ich war geistig
und körperlich müde. Ich wollte nirgendwo hingehen oder ir-
gendetwas tun, aber wir waren alle hungrig. Ich wollte ihre Pläne nicht verderben und durcheinanderbringen. Ihnen zufolge
hatten sie Träume für uns, was sie verwirklichen wollten. Ich
hatte Angst, dass ich sie verletzen könnte, wenn ich Einwände
dagegen hätte oder sie verhindern wollte.

Zuerst waren wir einkaufen. Die Boutique wurde wirklich für uns geschlossen und meine Geschwister von Kopf bis Fuß eingekleidet. Diesen Luxus war ich nicht gewohnt. Jedes Mal, wenn ich etwas in die Hände bekam, reichte ich es meinen Geschwistern.

Filiz hatte mich verstanden. »Wir werden wieder mit dir hierherkommen. Es war ein sehr emotionsreicher Tag für dich«, sagte sie. Zum Glück hatten sie meine Geschwister voll ausgestattet. Es war das erste Mal seit Tagen, dass ich sie so glücklich sah. Nach dem Einkaufen gingen wir ins Restaurant. Noch nie hatte ich an einem solchen Tisch gegessen. Ständig hatte ich Angst, etwas falsch zu machen. Sie aßen mit feinem Besteck, ich hatte es nie gelernt oder gesehen, mit Messer und Gabel zu essen! Sie leerten uns alles, dass uns im neuen Leben erwarten würde. Ich sagte; »Hallo!« zu einem Leben, das ich zum ersten Mal kennenlernte! Es war ein liebevolles Leben, das uns Sicherheit und Geborgenheit gab. Zuallererst sagten wir Hallo zu dem Leben, das uns dazu bringen wird, unsere Kindheit zu leben. Als wir an diesem Tag nach Hause kamen, war ich sehr müde. Filiz war fast wie ein Engel mit Flügeln um mich herum, um auf mich aufzupassen. Sie konnte meine körperliche und geistige Erschöpfung verstehen.

Diese Worte hatte Yasemin mir in einer Sprachaufzeichnung geschickt. Die Aufnahme, die sie gemacht hatte, füllte die ganze Kassette aus, die ich mir von Anfang bis Ende angehört hatte. Fast wäre ich in das Band schon hineingefallen, vor Spannung.

Als ich das Ende erreicht hatte, rief ich Yasemin an, um ihr zu gratulieren. Sie verdiente für ihren Mut, ihre Entschlossenheit, ihrem Kriegergeist, ihre Produktivität und ihren Anstand ein Lob. Am Telefon erzählte sie mir dann, dass sie mit dem dritten Band auch begonnen hatte, eine Audioaufnahme aufzunehmen. Über diese Nachricht hatte ich mich natürlich sehr gefreut.

Den Eintritt vor allem "WIE" Yasemin in mein Privatleben eingetreten war, unterschied sich von den anderen Menschen, mit denen ich im Leben Bekanntschaft gemacht hatte. Sie hatte Spuren bei mir hinterlassen. »Ich bin froh, dass sie eine der seltenen Menschen ist, die ich für wertvoll halte.«

Fast zwei Wochen waren bereits vergangen. Von der dritten Aufnahme, die Yasemin gestartet hatte, war keine Spur zu sehen. Wir hatten in den letzten Tagen kaum telefoniert, denn wir arbeiteten beide sehr hart und unter schweren Bedingungen. Die Möglichkeit, ihre Erfahrungen festzuhalten, hing auch von ihrer emotionalen Konzentration ab. Tatsächlich ging es in die dritte Woche, bevor Yasemins Kassette mich erreichte. Es weckte die gleiche Aufregung und Emotionen wie bei der ersten Kassette, die ich erhalten hatte. Ich wollte die Schicht beenden und mir die Aufnahme anhören. Yasemin setzte sie wie folgt fort:

Filiz kam mit mir ins Zimmer und versicherte mir ständig: »Das ist jetzt dein zu Hause, meine liebe Yasemin, meine schöne Tochter, alles wird in Ordnung kommen. Auch wenn heute unser erster Tag ist, schau, wie positiv er gelaufen ist.« Tatsächlich hatte sie recht. Von dieser Familie erfuhr ich die Liebe, Fürsorge, Wärme, den Wert, den Respekt und die Bedeutung, die ich nicht einmal von meiner eigenen Familie gesehen hatte.

Sie hatte die Wanne für mich gefüllt und tat ihr Bestes, damit ich mich ausruhen konnte. Als sie sich um meine Geschwister kümmerte, nahm die Müdigkeit des Tages in der Badewanne ab.

Von Zeit zu Zeit hatte ich Lust, so viel zu schreien, wie ich konnte. So hätte ich auf einen Schlag über das hinwegkommen können, was ich durchgemacht hatte. Aber ich konnte nicht durch die Wände schreien, die von einem Gefühl von Frieden und Sicherheit durchtränkt waren. Wenn ich wollte, würden sie mich auf jeden Fall lassen. Solange ich so schnell wie möglich zu mir zurückkam. Da war ich mir ziemlich sicher.

Nach einem schönen und entspannenden Schaumbad trocknete ich meine Haare, dann betrat ich das Zimmer meiner Geschwister. Filiz las meinen Geschwistern ein Märchen vor. Langsam näherte ich mich ihnen, als sie mir mit einer Hand ein Kommen-Signal gab. Sie öffnete leise die Bettdecke, ich war überrascht, denn dies hatte ich nicht erwartet. Überglücklich kroch ich unter die Decke. Ich konnte nicht beschreiben, wie schön es war. Ich denke, es war die beste Erinnerung, die ich nach diesen albtraumerfüllten Tagen erlebt hatte, ebenso an diese schönen, feinen Menschen, denen ich begegnet war.

Unter der Decke war Suat auf der linken Seite von Filiz eingeschlafen. Kiraz und ich lagen auf der rechten Seite. Mit der linken Hand hielt Filiz das Buch, ihre rechte Hand nahm sie von Suat legte sie auf meinen Kopf und streichelte mir statt Kiraz das Haar, mein Haar. Es war wie den Flügel eines Engels und den Arm einer Mutter zu spüren. Niemals würde ich dieses Gefühl eintauschen, auch wenn sie mir Millionen geben würden. Vor einiger Zeit wollte ich so laut schreien, wie ich konnte, aber jetzt lag ich ruhig auf dem Bett und lauschte einem Märchen.

Es gibt Menschen,
die lieben dich und es gibt Menschen,
die Lieben, was du für sie tust.
Erkenne den unterschied.

KAPITEL 3

Als ich morgens aufwachte, lag ich allein im Bett. Meine Geschwister und Filiz waren nicht mehr im Zimmer. Plötzlich war ich alarmiert. Sofort rannte ich in das mir zugewiesene Zimmer, zog mich um und hastete in den ersten Stock. Ich wusste nicht, wie spät es war. Als ich sie beim Frühstücken vorfand, war ich erleichtert. So kannte ich mich selbst nicht. Als ich mich dem Tisch näherte, entschuldigte ich mich bei allen für meine Verspätung. Tatsächlich war ich sonst immer eine der Ersten, die aufwachte und den Frühstückstisch zubereitete, aber alle hatten Verständnis.

Am Tisch wurde das Tagesprogramm besprochen. Es wurde erwähnt, dass Suat und ich an einer Privatschule angemeldet werden sollte. Darüber war ich erstaunt, sie wollten mich wieder in der Schule anmelden. Das konnte ich nicht begreifen. Ich hätte nie gedacht, dass das Thema einer hoffnungsvollen Zukunft, dessen Traum mir bereits genommen wurde, an diesem Frühstückstisch stattfinden würde. Den Traum, in die Schule zu gehen wurde zerschlagen, ich hatte ihn nie erreicht, war nicht einmal dort gewesen.

Erstaunt, aber höflich unterbrauch ich das Gespräch, als das Schulthema für Suat zur Sprache kam: »Ja, mein Bruder Suat darf die Schule nicht verpassen. Er sollte in der Schule angemeldet werden. Ich arbeite, ich trage die Schulkosten dafür selbst.«

»Nun, wenn du arbeitest, wie gehst du zur Schule?«, fragte Hikmet. Diese Frage blieb unbeantwortet. »Wir werden dich in der Schule anmelden, Yasemin. Auch du wirst wieder mit der Schule beginnen. Eine schöne und gesunde Zukunft erwartet euch alle«, sagte er dann.

Für einen Moment erstarrte ich am Tisch vor Überraschung. Natürlich wollte ich tief in meinem Inneren so viel lernen wie möglich, aber wie? Ich war noch nicht bereit. Außerdem war mir dieser Traum schon genommen worden. Die Freude und Hoffnung zur Schule zu gehen war verloren gegangen. Ich hatte so tiefe Wunden, dass ich am Tisch mit Seufzen abgelenkt war, denn ich fragte mich, wie ich mit diesen Wunden zur Schule gehen sollte.

Außerdem war Kiraz klein! *Wer kümmerte sich um sie, wenn ich zur Schule ging?* Zögernd teilte ich meinen Familienmitgliedern mit, was mir durch den Kopf ging. Ich erklärte meine Bedenken und Ängste, aber ich sprach auch von meiner Liebe zur Schule und meinem Traum, der mir genommen wurde. Vor allem sagte ich, dass ich kein kleines Mädchen mehr war und Verantwortung für meine Geschwister übernahm.

Mit seiner sanftmütigen, mitfühlenden und zuverlässigen Stimme beschwichtigte Hikmet mich: »Hab keine Sorgen oder Ängste. Gestern sprach Filiz mit unserer befreundeten Therapeutin Frau Nalân. Du kannst nach der Schule zu deinen Sitzungen gehen und deine Behandlungen weiterführen. Deine Wunden werden von Tag zu Tag heilen. Denk daran, dass mein Herr, der die Bürde auflastet, auch das Heilmittel gibt. Gott gibt niemandem eine Last, die er nicht tragen kann.

Es ist Gott, der die Heilung gibt. Zuallererst werden wir uns bei Ihm bedanken. Wir werden beten und hoffen. Wenn Er will, wird alles passieren, wenn Er sagt, dass nicht einmal ein Blatt vom Baum fällt, es sei denn, Er will es. Nicht alles Gute kann als gut angesehen werden, nicht jedes Böse kann als böse angesehen werden. Bitten wir daher immer um das Beste von unserem Herrn, und was immer das Beste ist, möge mein Herr es uns gewähren. Kiraz ist vier Jahre alt und Filiz arbeitet auch. Wir melden Kiraz im Kindergarten an. Dort lernt sie, mit anderen Kindern zu teilen, zu spielen, einen Schritt ins gesellschaftliche Leben zu wagen. Wir gehen zu Suats Schule, entdecken sein Talent und führen ihn dort ein. Ob Musik, Kunst, Sport, Wissen, was auch immer. Wir setzen unsere Kraft dort ein, um das Talent und die Fähigkeiten von jedem zu stärken und zu unterstützen, wo immer es ist. Das gilt für Kiraz und dich auch. Schau, Filiz ist eine sehr gute Künstlerin. Alle Bilder, die du an der Wand hängen siehst, gehören Filiz. Sie legte ihren Schwerpunkt auf die Malerei. Doch sie nimmt an allen Stellungen unserer Holding teil. Heute ist sie in der Lage, ein Meeting alleine zu organisieren. Ich schätze sie sehr. Sie ist eine erfolgreiche Geschäftsfrau. Mein Sohn und ich sind stolz auf sie. Ebenfalls ist sie die Direktorin, des von ihr gegründeten Mal Kurses. Sie arrangiert und organisiert Ausstellungen.

Ihr barmherziges Herz, das ich am meisten liebe und am bewundernswertesten finde, schlägt mit der Liebe Gottes. Kinder, vergesst auf keinen Fall, an Gott zu gedenken.

Alles wird gut, keine Angst oder Sorge. Ich hoffe, durch die Gnade meines Herrn wird alles in Ordnung sein. Denken wir in jeder Situation an unseren Herrn. Er ist der Einzige, der gibt und nimmt, vergiss das nicht, Kinder.«

Wie schön er sprach, diese Worte lagen mir immer noch in den Ohren. In meinen harten Tagen hielt ich an diesen Worten fest, sie gaben mir immer Kraft. Diese Worte verliehen selbst den Flügellosen Flügel, sie brachten das Verlorene auch aus dem bodenlosen Winkel heraus und erfüllten es mit Hoffnung.

Umgib dich mit jemandem,
dessen Augen dir sagen können, wie sehr du geliebt wirst.
Ohne dass ein einziges Wort gesprochen werden muss.

KAPITEL 4

Ungefähr eine Woche war inzwischen vergangen.

Als sie Suat an einer Privatschule anmelden wollten, erklärten sie, dass es ein Problem gab. Denn da ihre Mutter noch am Leben sei, müssten sie eine Erlaubnis von ihr haben. Ohne Erlaubnis könnten sie ihn nicht anmelden. Um keine Zeit zu verlieren, hätten sie schon alles versucht, um meine Stiefmutter zu finden. Bisher ohne Erfolg, sie war nirgendwo angemeldet. Es war, als sei der Boden gespalten, und sie darin versunken. Ich wünschte, es wäre so!

Unterdrückte eine Mutter ihre Kinder so? Wie konnte sie ihre Kinder verlassen, ohne nachzudenken? Was war das für eine Charaktereigenschaft? Was war das für ein Gewissen? Obwohl sie Mutter war, wie konnte sie ihre Kinder verlassen und einfach gehen? Nun, sie war gegangen, wie konnte eine Mutter ihr Kind dann umarmen, küssen und riechen? Würde sie nicht den Duft Ihrer Kinder vermissen?

Ich LEHNE sie ab …

ICH WEISE diejenigen ab, die so denken, wie sie …

ICH RESPEKTIERE diejenigen nicht, die ihre Kinder auf diese Weise verlassen …

Während Yasemin diese Worte aufgezeichnet hatte, hatte sie viel geweint, daher waren viele Schluchzer zu hören. Yasemin vergoss Tränen für ihre Geschwister, die von ihrem leiblichen Vater gezeugt und der Stiefmutter geboren wurden. Ihr Mitgefühl und ihr Gewissen waren klar, weil

Yasemin sie großgezogen hatte. Yasemin kümmerte sich um ihre Geschwister. Yasemin war ein Herz voller Gottes Liebe. Yasemin war nur ein kleines Mädchen, die Ungerechtigkeit, Skrupellosigkeit und Unbarmherzigkeit nicht tolerieren konnte. Die ihren Geschwistern im Laufe der Jahre die Zuneigung und Liebe von Mutter und Vater geschenkt hatte.

Ein kleines Herz, das sogar ihr eigenes Leben geopfert hatte, ein Mensch voller Wunden und doch voller Liebe.

Yasemin war nur Eine von Tausenden von Yasemins!

Bevor Yasemin mit den Aufnahmen fortfuhr, hatte sie sich ziemlich erholt und war wieder ganz normal. Die Aufnahme, die sie morgens unterbrochen hatte, endete mit der Fortsetzung am Abend.

Als sie mich in der Schule anmelden wollten, war das einzige Problem nicht, dass meine Eltern gestorben waren, sondern, Hikmet und Filiz hatten keine Rechte mir gegenüber. Sie konnten mich ohne Papiere nicht in die Schule einschreiben lassen.

So meinten Hikmet und Filiz, dass sie mich adoptieren wollten, während wir abends nach der Arbeit zu Abend aßen. Von diesen schönen Menschen hatte ich ein einmaliges Angebot bekommen, das mich wieder einmal positiv schockierte.

»Aber wie kann das sein!«, brachte ich meine Überraschung zum Ausdruck. Meine Filiz und Hikmet sagten in ihrer Weisheit: »Es gibt kein Problem, mein Kind. Wir können keine

Kinder bekommen. Schau dir deinen Bruder Nihat an, er wurde Lehrer, weil er es wollte, und wir haben ihm die Entscheidung selbst treffen lassen. Nichts passiert ohne Grund, alles ist vorbestimmt. Unser Schicksal ist vorbestimmt. Du hast uns gesehen, wir haben dich gesehen. Damit du eine gute Zukunft hast und wir Kinder bekommen, haben wir uns überlegt, dich zu adoptieren. Wenn du zustimmst, wird mein Freund den Staatsanwalt anrufen und ich werde diese Petition sofort an ihn weiterleiten. Aber da wir die Mutter deiner Geschwister noch nicht gefunden haben, könnte es bei ihnen ein kleines Problem werden. Aber es ist kein Problem bei dir, wenn du das auch akzeptierst.«

Wie konnte ich damals wissen, was Adoption war? Mit solchen Dingen hatte ich noch nie etwas zu tun gehabt. Was kann das Wort Adoption für jemanden bedeuten, der seit seiner Kindheit von morgens bis abends der Arbeit hinterherjagte, unterdrückt, verachtet und unterbewertet wurde? Wie konnte jemand, der unterbewertet war, das Konzept der Adoption kennen?

»Wie Sie es für richtig halten«, antwortete ich einfach. »WENN SIE ES FÜR ANGEMESSEN SEHEN.«

Was war das für eine großartige Antwort, oder?

In der Zwischenzeit war ein großer Suchtrupp in unser Dorf gefahren und recherchierte, wie und in wessen Auto meine Stiefmutter damals eingestiegen war, als sie unser Dorf verlassen hatte. »Wir werden sie mit Gottes Erlaubnis finden. Wir haben uns entschieden, auch deine Geschwister zu adoptieren.

Ihr habt das Recht, wie jeder andere Mensch richtig zu leben. Du hast auch das Recht, deine Kindheit zu leben, zur Schule zu gehen, von deiner Zukunft zu träumen und Eltern zu haben«, sagte Hikmet mit seinem mitfühlenden Herzen.

Mit meinen tiefen Wunden, die in meiner Seele gebrannt waren, hatte ich ohnehin nicht die Fähigkeit, vernünftige Entscheidungen zu treffen. Während sie sich bemühten, uns das Beste zu bieten, fiel mir nichts ein, etwas dagegen einzuwenden.

Ein paar Tage waren vergangen. Gegen Abend, als der Herr des Hauses Hikmet von der Arbeit zurückkam, kam ein Anruf. Eine Person namens Ahmet, der seit Jahren Hirte in einem unserer Nachbardörfer war, hatte das Auto mit den beiden gesehen. Während Ahmet seine Tiere am Brunnen, der am Straßenrand stand, trinken ließ, hielt dieses besagte Auto am Brunnen an und ein Mann näherte sich ihm. Jedoch die Frau war nie aus dem Auto ausgestiegen.

»Kennen Sie diese Person?«, fragte er den Hirten.

Auf diese Nachfrage gab er folgende Information an: »Er ist Automechaniker, er hat eine KFZ -Werkstatt. (Er beschrieb den Standort der Werkstatt). Als er mir sein Vieh aus unserem Nachbardorf gab, schloss ich sie hinter einem Zaun aus Reifen ein, damit sie sich nicht in den Gebieten, in denen ich Hirte war, zerstreuen würden. Diese Person hat mir die alten Reifen gebracht, aber ich kenne den Mann nicht näher. Es gab nur einmal ein Treffen. Warum hast du gefragt, Bruder?«

Freundlich bat Hikmet: »Das sind genug Informationen. Bitte sagen sie mir Ahmet, wo sie wohnen. Nur für alle Fälle.« Dann legte er auf.

Dies war eine interessante Entwicklung. Wir alle sahen Hikmet mit großer Neugier an. Er war sehr bescheiden und doch voller Hoffnung sagte er: »Morgen geschieht ein Wunder, da werden wir der Mutter von Suat und Kiraz näherkommen.« Vielleicht mag es manchen unnötig erscheinen, dass ich diese Probleme gerade auf einem Audio aufnahm, aber für mich war es das nicht. Auch nur eine Richtungsänderung, Verbesserung oder ein Hinweis in meinem Leben war mir sehr wichtig. Deshalb erzählte ich alles.

Fast drei Wochen waren vergangen, da sagte Suat zum ersten Mal zu Filiz: »Mutter!« Filiz schluchzte: »Mein Sohn, mein Sohn …«, und umarmte ihn. Seitdem sprach er Filiz als Mutter und Hikmet als Vater an. Als Kiraz das von ihrem Bruder mitbekam, begann sie sie ebenfalls Mama und Papa zu nennen. So entschied ich mich dafür, Mutter Filiz und Vater Hikmet zu sagen.

Am Tag nach dem Telefonat ging Vater Hikmet zu der Autowerkstatt und konfrontierten die Leute dort mit dem Vorfall. Der Mann, der Suats und Kiraz´ Mutter mitgenommen hatte, war schnell gefunden. Meine Stiefmutter verlangte einen exorbitanten Geldbetrag, um die Adoption frei zugeben und Vater Hikmet gab es ihr. Bis jetzt weiß ich immer noch nicht, wie viel sie verlangt hatte.

Während die Verhandlungen von Suat und Kiraz weitergingen, kam ein Privatlehrer zu uns nach Hause, um sie zu Hause zu unterrichten. Sie schickten mich auf eine Privatschule. Sie gaben mir ihren Nachnamen und adoptierten mich. Nach der Schule begann ich auch eine therapeutische Behandlung bei Frau Nalân. Viele Dinge hatte ich verschwiegen, ich konnte es nicht aussprechen. Selbst wenn ich es erzählt hätte, würde sie es sowieso nicht verstehen können. Heute war sie eine berühmte Therapeutin, denn ich sah sie oft in Fernsehsendungen, in denen sie eingeladen wurde. Sie war die Tochter einer wohlhabenden Familie, einer hohen Gesellschaft! Sie wurde gebildet, geliebt und geschätzt. Wenn ich ihr sagen würde, was ein Dorfmädchen wie ich durchgemacht hatte, würde sie es nicht verstehen. Nalân war warmherzig, ja, sie hatte eine süße, aufrichtige und zuverlässige Herangehensweise, aber ich sprach über unnötige Probleme, da ich den Gedanken hatte: »Sie würde mich nicht verstehen«. Im Laufe der Zeit näherte ich mich ihrer Aufrichtigkeit nur, indem ich ihre Fragen beantwortete. Als unsere Sitzung vorbei war, umarmten wir uns immer, anschließend ging ich.

Mutter Filiz fragte mich jedes Mal: »Versteht ihr euch gut?«

»Ja«, erwiderte ich immer, denn ich wollte sie nicht aufregen.

Manchmal realisiert man gar nicht,
was man alles ertragen und über sich ergehen lassen hat,
bis man es endlich einer geliebten Person erzählt.

KAPITEL 5

Mittlerweile waren seit unserer Etablierung Monate vergangen. Die Regelmäßigkeit des Tagesablaufs hatte sich eingespielt, wir setzten unseren Alltag fort.

Ab und zu kam auch mein Bruder Nihat vorbei. Dieses Mal war es zu Muttertag. Suat und ich wachten früh auf. Wir holten ihr Geschenk heraus und bereiteten das Frühstück vor. Auch mein Bruder Nihat kam in die Küche, um Vorbereitungen zu treffen. Wir sahen uns seltsam an. Es war der erste Muttertag und er war von dem Anblick, dass wir Frühstück vorbereiteten, fassungslos. Schnell hatte ich mich bei ihm entschuldigt, denn er war der Ältere. »Wir wollten unsere Mutter Filiz überraschen«, erklärte ich. „Das ist großartig, lasst uns die Vorbereitungen gemeinsam fortsetzen, als Geschwister. Lasst uns sie am Muttertag zusammen überraschen«, antwortet er glücklich. »Dieses Glück hat sie sich eigentlich jeden Tag verdient.«

Wir saßen als Familie am Frühstückstisch zusammen und hatten es alle genossen. In einem Moment, in dem ich mit Mutter Filiz alleine war, fragte ich: »Kann ich, meine in Deutschland lebende Tante anrufen?«

»Mein Kind, natürlich sie ist deine Tante, mütterlicherseits. Schütze dich und deine Familie vor Menschen, die dich verletzen, aber wenn es dein Herz so möchte, rufe sie natürlich an mein Kind. Grüße sie auch von uns«, meinte sie mit einem Lächeln.

Aus der Vergangenheit hatte ich eine kleine Erinnerungskiste, die ich meine Schatzkiste nannte, in der ich alles Gute und Schlechte über meine Vergangenheit aufbewahrte. Die Nummer meiner Tante in Deutschland war auch darin enthalten. So nahm ich das Telefon und ging in mein Zimmer. Ich setzte mich auf mein Bett und öffnete meine Schatzkiste. In diesem Moment stiegen viele Erinnerungen in meinem Kopf auf, ich war aufgeregt, um ehrlich zu sein. Als ich sie anrief, kam das Besetztzeichen. Eine Weile wartete ich, dann rief ich erneut an. Diesmal klingelte es und meine Cousine hatte den Hörer abgenommen. So stellte ich mich vor, aber er erkannte zuerst nicht, wer ich war. Ich denke, das war völlig normal. In einer Familie, in der es an Kommunikation mangelte, war es verständlich nicht zu wissen, wer ich war. Anschließend gab er mir seine Mutter ans Telefon.

»Yasemin? Mein Kind, wo bist du? Wie geht es dir? Gott sei Dank!«, erklang sie aufgeregt und zitternd. Ihre Stimme überraschte mich, sie erinnerte mich an die Stimme meiner Mutter. »Tante bedeutete für mich, eine Halbmutter zu sein, und heute ist Muttertag. Tante, alles Liebe zum Muttertag. Uns geht es gut, Gott sei Dank, wie geht es dir?«, erkundigte ich mich mit zitternder Stimme.« »Von wo rufst du an, mein Kind? Danke für den Anruf. Wie geht es dir, geht es dir gut? Ich bin aus Neugier gestorben, weil ich nicht wusste, wie ich dich und deine Geschwister erreichen sollte. Du hast das Dorf verlassen.

In einer wohlhabenden Familie lebst du, habe ich gehört. Was du durchgemacht hast, ich habe es nicht geglaubt. Ich sagte: ‚Meine Yasemin ist nicht so, oder entspricht das der Wahrheit, mein Kind?'«

Warum hatte mich meine Tante gefragt? »Ich habe nicht geglaubt, was ich gehört habe«, sagte sie. Aber sie hätte es glauben sollen, denn das war die Wahrheit. Warum sagte sie, *Yasemin sei keine solche Person?* »Wie ist es, in einer wohlhabenden Familie zu leben?«, fragte sie weiter.

»Was hast du über mich gehört, Tante?«, ließ ich nicht locker.

»Nein, mein Kind, egal. Wenn es nicht die Wahrheit ist, hättest du es trotzdem gesagt. Ich werde es dir nicht sagen und dich nicht aufregen. Dir geht es gut, darauf kommt es an. Plötzlich hast du deiner Stimme Gehör verschafft, die Welt wurden deine. Dank dir, Kleines«, meinte sie.

»Tante, was bedeutet das? Ich wünschte, ich hätte früher angerufen«, erwiderte ich.

Der Versuch, aufrichtig zu sein, klang überhaupt nicht überzeugend. Nach unserem Telefonat war ich in Gedanken versunken. Mit so einem Telefonat hätte ich nicht gerechnet.

Ich verließ mein Zimmer und ging zu den anderen. Mutter Filiz fragte, wie unser Telefongespräch verlaufen sei. »Sie war sehr neugierig, ihre Gedanken waren wohl immer bei mir. Sie wusste nicht, wie und wo sie mich erreichen sollte.

Sie habe viele Leute gebeten, herauszufinden, wo ich war«, antwortete ich. Liebevoll sagte Bruder Nihat: »Yasemin, sei nicht wütend oder beleidigt auf mich. Ich fühlte mich nicht wohl, weil du so sehr unter deiner Familie und deinen Verwandten gelitten hast. Ich möchte nicht, dass du verärgert oder verletzt bist. Deshalb habe ich dein Gespräch am anderen Telefon mitgehört. Ich weiß, dass ich deine Privatsphäre missachtet habe, aber es war nicht meine Absicht, sie zu missbrauchen. Mein Ziel war es, dich und deine Geschwister von denen fernzuhalten, die dich verletzt haben. Also bitte vergib mir, auch wenn es auf den ersten Blick unhöflich und respektlos erscheint.«

Eigentlich hatte er auf seine Art recht …

Heute war Filiz' Muttertag, heute war ihr Tag. Es war ein ganz besonderer Tag. Tatsächlich war jeder Tag so, aber in ihren Worten ausgedrückt: »Ich habe meinen Herrn um etwas gebeten, aber es ist nicht passiert, die Tugend, Mutter zu sein. Jedes Mal betete ich, dass mein Herr mich mit Seiner Keuschheit und Herrlichkeit leben ließ. Ich wollte ein Kind, Er ist der höchste Herr und gab mir vier. Ihr seid meine besten Geschenke. Ihr braucht mir keine Geschenke zu kaufen. Ich bin glücklich und danke meinem Herrn, dass er mir dieses Gefühl gegeben hat, Mutter zu sein.«

Diese Frau war eine echte Dame. Meine Mutter Filiz war eine keusche und würdevolle Frau und dazu noch wunderschön.

Die Wunden in mir waren tief, wie ein Vulkan, in dem ich lebte. Niemand kannte dieses Feuer, diesen Schmerz. Diesem Thema würde ich mich später noch klarer und tiefer zuwenden. Wenn meine Emotionen zu hoch kochten, war es mir von Zeit zu Zeit unmöglich, mich zu kontrollieren. Manchmal taten meine Wunden mehr weh. Dies war der Grund, warum ich manchmal das Thema wechselte, über das ich sprach.

Ab und zu ließ ich mich einfach so mitreißen. Wir waren alle auf der Terrasse. Suat spielte mit Kiraz Ball. Damals wurden viele Bilder gemacht. Wir waren alle sehr glücklich. Mutter Filiz und ich gingen zwischen den Blumen und Rosen im Garten spazieren. Was für ein tiefer Seelenfrieden war diese Angewohnheit. Mutter Filiz benannte ihre Blumen mit solcher Liebe und Fürsorge, was mich erstaunte.

Abends gingen wir als Familie zum Abendessen. Es war eine tolle Zeit gewesen. Nach dem Abendessen bereitete Mutter Filiz das Bett für meine Geschwister vor und las ihnen wie jeden Abend ein Buch vor. Mit meinem Bruder Nihat befand ich mich im Wohnzimmer. Mein Vater, Hikmet, war in seinem Privatbüro in den Akten versunken. Als Mutter Filiz zu uns kam, kam mein Vater Hikmet auch dazu. Wir spielten mit meinem Bruder Nihat, Mutter Filiz und meinem Vater Hikmet. Während des Spiels meinte Mutter Filiz: »Yasemin, sollen wir deine Tante einladen, was sagst du?« Darüber war ich sehr überrascht. »Ich denke nicht, dass wir es beschleunigen sollten«, gab ich von mir.

Hoffnung; manchmal ist es ein hoffnungsloses warten.

KAPITEL 6

Fast über ein Jahr war vergangen. Meine Geschwister und ich waren an unser Schulleben gewöhnt. Ich hatte sogar Freunde gefunden. Der Wert des Freundes stieg noch mehr, als es noch nie zuvor passiert war.

Suat nahm an Instrumentenunterricht teil. Sein Schwerpunkt war Geige, Klavier und Gitarre. Als sie hörten, dass ich Talent in meiner Stimme hatte, schickten sie mich zur Gesangsausbildung. So machte ich außerhalb der Schule und der Therapiestunden eine Gesangsausbildung. Wir hatten ein gutes und gesundes Bildungsleben.

Meine Schwester Kiraz hatte auch die Schule begonnen. Während alles gut und geordnet lief, erlitt Vater Hikmet einen Herzinfarkt. Unsere Familie war aufgewühlt, denn wir hatten große Angst. Er war unser Vater. Ich konnte mich noch sehr gut erinnern, dass ich viel geweint hatte, als wäre es gestern gewesen. Zwei Wochen lang wurde er in einer Privatklinik behandelt. Meine Mutter Filiz hatte immer heimlich geweint und ihre Tränen vor uns versteckt. Vor uns stand sie immer mit einem Lächeln, da hatte sie nie geweint. Meine Mutter Filiz war wie ein Engel.

Als mein Vater Hikmet aus dem Krankenhaus kam, rief er auch meinen Bruder Nihat an. »Komm diese Woche zu uns, wir müssen uns als Familie von Angesicht zu Angesicht unterhalten«, bat er. In dieser Nacht konnte ich nicht durchschlafen, weil ich neugierig war, worüber wir sprechen wollten. In Wahrheit hatte ich Angst und machte mir Sorgen.

Es war Wochenende und mein Bruder Nihat kam vorbei, aber er war sehr besorgt, weil unser Vater zum ersten Mal eine solche Bitte geäußert hatte. Das Wetter war schön, wir saßen alle in unserem großen und geschmückten Zelt im Garten und sahen unseren Vater Hikmet an, als wir darauf warteten, dass er sprach. Sofort kam er auf den Punkt:

»Hört gut zu, das ist mein zweiter Herzinfarkt. Alles geht von unserem Herrn aus. Es passt nicht zu uns, uns zu widersetzen oder Einwände zu erheben. Wenn unsere Zeit gekommen ist, werden wir alle ins Jenseits gehen. Früher oder später wird der Tod bei uns alle klopfen. Fürchtet euch nicht vor dem Tod, fürchtet euch nicht, daran zu glauben. Mein Herr wird uns bis zu unserem letzten Atemzug im Glauben leben lassen und ich hoffe, dass Er unsere Seelen als Gläubige annimmt. Wir wissen nicht, wann eine Person ins Jenseits gehen wird, nur Gott weiß es. Aber es ist noch nicht zu spät, um meinen Willen auszudrücken, Gott sei Dank. Nihat mein Sohn, du bist unser erster Augenschein. Du bist ein guter Sohn, Gott segne dich. Du hast deine Mutter oder mich in all den Jahren weder in Verlegenheit gebracht noch verärgert. Ich weiß, du wolltest schon immer Lehrer werden. Schüler unterrichten und ausbilden. Leeren und bilden. Deine Mutter und ich standen dem nie im Weg. Im Gegenteil, wir haben durch Gottes Erlaubnis alles so gemacht, wie du es wolltest.

Meine Bitte an dich ist; geh und übernehme unsere Geschäfte, bring dich dort nach und nach ein. Dieser Holding gehört nicht nur mir, sondern uns allen. Was, wenn: Wenn mein Herr sagt, dass Ihr Fälligkeitsdatum heute oder morgen fällig ist.

Übernehme mein Holding und führe das Geschäft fort. Sicher von Hunderten Arbeitern ihr Einkommen, ihr Lebensunterhalt und ihr Brot, mein Sohn. Wenn du sagst, dass mein Vater ein Recht auf mich hat, möchte ich, dass du meinen letzten Willen erfüllst. Komm, mach dich so schnell wie möglich an die Arbeit, wir zeigen dir alles von Anfang bis Ende. Deine Mutter und deine Geschwister sind zuerst Gott anvertraut und dann dir, mein Sohn. Ich vertraue dir. Ich bin sicher, du wirst viele Erfolge erzielen. Weil ihr meine Kinder seid, könnt ihr richtig von falsch unterscheiden. Ihr seid diejenigen, die die Liebe Gottes in euren Herzen bewahren. Ich habe nie an dir gezweifelt. Ich habe mich jedes Mal wohlgefühlt. Dies ist mein einziges Testament an dich.«

Nihats Kinn zitterte. Während er unserem Vater zuhörte, konnte er seine Tränen nicht kontrollieren. Meine Mutter Filiz hielt in einer Hand ein Taschentuch, in der anderen Vater Hikmets Hand und weinte. Wir waren alle fassungslos nach diesem Gespräch. Keiner von uns hatte mit einem solchen Gespräch gerechnet, aber es waren wichtige Themen, die besprochen werden mussten.

Mein Bruder Nihat sagte mit zitternder Stimme: »Ich werde keinen Fehler machen, mein Vater. Selbst wenn ich den Rest meines Lebens arbeite, kann ich dir deinen Wert nicht zurückzahlen. Ich verspreche es dir; Ich bin ab heute bei dir. Ich bin immer bei Euch, aber von heute an hoffe ich, dass ich dich in deinem Geschäftsleben begleiten kann. Ich möchte kein Problem verursachen, das dich verärgert, das weißt du.

Ich werde niemals Einwände gegen dich haben. Gib mir ein paar Tage; Ich muss erst mein altes Arbeitsleben geregelt abschließen, um mit dir einen Neuanfang starten zu können.«

Nach dieser Antwort war Vater Hikmet sehr glücklich. Er stand auf und sagte zu meinem Bruder Nihat: »Sohn, du bist meine erste Träne«, dann hatten sie sich umarmt und geküsst. Es war ein so emotionaler Moment, dass wir alle geweint hatten.

Meine Wunden wurden gesalbt. Damals dachte ich, sie seien geheilt, aber es stellte sich heraus, dass sie mein Heilmittel waren; Vater Hikmet und Mutter Filiz waren meine Mutter und mein Vater.

Ein paar Tage waren vergangen. Mein Bruder Nihat kam wieder und Hikmet bat meinen Vater um etwas mehr Zeit. Er erwähnte, dass sein Aufenthalt länger dauert. In diesem Moment sagte Vater: »Wenn der Schnitter an deine Tür klopft, gehst du bereit oder unvorbereitet, dafür ist keine Zeit. Je früher du kommst, desto besser wird es für uns alle sein. Dies ist mein letzter Wille, an dich. Ob du dich aufrichtig bereitstellst oder nicht, liegt bei dir. Ich habe dir meinen letzten Willen gesagt, mein Sohn.«

»Ich bin in zwei Tagen hier, mein Vater«, antwortete mein Bruder Nihat und hielt, was er versprach. Er brauchte sogar weniger als zwei Tage. Mein Vater fühlte sich jetzt wohler, dies spiegelte sich in uns allen wider. Es war eine sehr sensible Zeit.

Mein Bruder Nihat ging jetzt morgens mit meinem Vater und meiner Mutter Filiz in Holding. Meine Tante rief von Zeit zu Zeit an und fragte nach der Situation. Die Hausangestellten gaben meiner Mutter Filiz einmal das Telefon, als ich in der Gesangsausbildung war. Meine Mutter Filiz sagte, sie habe meine Tante eingeladen und würde die Kosten übernehmen, die das Angebot angenommen hatte.

Innerhalb eines Monats kamen meine Tante und mein Schwager für eine Woche aus Deutschland. Alle Ausgaben wurden von meinem Vater Hikmet und meiner Mutter Filiz übernommen. Meine Tante hatte mich bei unserem ersten Treffen fest umarmt, ich werde es nie vergessen. Meine Eltern hatten in dieser Woche eine sehr arbeitsreiche Zeit und sie führten gelegentlich Gespräche allein. Mittlerweile hatte ich mich an unser neues Leben gewöhnt und Angst, vor neuen Entscheidungen zu stehen. Ich dachte nicht daran, zu meiner Tante nach Deutschland zu gehen. Besonders nicht zu dieser Zeit, als mein Vater Gesundheitsproblem hatte. Die Wahrheit war, ich wollte nie nach Deutschland. Ich hatte mich sehr an unsere neue Familie gewöhnt, sie geliebt.

Wir lebten unser Leben sicher, unter den Fittichen derer, die unser Wohlergehen wollten. Alles, was wir tun mussten, war einfach aufrichtige und ehrliche Menschen zu sein.

Sollte es nicht immer so sein? Fiel es einem Menschen schwer, es zu sein?

Fair zu sein, erfordert Ehrlichkeit.
Beide gewinnen!

KAPITEL 7

Monate waren vergangen. Wir alle gingen unserem täglichen Leben ganz normal nach. Mein Bruder Nihat hatte auch
offiziell mit der Arbeit im Holding begonnen. Alles wurde ihm
gezeigt, von Anfang bis Ende, mit ihm wurde alles erneuert
und verändert. Auch er hatte sein Leben bei null wieder angefangen.

Der Ramadan nahte. Mein Vater Hikmet sagte, dass wir in
den Ferien zusammen ins Sommerhaus gehen würden. Alle
waren sehr froh, dass wir in den Urlaub fuhren. Es sollte mein
erster Urlaub werden, daher war ich aufgeregt.

An einem Tag würden wir gleich drei verschiedene Glücks-
gefühle kosten, denn es war der Hochzeitstag meiner Adoptiveltern, drei Tage Bayram und der Urlaub. Wir hatten unsere
Koffer gepackt und machten uns nach dem Frühstück auf den
Weg. Der Fahrer hatte unser Gepäck in beide Autos gepackt.
Vater Hikmet, meine Mutter Filiz und mein Bruder Nihat saßen in einem Auto, Suat, Kiraz und ich nahmen unsere Plätze
im anderen Auto ein. Wir fuhren in die Sommerfrische nach
Ayvalık. Die Fahrt dauerte etwa fünf Stunden. Hin und wieder
hatten mein Bruder Nihat und Suat unsere Reise mit Fahrzeug-
wechseln unterhaltsamer gemacht.

Endlich kamen wir im Sommerhaus an, aber ich konnte meinen Augen nicht trauen. Ein dreistöckiges Haus, eine luxuriöse
Villa, fast ein Palast erstreckte sich vor mir in die Höhe. Nicht
einmal eine Villa würde daneben verglichen werden können.
Es gab Gärtner, Diener, Hauspersonal, was immer man wollte.

Eine riesige Terrasse, dazu eine Dachterrasse mit Whirlpool erstreckte sich über dem Haus. Die Aussicht war großartig, man blickte direkt auf das Meer hinunter. Unten war der Pool, etwas weiter das Meer. Es war das erste Mal, dass ich mit einem solchen Anblick konfrontiert wurde. Ich rannte aufgeregt durchs Haus, um alle Etagen zu sehen. Es war wie ein Traum, und heute sagte ich, es war wirklich ein Traum. Gelebt und geschätzt, während ich in dieser Zeit gelebt hatte. Die Aussicht war außergewöhnlich und es war meine Familie, die sie außergewöhnlich machte. Die guten Tage vergingen schnell. Wir wollten nie wieder zurück, aber wir mussten.

»Wir kommen hierher zurück, wenn es dir gefällt, du kannst sogar ohne uns herkommen. Beruflich bedingt haben wir vielleicht nicht immer die Möglichkeit, in naher Zukunft einen Familienurlaub zu machen. Also könnt ihr kommen, wann immer ihr möchtet«, bot Vater Hikmet an. So bereiteten wir uns auf unsere Rückkehr vor und nach dem Frühstück begaben wir uns auf den Weg. Diesmal fuhr mein Bruder Nihat mit uns, der sagte: »Ihr wart noch nie allein, ihr frisch verliebten. Bleibt wenigstens jetzt unter euch.«

Unterwegs hatten wir gesungen und viel Spaß. Nihat konnte nicht genug davon bekommen, mir zuzuhören. Wir waren alle gut gelaunt. Nachdem wir ungefähr drei Stunden gefahren waren, fuhren wir nach einer kurzen Pause wieder weiter. Diesmal war unsere Energie etwas schwächer, wir waren müde.

Plötzlich bremste der Fahrer abrupt ab, alle waren erschüttert. Das Geräusch lag mir heute noch in den Ohren. Ich wurde mit einem albtraumhaften Anblick konfrontiert, dem ich nie begegnen wollte, an den ich nie gedacht hatte. Das Auto meines Vaters war von der Spur gekommen und unter einen Lastwagen geraten. Das Bild war ein Schock! Es war nur eine einzige Sekunde, die unser Leben veränderte. Mein Vater Hikmet und meine Mutter Filiz kamen am Tatort ums Leben. Schreien half nichts. Sie waren jetzt von dieser Welt verschwunden. Geschockt rannten wir um das Auto herum. Dem LKW-Fahrer war nichts passiert, Gott beschützte ihn. Aber später war ein weiteres Auto gegen die Ladefläche des Lastwagens geprallt, die Insassen wurden schwer verletzt. Die Straße wurde komplett gesperrt, obwohl der Krankenwagen etwas verspätet eintraf, konnte er diese Straßen passieren und zum Unfallort kommen. Sie holten meinen Vater und meine Mutter aus dem Auto.

Leute, die ich nicht kannte, hielten mich fest, damit ich dem Unfall nicht näherkam. Mein Auge sah weder Suat, meinen Bruder Nihat noch Kiraz. Ich wusste nicht, wer wo war. Vor Schock schrie ich. Ein Helikopter wurde für die Schwerverletzten beordert. »Nein, nein, nein! Es kann nicht sein! Geht nicht! Verlasst uns nicht!«, schrie Nihat, wie alle anderen war auch er betroffen. Er kniete auf den Knien, wir waren alle unglücklich und zerbrochen.

Gemeinsam fuhren wir ins Krankenhaus. Es war unmöglich, die erlebten Emotionen in Worten zu beschreiben. Die Wunden waren immer noch tief in mir. Dieses Bild war mir noch frisch in Erinnerung, ich konnte sie seitdem nie mehr vergessen. Ein unbeschreiblicher Schmerz, Verlust von Menschenleben, ein Feuer, eine tiefe Wunde herrschte in mir. Der plötzliche Tod meines verstorbenen Vaters Hikmet und meiner Mutter Filiz warf mich in ein tiefes Loch.

Mein Bruder Nihat rief im Haus an und sagte, ein Fahrer sollte die Kinder nach Hause holen und sich um die beiden kümmern. So wurden Suat und Kiraz abgeholt. Für meine Mutter und meinen Vater gab es keine Hilfe mehr im Krankenhaus. Mein Bruder Nihat und ich waren beide am Boden zerstört. Vom Weinen waren mein Gesicht und meine Finger taub. Ich konnte sie nicht öffnen, ich hatte so starke Schmerzen, dass es unbeschreiblich war. Das Erlebte hatte tiefe Narben auf meiner Seele hinterlassen. Es war mir nicht möglich, diesen Schmerz zu beschreiben.

Die engsten Freunde meiner Eltern strömten ins Krankenhaus. In guten und schlechten Zeiten waren immer alle da. Egal ob nah oder fern, alle waren gekommen. Ich war zu angeschlagen, um noch aufrecht zu stehen. Jeder kam, um mich zu unterstützen. »Man stirbt nicht mit den Toten!«, sagten sie zu mir. Das war uns natürlich bewusst. Du stirbst nicht mit den Toten, aber lasst mich wenigstens meinen Schmerz erleben, oder?

Sie hatten immer erwartet, dass ich die starke Yasemin bin und ich war immer stark. Ich hatte alles überwunden; mal indem man alles loswird, mal indem man tiefe Wunden bekam!

Von Zeit zu Zeit fragte ich mich, ob solche Situationen normal waren. Ja, es schien möglich; außer meinem Herrn hatte ich niemanden, der mich beschützte, der auf mich aufpasste. Aber ich möchte noch etwas sagen. Lasst mir meine Kindheit, dieses Alter, meine Jugend. Ich hatte es versäumt, ein Mädchen zu sein, also wie konnte ich mich dann heute als Frau fühlen? Meine Geschwister hatte ich immer wie einen Mann beschützt, ich fühlte mich nicht als Frau, obwohl mein Aussehen zu hundert Prozent weiblich war! Ich konnte nicht einmal Weiblichkeit erleben, weil alles, was ich erlebt hatte, eine schwere Last auf meinen Schultern war.

Eigentlich wollte ich jetzt nicht von Thema zu Thema springen, aber ich war ein Mensch, der laut dachte. Aber über die Jahre hatte ich alles in mich hineingefressen, da kam es in manchen Situationen vor, von Thema zu Thema zu springen. Lasst mich bleiben, wie ich bin. Jeder versuchte mich zu ändern, aber ich werde, ich sein und bleiben.

Yasemin, die ungelogen über eine halbe Stunde heulend und schluchzend ihre Audioaufnahme aufgezeichnet hatte, fiel in ein tiefes, schwarzes Loch. Ein Schmerz, der nicht vergleichbar mit anderen Schmerzen war, überkam sie.

Yasemin war eine starke Person! Sie hatte einen entschlossenen, ehrgeizigen, fleißigen und sehr geduldigen Charakter. Trotz all der Schmerzen und tiefen Wunden, die sie erlitten hatte, war sie immer noch ein bewundernswerter Mensch, die gefestigt auf ihren Beinen stand.

Wenn man sich ihre Audioaufnahmen anhörte, merkte man, dass keiner ihrer Sätze mit "ICH", begann. Wie könnte sie auch jemals so beginnen, wie ICH BIN? Lasst uns das Wort "ich" beiseitelegen, Yasemin konnte nicht einmal schmecken, "YASEMİN" zu sein. Während Yasemin anfing, "YASEMİN" zu werden, verlor sie ihre kostbare und wertvolle Familie. Sie blühte vor Liebe auf, öffnete interessiert die Augen, richtete sich mit dem Wert auf das, was sie sah, und als Ergebnis hatten wir eine funkelnde, reine, sehr schöne Yasemin Blüte, die erblühte.

Lassen Sie uns weiterlesen, was Yasemin uns erzählen wird, die fünfte Kassette und die Aufnahme gingen wie folgt weiter:

Ich war von Erschöpfung überwältigt, die Welt schien über mir zusammenzubrechen. Gute Menschen gingen früh fort. Ich wanderte im Haus von einem Zimmer zum anderen, sprach mit mir selbst und erlebte meine Trauer tief in mir. Das Haus war voll, zur Beileidsbekundungen kamen Journalisten von fast allen TV-Sender. Es waren Geschäftsleute, die im ganzen Land bekannt und anerkannt waren. Mein lieber Vater und meine Mutter waren leider nicht mehr unter uns. Alle waren da, nur sie nicht. Ich traf meinen Bruder Nihat im Haus. »Yasemin, es sind Journalisten und Leute vom Fernsehen hier, ich möchte nicht, dass du zu deiner Sicherheit gesehen oder erkannt wirst. Ich möchte nicht, dass dir etwas zustößt. Bis sie weg sind, bleib bitte außer Sichtweite«, flehte er mich an. Mein Bruder, der immer unser Wohlergehen wollte und in jeder negativen Situation eingriff, hatte recht.

Wenn das Leben eines Kindes
zu einem Wrack sich umgewandelt hat,
bedeutet das für ein Kinderherz, dass
"Alle Farben des Lebens verblasst sind" !

KAPITEL 8

Der kalte Wind Deutschlands weht uns entgegen!

Gemeinsam mit meinen Geschwistern und der Psychiaterin Frau Nalân ging ich nach oben. Nachdem Kiraz eingeschlafen war, hatten wir ein tiefes Gespräch mit Frau Nalân geführt. Vielleicht hatte sie nicht bewusst gefragt, aber die Frage, die sie stellte, berührte mich sehr und brachte mich zum Nachdenken. Über diese Richtung hatte ich mir nie Gedanken gemacht. »Na, was hast du jetzt vor? Wohin gehst du mit deinen Geschwistern? Willst du bei deinen in Deutschland lebenden Verwandten wohnen?«, erkundigte sie sich. Ihre Fragen hatten mich von diesem Tag an nachdenklich gemacht und abgelenkt. Vielleicht hatte sie recht, vielleicht lag sie falsch, diese Fragen zu stellen, vielleicht auch nicht. Diese Fragen führten mich zu der Idee, dass ich nicht vergessen sollte, wer ich war. Ich hatte das gezwungene Bedürfnis, mein Leben neu zu orientieren, wenn auch ungewollt.

Nachdem mein Bruder Nihat berichtet hatte, dass die Journalisten und Fernsehsender weg waren, kehrten wir in die Menge zurück. Mein Herz war voller Schmerzen. Aber diesmal war ich still, still und zurückgezogen. Diese Fragen überraschten mich, es war wie: »Du gehörst nicht zu dieser Familie, sie haben sich erbarmt, der Weg nach Außen ist für dich bestimmt.« Das überraschte mich, was passiert war. Ich war traurig, sehr traurig…

Zum ersten Mal in meinem Leben weinte ich wegen meiner Familie, die meine Güte wollte, die mir Liebe gab und mich vor allem wie eine echte Mutter und ein richtiger Vater umarmten.

Der Schmerz des Verlierens und des Verlustes stieg und stieg in mir hoch. Wer bin ich jetzt und wohin ich hingehöre, war die Frage, ich war fassungslos.

Morgen würden sie begraben werden. Im Inneren des Hauses wurden die Stimmen des Korans laut. Es waren alle Arten von Menschen in der Menge; alle möglichen Leute, Krokodile, die ein falsches Spiel spielten, bis hin zu Tränen, die tatsächlich vergossen wurden. Ich war umgeben von Leuten, denen es schwerfiel, mich zu akzeptieren und von Leuten, die mich aufgenommen hatten und dann hinterfragten. In diese Situation wollte ich nie kommen und auch nicht bleiben.

Während Suat von dieser Menge wegging, indem er seine Hand auf die Schulter meines Bruders legte, hatte Bruder Nihat Tränen in den Augen. »Yasemin! Suat!«, sagte er. Wir starten uns unter Tränen an und fragten uns, was wir uns sagen sollten. Er umarmte uns beide gleichzeitig. »Lasst mich in dieser Menge nicht allein«, bettelte er. Nihat war ein Mensch mit brennendem Herzen, ehrenhaft, erfolgreich, voller Liebe und Mitgefühl. In den letzten Tagen hatte ich viel über ihn nachgedacht und geweint.

Beschützend trat er zwischen uns, legte die Hände auf unsere Schultern, dann ging er mit uns zurück in die Menge. Im Laufe der Zeit zerstreuten sich die Leute, nur Verwandte und die engsten Freunde der Familie blieben.

Das Personal gab meinem Bruder einen eingehenden Anruf weiter. Mit seiner Hand machte er eine Geste und bat mich, zu ihm zu kommen. Als ich mich ihm mit meinem Kopf näherte, flüsterte ich: »Was ist passiert, wer ist am Telefon?« »Deine Tante ist am Flughafen, sie haben den Unfall und die Todesnachricht im Fernsehen gesehen. Sie kommen hierher, Yasemin«, antwortete er. Eigentlich war ich mit dieser Nachricht nicht glücklich. Natürlich hatte meine Tante bei keinem der Vorfälle, die ich damals erlebt hatte, die Schuld oder Verantwortung getragen. Sie mussten nicht die Sünde des Schadens tragen, den andere mir zugefügt hatten. Diese Ungerechtigkeit, diese Grausamkeit, die ich erlebt hatte, wurde von meinen Verwandten und meiner Familie verursacht. Mein Selbstvertrauen war erschüttert, ich war zerstreut und reaktiv. Ich hatte Ängste und war besorgt! Daher war ich nicht freundlich zu meiner Familie und Verwandten, aber vor allen, weil sie mir so wehgetan hatten.

An meinem Aussehen und meiner Körpersprache verstand mein Bruder Nihat, dass ich mit dieser Nachricht nicht glücklich war, dass ich Angst hatte und besorgt war.

»Hab keine Angst, behalte dein Herz immer rein und gut, glaube an Gott und an Seine Kraft. Solange du mit deinem Herzen an Gott glaubst und dich Ihm allein hingibst, wird unser Herr bösartige und bösdenkende Menschen von dir fernhalten und dich in einem Kreis beschützen. Solange du deinen Glauben und deine Liebe zu Gott nicht verlierst, selbst wenn die Person mit bösen Absichten auf dich zukommen, können sie diesen Kreis nicht betreten und dir Schaden zufügen. Ich bin auch da, außer wenn du es willst, dann lasse ich dich mit deiner Tante allein, vertrau mir!« So hatte er mich wieder beruhigt.

Ungefähr zwei Stunden später kam meine Tante mütterlicherseits, dabei wusste ich wirklich nichts über sie. Sobald sie mich sah, rannte sie los, um mich zu umarmen, damit alle es sehen konnten.

Alle aßen zusammen, aber ich wollte mich wegen der Hektik und Müdigkeit des Tages auf mein Zimmer zurückziehen. Das Personal des Hauses kümmerte sich um die Gäste. So wünschte ich allen eine gute Nacht, nachdem ich um Erlaubnis gebeten hatte, mich in mein Zimmer zurückziehen zu dürfen. Während ich mit Suat in unser Zimmer ging, drehte sich mein Bruder zu mir um, der fragte: »Yasemin! Hast du jemals darüber nachgedacht, warum deine Tante gekommen ist und dich besucht hat?« In diesem Moment konnte ich meinem Bruder nicht antworten, weil ich nicht wirklich darüber nachgedacht hatte. Gelegentlich bekam ich fragende Blicke zugeworfen. Ich fühlte mich nicht wohl bei ihren Beobachtungen und wie sie mich analysierten.

Als ich mich in mein Zimmer zurückgezogen hatte, begann Suat mich mit Frage zu nerven. Aber ich hatte so viel gelitten, sowohl wegen meiner Stiefmutter als auch wegen meines leiblichen Vaters. Alle meine Verwandten ließen mich allein unter Leuten, die mich verletzten. Von der Gewalt und Skrupellosigkeit meiner Stiefmutter, von der Zwangsheirat, über die Verleumdungen und Angriffe der Dorfbewohner, bis hin zur Vergewaltigung meines Schwagers. Meine Familie und Verwandten waren nicht für mich da gewesen und hatten mich nicht unterstützt. Bis die Hände meiner verstorbenen Familie uns erreichten, hinterließ die Einsamkeit der schmerzhaften Tage, in denen ich lebte, selbst in diesem Alter eine Spur auf meinem Gesicht. Die Frage, die Suat zu Recht stellte, plagte mich.

Als ich mich auf das Bett legte, dachte ich an die Ratschläge meines Bruders Nihat und analysierte sie. Dann schlief ich ein, ohne mir vorher die Bettdecke überzuziehen.

Am Morgen erwachte ich von den Küssen meiner Tante auf meinen Wangen. Plötzlich sprang ich erschrocken aus dem Bett. »Tu mir so etwas nicht wieder an, lass mich, lass mich los!«, fing ich an zu schreien und zu weinen. Zitternd rutschte ich bis an die Wand zurück, verängstigt versuchte ich, meinen Mund mit meinen geballten Händen zu bedecken. »Raus aus meinem Zimmer, raus, raus!«, schrie ich. Mein ganzer Körper bebte, es war das erste Mal, dass ich eine solche Attacke erlebte, ich hatte sogar Angst vor mir selbst. Aufgrund der Albträume, die ich durchlebt hatte, kniete ich mich nieder, zog meine Knie heran, umklammerte sie und versuchte, das Zittern meines ganzen Körpers zu unterdrücken.

Während meine Tante verwirrt das Zimmer verließ, trat mein Bruder Nihat ein. Ängstlich und besorgt rannte er auf mich zu, nahm mich unter seine Flügel und legte meinen Kopf auf seine Schulter. »Weine Schwesterherz, weine! Denke daran, du bist nicht allein, es gibt Gott und ich bin bei dir. Von nun an wird dir niemand mehr schaden können, niemand wird dich anfassen können. Sei nicht ängstlich!«, sagte er. Langsam beruhigte ich mich bei seinen barmherzigen Worten. »Ich hatte solche Angst, ich hatte solche Angst, Bruder!«, schluchzte ich.

Als ich den Kopf anhob, sah ich, wie meine Tante vor der Tür stand und sich die Hand vor den Mund hielt.

Tatsächlich schämte ich mich danach sehr für mein Verhalten. Dieser Angriff war die Folge meiner Ängste und Albträume. Nachdem ich mich beruhigte hatte, sagte ich: »Mir geht es gut, danke Bruder. Ich mache mich fertig und komme dann runter.« Der Vorfall machte mir jedoch große Angst, ich konnte mich nicht wirklich erholen, aber ich hatte eine Beerdigung vor mir. Ich musste mein Gleichgewicht darauf konzentrieren. Seitdem bekam ich öfters diese Attacken.

Auf dem Weg nach unten lauschte ich schweigend den Gesprächen meiner Tante und meines Bruders Nihat. Um nicht gesehen zu werden, versteckte ich mich hinter der Korridortür im Wohnzimmer.

Während meine Tante die Warum-Weshalb-Wieso-Fragen stellte, war mein Bruder Nihat nervös und misstrauisch. So erklärte er, dass wir adoptiert wurden, daraufhin meinte sie zu meinem Bruder: »Also ist Yasemin jetzt an ihrem Vermögen beteiligt?« Auf diese Frage hin beendete er das Gespräch sofort. »Ich möchte Yasemin und ihre Geschwister mit nach Deutschland nehmen. Sie ist noch keine 18 Jahre alt, nach 18 kann dieser Prozess schwierig werden. Yasemin und ihre Geschwister kommen nach Deutschland! Ich bin ihre Tante!«, reagierte sie mit einer heftigen Reaktion.

Über dieses Gespräch war Nihat schockiert. In diesem Moment kam Suat die Treppe herunter. Schnell kam er auf mich zu. »Sei bitte leise!«, bat ich ihn.

Anschließend gingen wir ganz normal die Treppe hinunter, um nicht erwischt zu werden. Durch die Hintertür gingen wir durch den Garten. Die Familie saß am Frühstückstisch, aber mein Bruder Nihat und ich hatten keinen Appetit. »Deine Tante möchte dir etwas sagen, Yasemin«, sagte Nihat. Ich sah meine Tante mit leeren und bedeutungslosen Augen an.

»Tante, bevor wir reden, meine Reaktion vorhin war nicht auf dich bezogen. Ich möchte nicht, dass du deswegen beleidigt bist«, erklärte ich. »Du wirst geheilt und es wird dir besser gehen«, antwortete sie kühl. Da ich den restlichen Gesprächen nicht zuhören konnte, verstand ich nicht, warum sie so kalt und reaktiv war.

»Entschuldigung Yasemin! Ich habe gerade auch schlechte Tage hinter mir. Da wir gerade alle zusammen sind, möchte ich mit euch über etwas sprechen. Du bist noch keine 18, daher möchte ich, dass du mit deinen Geschwistern nach Deutschland kommst. Du kannst nicht hierbleiben, schau, sie sind gestorben. Der Ast, an dem du dich festgehalten hast, ist gebrochen. Du hast keine Wahl und kannst nicht hierbleiben. In Deutschland erwartet dich ein anderes Leben«, meinte sie. Während sie ihre Rede fortsetzte, beobachtete ich die Reaktionen meines Bruders Nihat. Er zeigte sein Unbehagen beim Sprechen, indem er die Gabel auf seinen Teller knallte. In diesem Moment reagierte auch ich: »Tante, wir haben eine Beerdigung, bitte, zolle Respekt.«

»Du hast recht, ich entschuldige mich bei dir und bei euch«, erwiderte sie mit einem leichten Lächeln. Die Sache war erledigt. Während die Kinder und meine Tante frühstückten, kamen unser Anwalt mit einem Familienfreunde herein.

Aus irgendeinem Grund kam mir in diesem Moment immer der Gedanke, dass die Profiteure immer an erster Stelle stehen. Das hatte natürlich einen Grund, denn sie waren wirklich auf Gewinn aus. Ich konnte benennen, wer was war, was sie dachten und wer sie wirklich waren. Aber bei der Umsetzung waren meine Hände gebunden. Wie konnte ich, die als Kind immer schweigen sollte, plötzlich den Mund aufmachen? Aber ich hatte keine Angst, es meinem Bruder Nihat zu sagen. Er selbst legte mir immer die Hand auf die Schulter.

Wir hatten meinen Vater und meine Mutter beerdigt. Es war sehr schmerzhaft, meine Wunde war frisch und blutete. Nur diejenigen, die einen solchen Verlust erlitten haben, konnten mich verstehen. Wer sonst könnte das Herz verstehen, das schmerzte und blutete, als ob sein Leben verloren wäre!

Als eine enge Freundin meiner Mutter, die Psychiaterin Nalân kam, wollte sie nicht gehen. Ich mochte ihr Verhalten in letzter Zeit nicht. Es war, als hätte sie es auf meine Geschwister und mich abgesehen. Diese Person, die um meinetwillen kämpfte, als meine verstorbene Mutter Filiz und mein Vater Hikmet am Leben waren, brachte nun jeden Tag neue Ideen hervor, um mich loszuwerden.

Der größte Kampf findet im Herzen statt!

KAPITEL 9

Ein paar Tage waren nun seit der Beerdigung vergangen. Meine Tante war für ein paar Tage, um ihre eigenen Angelegenheiten zu klären, gegangen, um zu den Verwandten ihres Mannes zu fahren. Frau Nalân hingegen kam und ging, als würde sie sich immer über mich lustig machen. »Was passiert jetzt, wohin gehst du?«, erkundigte sie sich. Langsam fing ich an, mich unwohl zu fühlen, aber ich konnte nichts tun. Es war, als wäre ich eingesperrt. Genau drei Tage nach der Beerdigung, als ich meinen Bruder Nihat und Frau Nalân im Garten im Gras sitzen sah, die sich unterhielten, begann ich unwillkürlich zuzuhören. Sie wollte etwas, das hatte ich gespürt. Ich hatte ihre Absicht verstanden. Meine Ansichten ihr gegenüber änderten sich von Tag zu Tag.

Fast eineinhalb Stunden lang hörte ich aus meinem Versteck zu. Sie versuchte, in die Gedanken meines Bruders einzudringen. Mit gesenktem Kopf hörte er traurig und besorgt zu. Er antwortete Nalân, indem er zwei oder drei Worte sagte oder einfach nur den Kopf schüttelte.

Frau Nalân hatte ihre Absichten deutlich gemacht; sie bestand darauf, dass meine Geschwister und ich zu meiner Tante ziehen sollten. »Du bist jung und gut aussehend, du hast ein schönes Leben und eine schöne Karriere vor dir. Du wurdest der Chef eurer Holding, dein Name wird auf der Liste berühmter Geschäftsleute stehen. Du wirst ein glückliches zu Hause haben, eine herzliche Frau und eigene Kinder. Ich habe es schon einmal gesagt. Ich werde es heute noch einmal sagen; Du wirst kein Heilmittel für Yasemin und ihre Geschwister finden.

Wenn sie hier leben wird es ein Hindernis für deine Karriere und dein zu Hause sein«, redete sie immer wieder auf ihn ein und bot alle möglichen Methoden und Möglichkeiten an. Sie sagte, sie besteht darauf, sie nach Deutschland zu schicken. Nihat reagierte fassungslos. »Aber das ist gut! Steh dem nicht im Weg, es sind nur Kinder. Tante bedeutet Mutterhälfte, lass sie gehen. Biete deiner Tante sogar Geld an. Biete ihr jede Gelegenheit. Ich möchte immer an deiner Seite sein. Nur mit dir!«, sprach sie weiter.

Es fühlte sich an, als schütte mir jemand kochendes Wasser über den Kopf. »Nur mit dir!«, hatte sie gesagt, dabei streichelte sie über das Gesicht meines Bruders und hielt mit der anderen Hand seine. Davon musste mein Bruder Nihat beeinflusst geworden sein, denn er antwortet wie in einem Trancezustand: »Okay, Nalân, ich rede mit ihrer Tante.«

Der Alteingesessene brauchte keinen Reiseführer in seinem eigenen Dorf, sagte man bei uns, denn er kannte sich dort schon aus. Jetzt verstand ich auch die Absicht von Frau Nalân besser. Nihat, mein Bruder war um ihren Finger gewickelt worden. Frau Nalân, die die Zustimmung meines Bruders bekam, wollte keine Minute verlieren und begann ihre Pläne umzusetzen. Als sie aufstand, bückte sie sich und küsste meinen Bruder Nihat auf die Wange. »Alles wird gut, glaub mir«, sagte sie und ging nach Hause.

In diesem Moment hatte ich beschlossen, meinem Bruder Nihat nicht zu erlauben, mit mir zu sprechen. Er hatte mich tatsächlich verletzt.

Gebrochenen und traurigen ging ich zu Suat. »Lass uns in mein Zimmer gehen, wir haben ein Gespräch zu führen«, forderte ich ihn auf. In meinem Zimmer schaute ich zuerst aus dem Fenster. Mein Bruder Nihat war im Garten. Hilflos wanderte er herum. In der Hand hielt er einen Ast der über das Gras streifte, als wäre er in einem Traumland.

Mit vornübergebeugten Schultern meinte ich seufzend zu Suat: »Komm, mein Lieber, setz dich aufs Bett. Ich muss dir etwas sagen.«

Im Schneidersitz saßen wir uns gegenüber. »Komm schon, Schwester, fang jetzt an«, forderte er mich mit weit aufgerissenen Augen auf.

»Mein Lieber, vielleicht gefällt dir nicht, was ich dir jetzt sage. Aber ich muss mit dir reden. In den kommenden Tagen können neue Entscheidungen getroffen und neue Richtungen für unser Leben eintreffen. Vielleicht werden wir von vorne anfangen müssen«, begann ich.

»Suat, du hast es richtig verstanden. Es fällt mir gerade schwer, es zu erklären. Denn ich weiß noch nicht, was ist, aber wir werden Innovationen erleben. Dies können wir leider nicht verhindern. Sieh mich bitte an mein Kleiner. Tante bestand mehrmals darauf, dass sie uns nach Deutschland mitnehmen wollte. Ich hörte auch, dass sie mit meinem Bruder Nihat sprach, und ich hörte gerade auch das Gespräch meines Bruders mit Nalân an. Ich habe keine Geheimnisse vor dir, aber wir beide müssen ein Geheimnis vor den anderen haben.

Frau Nalân versucht, in die Gedanken unseres Bruders Nihat einzudringen. Schick sie von hier zu ihrer Tante, sagt sie. Unser Bruder Nihat ist dieser Tage schon von dem angeschlagen, was vor sich geht. Er ist traurig, träge und erschöpft. Natürlich auch wir, aber Frau Nalân hat es geschafft, in die Gedanken unseres Bruders einzudringen. Nihat sagte, dass er mit mir und meiner Tante reden würde. Mit anderen Worten, er hatte gegen keinen einzigen Satz von Frau Nalâns Einwände gehabt.

Mein Kleiner, wir müssen für neue Entscheidungen unsere Zukunft bereit sein. Ich bin erst fünfzehn Jahre alt, ich bin minderjährig. Ich habe noch nicht das Recht, mich zu entscheiden. Vielleicht würden wir drei, wenn wir irgendwo hingingen und nicht zu meiner Tante, getrennt in Waisenhäuser kommen. Sie würden uns trennen müssen. Lass uns das nicht zulassen. Bitte mein Lieber, lass uns einander beschützen. Vielleicht wird es noch schlimmer, wenn wir hierbleiben, vielleicht, wenn wir gehen? Ich weiß es nicht. Wir haben noch einmal von vorne angefangen, ganz von vorne. Ihr plötzlicher Tod hat uns alle schockiert. Aber lassen wir uns nicht auseinanderreißen. Obwohl das, was ich gehört habe, bitter ist, haben sie eigentlich recht. Die traurige Wahrheit tat mir im Herzen weh. Er ist unser Bruder, was auch immer passiert, es ist okay. Nur so lange wir zusammenhalten.«

Neugierig fragte Suat: »Schwester, bitte mach mich nicht fertig. Hat dir jemand etwas gesagt? Was ist los? Warum müssen wie einen Neuanfang starten? Sag mir, Schwester, was wirst du tun?«

Ich hatte Probleme und wusste noch nicht, mit welchen neuen Situationen wir konfrontiert werden.

Suat beugte sich mit dem Kopf vor, denn er war sehr überrascht von dem, was er hörte. Mit so einer Entscheidung hatte er nicht gerechnet, daher musste er sich erst geistig erholen.

Schnell umarmte ich Suat. »Du weißt es besser, Schwester, ich kann dir nicht widersprechen«, flüsterte er leise. »Alles wird gut, glaub mir«, tröstete ich ihn. »Ich hätte nicht so entschieden, wenn ich achtzehn wäre. Wir hätten zu dritt ein Haus gemietet. So hätten wir bei niemandem Zuflucht suchen müssen, niemand hätte uns dann herumschubsen können. Wir gewöhnen uns mit der Zeit an meine Tante, und sie an uns. Gut, dass sie zu der Beerdigung gekommen ist, vielleicht ist sie aus anderen Aspekten gekommen.« Plötzlich klopfte es leicht an der Zimmertür.

»Ja, herein?«, rief ich. Es war unser Bruder Nihat, der hereinkam. Er war traurig, er streichelte Suats Kopf, er war hilflos. »Suat mein Bruder, ich muss ein bisschen mit deiner Schwester reden«, sagte er ungewollt.

Anstandslos verließ er den Raum und schloss die Tür hinter sich. Mein Bruder saß auf der Bettkante und sprach mit gesenktem Kopf: »Es tut mir sehr leid, Yasemin, was passiert mit uns allen? Wir haben unsere Mutter und unseren Vater begraben. Es gibt so viele Entwicklungen, dass ich vor einem mentalen Zusammenbruch stehe. Ich kann nicht unterscheiden, was richtig und was falsch ist. Ich bin auch hilflos…

Es tut mir leid und mein Herz ist voller Schmerz. Was zu tun ist, wie es weitergeht, ich weiß nichts mehr weiter. Von mir wird erwartet, dass ich die Holding leite. Ich weiß nicht einmal, ob ich den Thron meines Vaters würdig bin. Ihr Verlust hat mich tief erschüttert. Es ist, als wäre ich bei einem Erdbeben unter den Trümmern begraben worden. Ich fühle mich so hilflos und kraftlos. Ich bin sehr verzweifelt, Yasemin, sehr.«

Auf einmal trat Frau Nalân ein, ohne an die Tür zu klopfen. Der erste Satz, den sie sagte, war: »Was zum Teufel, ihr habt euch beide hinreißen lassen, mit euren Gesprächen.« Dann setzte sie sich neben meinen Bruder Nihat. Mit einer Hand streichelte sie sein Bein, dabei fragte sie: »Hast du es Yasemin erzählt?« Schnell hielt er ihre Hand fest. «Nein, sei ruhig. Bitte! Ich habe es ihr noch nicht gesagt«, sagte mein Bruder verzweifelt.

Ich konnte es nicht ertragen, dass mein Bruder noch mehr Schwierigkeiten hatte oder bekam.

»Nihat, wenn du mich jetzt entschuldigst und du fertig bist, möchte ich dir etwas sagen. Ich habe versehentlich mitbekommen, wie du mit meiner Tante gesprochen hast. Am Frühstückstisch tauchte dieses Problem wieder auf. Dann hörte ich, dass du im Garten mit Frau Nalân gesprochen hast. Danach habe ich mich dort versteckt, um dem Rest zuhören. Es war schmerzhaft für mich, das zu hören, aber es ist wahr. Mit deiner Erlaubnis möchte ich selbst entscheiden, dass wir mit ihr nach Deutschland fahren, sobald sie wiederkommt«, erklärte ich.

Eigentlich wollte ich meine Rede nicht so beginnen, aber damit mein Bruder nicht in Schwierigkeiten geriet, drückte ich es nicht in einer Weise aus, die ihn verletzen würde, sondern, als ob ich nicht wüsste, was ich gehört hatte. Ich wollte sicher nicht, dass sein Vertrauen in mich erschüttert oder gemindert wurde.

»Du dachtest, aber ich und meine Geschwister entschieden es aus freier Hand. Es wäre besser für meine Geschwister und mich, zu meiner Tante zu gehen. Dies ist eine sehr ernste Entscheidung, eine wichtige Entscheidung, die unsere Zukunft bestimmt. Wenn meine Tante kommt, möchte ich persönlich mit ihr sprechen. Vielleicht ist es gut, vielleicht schlecht. Ich kann das Gute noch nicht vom Schlechten unterscheiden. Gott kennt das Ende«, fügte ich hinzu, dann umarmte mich mein Bruder weinend. Während er mich fest umarmte, trafen sich Nalâns und meine Blicke. Mit einem falschen Lächeln antwortete sie: »Jemand wird mit unserer Abreise sehr glücklich sein.«

Mein Bruder war nicht er selbst, er war erschöpft und müde. Dies war es, was Frau Nalân wollte. Ich wollte niemanden mit unserer Anwesenheit stören oder zur Last fallen. Wenn jemand keine Mutter oder keinen Vater hat, fühlt er sich selbst dort, wo sein zu Hause war wie ein Fremdkörper. Jedes gesprochene Wort stach wie eine Nadel in mein Herz, es tat weh. Dies war einer der Nachteile, eine Vollwaise zu sein.

Frau Nalân hatte es gut geplant, denn noch am selben Tag kam meine Tante von den Verwandten ihres Mannes zurück. »Meine Tante kommt heute, ich rede selbst mit ihr«, bestand ich.

Als die beiden das Zimmer verlassen wollten, sagte Frau Nalân mit all ihrer Unverschämtheit zu meinem Bruder: »Schau, ich habe es dir gesagt. Zum Glück geht sie jetzt. Was wäre passiert, wenn sie erst in Zukunft gegangen wäre, nach dem sie dich ausgebeutet hat? Ein Dolch würde sie dir in den Rücken stechen, das ist sicher.« Von Tag zu Tag wurde sie schlimmer. Dazu sagte ich nichts, konnte ich auch nicht, vor Schock.

Nachdem ich allein in meinem Zimmer war, stand ich sofort vom Bett auf und holte meine Alben aus meiner Schublade. In diesem Haus hatte ich lernen und leben gelernt, um glücklich zu sein. Heute war ich nur noch traurig. Für meine verstorbene Mutter Filiz und meinen verstorbenen Vater Hikmet spürte ich nur Wärme. Mögen Sie in Frieden ruhen, möge mein Herr Sie reichlich segnen.

Ich konnte nicht genug von ihrer Liebe bekommen. Sie gaben mir und meinen Geschwistern so viel Liebe. Wehmütig betrachtete ihre Bilder, weinte und streichelte ihre Gesichter mit meinen Händen, dann legte ich sie fürsorglich und weinend auf mein Herz. Meine Entscheidung war jetzt komplett gefallen. Eigentlich wollte ich widerstehen, nicht zu meiner Tante zu gehen, aber ich konnte nichts tun. Nachdem ich die Gespräche gehört hatte, konnte ich nicht mehr hierbleiben.

Was für schöne Bilder wir zusammen gemacht hatten. Wie wir alle über die Bilder gelacht hatten. Dort, in diesem Haus, hatte ich mit meiner Familie die glücklichste Zeit meines Lebens verbracht. Es war das erste Mal, dass ich so gelacht und gestrahlt hatte. Zum ersten Mal blickte ich voller Hoffnung in meine Zukunft. Ihre von Tag zu Tag wachsende Liebe war Balsam für meine Wunden.

Aber mit ihrem Verlust war alles vorbei. Meine Hoffnungen, Träume und Ziele verblassten vor meinen Augen.

Ich tauchte in die Vergangenheit ein und ließ mich gehen. An der Tür klopfte es. Geräuschlos trat meine Tante ein, aber ich war noch nicht bereit zu reden. »Ich komme jetzt, Tante. Geh schon mal runter«, sagte ich.

»Okay, komm schnell, ich muss dir etwas sagen«, antwortete sie.

So legte ich die Bilder einfach ab, dann folgte ich meiner Tante nach unten. Frau Nalân und meine Tante waren bereits enge Freunde geworden. Natürlich würden sie sich gut verstehen, weil sie das Geld an meine Tante schickte. Auch wenn es mir schwerfiel, versuchte ich, diese Einstellungen und diese Seite von mir, mir nicht anmerken zu lassen. Jetzt verstand ich die Absicht meiner Tante, die mich aus meinem Gedanken riss. »Lass uns zum Reden in den Garten gehen«, bat sie mich.

Bald wäre ich ein Passagier, der nach Deutschland fuhr!

Während sie sich umsah, ob jemand da war, ergriff ich das Wort: »Tante, wir haben beschlossen, wir kommen mit dir nach Deutschland.« Jedoch spürte ich keine Freude bei ihr, dabei war sie es doch, die diese Idee in alle Köpfe einpflanzte. Immer hatte sie gesagt: »Das Glück ist auf meiner Seite, ich wünsche mir selbst viel Glück.« Diese Aussage verstand ich nicht, was meinte sie. Plötzlich hatte ich große Angst vor meiner Tante, als sie sagte: »Wenn du achtzehn bist, werden sie dir dein Anteil auszahlen. Wenn es dich stört, was ich dir sage, musst du mir nicht zuhören.« »Tante, hörst du, was du sagst?«, fragte ich. Es ging nicht in meinem Verstand, wie jemand so denken konnte. So fragte ich mich, ob ich die schmerzhaften Tage der Vergangenheit noch einmal durchleben musste.

Meine Tante war hereingestürzt und hatte sich in der Küche zurückgezogen, um mit meinem Bruder Nihat zu sprechen. Da es um uns ging, folgte ich ihnen, ohne zu zögern. Meine Tante stellte ihn vor vollendete Tatsachen. »Du gibst mir alle Papiere von den Kindern, zumindest fürs Erste eine Kopie. Diese Angaben sind für den Einreiseantrag notwendig, damit ich sie nach Deutschland mitnehmen kann. Ich muss so schnell wie möglich eine Anfrage stellen, damit sie so schnell wie möglich kommen können«, sagte sie unverschämt. »Okay, aber alle Dokumente, die sie brauchen, liegen bei unserem Anwalt. Ich werde ihn bitten, sie Ihnen zu schicken«, antwortete er.

»Nein, ich werde nicht ohne gehen«, beharrte sie. »Nun, lass mich anrufen, damit er sie alle bringt«, sagte mein Bruder.

Am nächsten Tag würde meine Tante wieder nach Deutschland fliegen. Wenn viele Leute kamen und gingen, verging die Zeit sehr schnell. Für einen Moment erwischte ich Nihat allein. Ich wollte mit ihm reden, aber plötzlich war Frau Nalân wieder da, sie ließ meinen Bruder nie allein. Schon morgens, noch bevor wir aufwachten, kam sie zu uns und ging erst spät abends. Mit ihrem Auftreten und Handeln war sie nicht mehr die alte Frau Nalân. Sie hatte eine große Veränderung durchgemacht, sie war ihrem Ego erlegen. So begann ich wieder die alte unglückliche Yasemin zu werden. Die Welt brach für mich zusammen.

Man sagt,
der Mensch gewöhnt sich an alles, das ist nicht so.
Tatsächlich hält man es aus, weil man keine andere Wahl hat,
aber man kann sich nicht daran gewöhnen...

KAPITEL 10

Es war fast ein Monat vergangen, indem mein Bruder und ich nur zwei- oder dreimal sprechen konnten. Aufgrund seiner ständigen Telefonate konnten wir unser Gespräch nie beenden. Er arbeitete viel, er war tagsüber selten zu Hause. Wir gingen auch zur Schule, aber mein Bruder wurde aus der Musikausbildung genommen und es wurde entschieden, dass ich auch keinen Psychiater mehr brauchte. Die Sitzungen wurden unterbrochen. Als Frau Nalân zu uns kam, hatte ich dem Personal bei der Hausarbeit geholfen.

In der Zwischenzeit hatte meine Tante meinen Bruder angerufen und uns mitgeteilt, dass uns der Antrag auf Einreise nach Deutschland genehmigt wurde. Pass- und Visaangelegenheiten wurden eingeleitet. Natürlich waren es der Anwalt Mustafa und Frau Nalân, die dies bewerkstelligten. Irgendwie hatte ich das Gefühl, dass etwas zwischen den beiden war. Wenn sie bei uns waren und sich unbeobachtet fühlten, flüsterten und lachten sie in der Ecke am Ufer zusammen. Mein Bruder wusste immer noch nicht, was los war.

Frau Nalân war acht Jahre älter als mein Bruder, sie wickelte ihn um den Finger. Sie hatte meinen Bruder mit ihren flirtenden Ansätzen verführt. Nihat war rein, wohlmeinend, reinherzig, zuverlässig und unterschied richtig von falsch. Er war ein barmherziger und gewissenhafter Mensch. Es war unglaublich schmerzhaft für mich zu sehen, wie die warme familiäre Atmosphäre Tag für Tag zerstört wurde. Das hatten meine verstorbene Mutter und mein Vater nicht verdient.

In einem Moment, als ich mein Bruder zufällig alleine traf, sagte ich: »Wir müssen den Koran lesen lassen, meine Mutter und mein Vater sind fast vierzig Tage Tod.« Sofort war Frau Nalân wieder da, die in den Raum trat. In der Hand hielt sie eine Akte, sie war mit ihrer Organisationsarbeit beschäftigt, telefonierte und redete ständig über Befehle und Vereinbarungen. Meine Unterhaltung mit meinem Bruder wurde unterbrochen. Jedoch war sie diejenige, die respektlos war und uns unterbrach, denn sie telefonierte extra hier neben uns, um uns nicht allein zu lassen. Mein Optimismus war ihm gegenüber völlig verloren gegangen. Mein Vertrauen war erschüttert und ich war enttäuscht. Es wurde etwas organisiert, aber ich habe nicht ganz verstanden, was.

Fragend schaute ich meinen Bruder an, dann stellte ich sie laut: »Was ist los?« Mein Bruder schloss die Augen, nickte mit einem leichten Lächeln, dann ignorierte er seine nächsten Anrufe. »Bruder, ich sagte, unsere Eltern nähern sich ihrem vierzigsten Tag. Wir sollten den Koran lesen lassen«, wiederholte ich noch einmal. Frau Nalân, die ihr Telefon unterbrach, sobald sie ihre Kopfhörer abgenommen hatte, hatte mich sehr gescholten! Ich war überrascht. »Undiszipliniert, unmoralisch … Armes und unzivilisiertes Wesen. Siehst du nicht, dass ich telefoniere, du redest, verschwinde von hier. Meine Hochzeitsvorbereitungen werden wegen dir unterbrochen, raus, geh sofort auf dein Zimmer!«, herrschte sie mich an.

Fassungslos starrte ich meinen Bruder an, kurz bevor ich den Raum verließ, packte er meinen Arm. »Yasemin, das ist Nalâns Aufregung. Sie ist mit dem Organisieren beschäftigt, sie ist ein wenig gestresst«, verteidigte er sie auch noch.

Auf einmal kannte ich meinen Bruder nicht mehr … Nur Gott weiß, wie ich mit zitternden Knien in mein Zimmer kam und wie ich geweint hatte, nachdem ich mich aufs Bett geworfen hatte. Mein Bruder wollte diese Nalân heiraten! Ich betete für meine Tante, den Prozess so schnell wie möglich abzuschließen. Die vorher dieses Haus nicht verlassen wollte, betete jetzt, dass es so schnell wie möglich vorbei sein würde.

Aus dem Garten erklangen Stimmen, daher ging ich zum Fenster. Ein Mann ging mit Frau Nalân und meinem Bruder zusammen durch den Garten spazieren. Gemeinsam setzten sie ihre organisatorische Arbeit fort. Hier und da sollte etwas aufgebaut werden. Akten lagen in seiner Hand, ständige kamen Anrufe und neue Leute eilten herbei, um die Hochzeit vorzubereiten. Jetzt war klar, was los war. Jedoch war mein Bruder zu blind, um die Wahrheit zu erkennen, er war verrückt. Es war, als hätten diese Nalân und ihre Anwälte jahrelang auf diese eine Gelegenheit gewartet. Auch mein armer Bruder war ein Opfer, der in ihrer Falle geraten war.

Ich wollte einen ruhigen Moment einfangen und so schnell wie möglich mit ihm reden. Dazu fühlte ich mich gezwungen. Wenn es eine Chance gab, von Frau Nalân wegzukommen, musste ich mit ihm reden. Spätestens in den nächsten ein- zwei Tagen musste ich mit ihm sprechen. Wir waren alle verloren. Während die Negativität, die sich mit außergewöhnlicher Geschwindigkeit entwickelte von Tag zu Tag zunahm, klopfte es an meiner Zimmertür und mein Bruder kam zu mir. Da ich so abgelenkt war, bemerkte ich nicht einmal, dass er den Garten verlassen hatte.

Sofort fing er an zu reden: »Komm, meine emotionale kleine Schwester.« Liebevoll schlang er seine Arme um mich und küsste meine Stirn. Jetzt war der Moment, um mit ihm zu sprechen, so ergriff ich die Gelegenheit: »Bruder, wir müssen reden, es ist sehr dringend, sehr wichtig. Bitte lass uns rausgehen, hier können wir nicht offen miteinander umgehen. Ich muss sehr dringende und sehr private Angelegenheiten mit dir besprechen, bitte verschiebe es nicht auf morgen. Morgen kann es für alle zu spät sein.«

»Okay, Yasemin, lass mich meine Arbeit fertigmachen, danach werden wir auf jeden Fall dieses Gespräch führen«, bot er an.

»Nein, bis dahin ist es zu spät. Wir müssen heute, spätestens morgen reden. Bitte, bis jetzt habe ich auf nichts bestanden, ich habe nichts von dir verlangt. Bitte! Dieses Gespräch ist sehr wichtig, wir müssen reden!«, beharrte ich, da tauchte plötzlich Frau Nalân auf, die alles mitangehört hatte.

»Worüber wolltest du reden, was ist so dringend, was ist so besonders? Oder redest du etwas heimlich hinter mir?«, fauchte sie mich an. Sofort griff mein Bruder ein: »Nein, bitte Nalân, erschaffe nichts, was nicht existiert. Yasemin wollte reden, ich denke wegen ihrer Tante. Morgen werden Yasemin und ich eine Weile alleine ausgehen, unseren Tee trinken und reden, ärgere deine süße Seele nicht«, sagte er, drückte mein Kinn und lächelte in mein Gesicht. Frau Nalân nahm den Arm meines Bruders und führte ihn aus dem Zimmer. Warm schaute er mir in die Augen, dann schloss er die Tür. Sie vergiftete meine letzten Tage mit ihrer Einstellung. Ich hatte Angst, meinem Bruder zu schaden, daher musste ich bei unserem Treffen sehr einfühlsam mit ihm umgehen, um ihn zu warnen, denn er war sich nicht bewusst, was geschah war, welche Veränderungen vor sich gingen. Wenn ich die Gelegenheit bekam, wollte ich ihm zeigen, dass Frau Nalân nur ihre eigenen Interessen verfolgte. Aber ich hatte keine Beweise, wie sollte ich es sagen, dass es meinen Bruder nicht aufregte oder verletzte.

Wenn meine verstorbene Mutter Filiz und mein Vater Hikmet am Leben wären, hätten sie das nicht zugelassen und ihre Grenzen gesetzt. Weil sie gute Menschen waren und gut von böse unterscheiden konnten.

Nachdem ich eine Weile in meinem Zimmer verweilt hatte, ging ich nach unten. Ich spielte weiterhin die drei Affen, nicht hören, nicht sehen, nicht sprechen gegen Frau Nalân.

»Das Abendessen ist fertig, kommt an den Tisch«, wurden wir gerufen. Mein Bruder und ich saßen an unserem üblichen Platz. Diesmal standen mehrere zusätzliche Teller auf der Tafel. Die anderen waren im Garten, die Stimmen der Menge kamen näher. Offenbar waren ein Paar Gäste anwesend. Mit Champagner- und Weingläsern in den Händen näherte sie sich dem Tisch. Respektvoll standen wir auch auf, doch der strenge Blick von Frau Nalân traf uns, die sehr hart sagte: »Ihr esst drinnen«, dabei zeigte sie auf die Personalküche. Seine oder eher ihre Gäste lachten immer noch. Sofort stand mein Bruder auf, der mich an der Schulter hielt und in Richtung Küche schob.

»Es gibt Erwachsene und Magazin-Journalisten, vielleicht hat sie das deswegen gesagt. Hat sie dich verletzt, meine Liebe?«, fragte er mich.

Diesmal konnte ich meine Reaktion nicht verbergen, so schnaufte ich: »Was ist los mit dir? Und wer sind die Minderjährige bei euren Gästen? Euch viel Vergnügen!« So ging ich einfach in die Küche und ließ ihn stehen. Es wurde von Tag zu Tag unerträglicher. Es gab viele Dinge, die unfair liefen, aber ich musste diese paar Tage durchstehen. Mein Bruder trank normalerweise nicht, aber er fing an zu trinken.

Vieles lief schief. Wir wurden mit Einstellungen konfrontiert, die nicht hätten passieren dürfen. In der Küche kümmerte sich die Frau des Gärtners, unsere Tante Meral, die natürlich nicht meine leibliche Verwandte war, sondern zum Hauspersonal gehört, um Kiraz' Essen. Meine Tante Meral, war eine herzensgute Frau, sie hatte sich immer um Kiraz gekümmert. Dafür dankte ich ihr herzlichst. An Feiertagen und besonderen Tagen rief ich sie bis heute immer noch an und frage nach ihrem Befinden. Sie war ein Mensch wie ein Engel.

Nach dem Essen zogen wir uns zurück. Um meine Tante mütterlicherseits anzurufen, nahm ich das Haustelefon. Jedoch telefonierte sie mit jemandem, so gab ich es auf und sagte mir: »Nein, nein, morgen.« Daher ließ ich das Telefon liegen und ging hoch in mein Zimmer. Während ich mit gemischten Gefühlen gegen die Gezeiten kämpfte, versuchte ich eigentlich nur alles zu bewältigen. Tag für Tag wurden die lautlosen Schreie der Verzweiflung in mir lauter. Dieses Gefühl ließ mein Herz krampfen, es war, als würde ich ersticken.

An diesem Abend war mir sehr langweilig, dass ich mich auf mein Bett legte und tief in Gedanken versank. Auf meine eigene Art bekämpfte ich meine Gefühle, indem ich mich schüttelte.

Mein verstorbener Vater Hikmet hatte mir ein Buch geschenkt, obwohl es kein besonderer Tag gewesen war, wie mein Geburtstag oder so. Einfach nur, weil ich gerne Bücher las. Ich las ohne zu atmen. Verzweifelt stand ich auf und nahm das Buch aus dem Regal. Zwei Tage lang las ich darin, sobald ich aus der Schule kam, bis zur einhundertvierundsiebzigsten

Seite. Gerade jetzt war ich in das Titelbild versunken. Der Inhalt des Buches hatte es mir tatsächlich angetan. All die Ungerechtigkeiten, die ein unglückliches Mädchen durchmachte, ging mir nahe, aber ich hätte diese Person sein können, denn ich hatte mich in diesem Buch wiedererkannt. Von diesem Tag bis heute folge ich dem Autor dieses Buches.

Mein Zimmer hatte keinen Balkon, also ging ich in das Zimmer meines Bruders Suat, der auf seinem Bett lag und Fernsehen sah. Sofort stand er auf und begrüßte mich, als wäre ich eine Besucherin. Diese warme Herangehensweise war sehr gut. »Ich möchte auf deinem Balkon lesen«, meinte ich zu ihm. So breiteten wir eine Decke auf dem Balkon aus, schoben den Tisch raus, dazu nahmen wir ein Glas Limonade mit. Es war sehr anstrengend, aber ich wollte es so.

Mit dem Gesicht nach unten auf dem Einband und der Hand auf der Seite begann ich wieder zu lesen. Die Atmosphäre an diesem Abend war richtig entspannend! Das einzige Geräusch, das ich hörte, war das Klicken von Katzenpfoten und das Bellen von Hunden, welches mir das Buch vermittelte. Als wäre ich in der Geschichte.

Von unten hörte ich plötzlich ein Geräusch, welches mich ablenkte. Die Tür der Terrasse stand offen, ich konnte am Geräusch der Absätze erkennen, dass es Frau Nalân war, die da herumlief und mit jemandem am Telefon sehr leise, schon flüsternd sprach. Es war seltsam für mich. Eigentlich hätte es mich überhaupt nicht stören sollen, denn es war Frau Nalân. Aber man sollte immer zu allem bereit sein. Da sie flüsterte, war ihr Gespräch schlecht zu verstehen. Diesmal richtete ich meine Aufmerksamkeit auf sie. Auch wenn ich wusste, dass man nicht lauschte, hörte ich trotzdem zu, denn ich war ihr gegenüber sehr misstrauisch.

Ich konnte nicht glauben, was ich hörte. Diese Frau Nalân sprach heimlich mit unserem Familienanwalt, diesem Mustafa. Schon früher hatte ich gespürt, dass etwas zwischen ihnen war und glaubte, dass sie eine geheime Beziehung führten. Als ich hörte, worüber sie redeten, dachte ich mir, dass ich mich nicht schuldig fühlen brauchte, dass ich ihre Recht nicht verletzt hatte, denn ich hatte ihre Sünde nicht auf mich genommen. Aber es gab noch andere Dinge, die mich bei ihrem Gespräch störten. Natürlich war ich überrascht, als ich hörte, dass sie meinen Bruder Nihat betrogen hatten. Eine Falle wurde ihm gestellt, sie hatten meiner Tante einen großen Geldbetrag gegeben, damit sie uns nahmen und sie würde sogar noch eine weitere Zahlung erhalten.

»Das meiste ist weg, wenig ist übriggeblieben, habe noch ein wenig Geduld, mein Lieber«, sagte sie. »Wir kommen unserem Ziel von Tag zu Tag näher.«

Meine Tante aus Deutschland hatte ihre Zahlung von einhundertfünfzigtausend Lira als Investition durch Betrug erhalten. Darüber war ich erstaunt. Wie wurde mein Bruder so blind, dass er es nicht mitbekam? Ich hatte viel darüber nachgedacht, warum er die Dinge nicht sah. Einen Tag später würden sie meiner Tante erneut hunderttausend Lira einzahlen. Diese Frau tat ihr Bestes, um uns hier rauszuholen. Hoffentlich würde mein Bruder schnell aufwachen und verstehen, wer diese Leute waren. »Mein Lieber, von drinnen sind Stimmen zu hören, lass mich nicht auffliegen. Ich bin spätestens morgen früh um sieben bei dir«, beendete sie das Telefonat. Was ist das für eine Schlange!

Meine Begeisterung für das Lesen war noch nicht gestillt, aber es war spät. So räumte ich den Balkon von Suat auf, nahm die Decke und brachte den Tisch, dazu die Lampe wieder hinein. Bevor ich das Zimmer verließ, deckte ich meinen Bruder zu und küsste seine Stirn.

Mein Kopf kribbelte, ich war noch nicht müde. Unter der Bettdecke dachte ich darüber nach, worüber ich mit meinem Bruder sprechen könnte. Vor allem musste ich genau ausdrücken, was ich sagen wollte, ohne ihn zu verärgern oder zu beleidigen. Da ich über solche Dinge nicht mit ihm sprach, konnte ich seine Einstellung und Reaktion nicht vorhersagen.

Irgendwann schlief ich über das Nachdenken ein. Am nächsten Morgen suchte ich hektisch als erstes meine Tante Meral im ganzen Haus. Jedoch konnte ich sie nicht finden. Durch das Fenster sah ich den Gärtner Onkel Osman, so ging ich hinaus um ihn zu fragen, wo sie war. So erfuhr ich, dass sich meine Tante Meral, um das neue Hauspersonal kümmerte.

Jedenfalls hatte ich gedacht, dass sie momentan beschäftigt war, daher ging ich zurück in mein Zimmer und wollte später mit ihr reden, wenn ich aus der Schule zurückkam. Nachdem ich mich angezogen hatte, ging ich mit meiner Schultasche in die Küche.

Kiraz saß auf dem Schoß meiner Tante Meral, die den neuen Angestellten zeigte, wo die Vorräte waren. Unser Frühstückstisch war auch fertig.

»Wenn du Kiraz bei mir lassen willst, Tante Meral, kannst du dich entspannen und dich um deine Arbeit kümmern«, bot ich ihr an. »Mein Arm bricht schon ab, mein Mädchen, das wäre toll«, antwortete sie mir in ihren Worten. Schnell näherte ich mich dem Tisch und setzte Kiraz auf den Kinderstuhl. »Du fütterst sie besser. Suat komm jetzt, ich muss unserem neuen Personal das Haus zeigen«, meinte sie.

Bevor sie verschwand, fügte ich noch hinzu: »Wir müssen heute nach der Schule dringend reden, Tante Meral. In diesem Haus passieren Dinge, die du dir nicht einmal vorstellen kannst. Das sollte ich dir auf jeden Fall erzählen.« Auf einmal stand Frau Nalân direkt hinter mir am Eingang der Küche und hörte zu, worüber wir sprachen. Plötzlich unterbrach sie meine Worte patzig: »Lass uns hören, was in diesem Haus Seltsames vor sich geht? Sag es mir, damit wir es alle wissen.« Verschlagen lächelte sie mich an.

»Yasemin hat geträumt, sie hat mir ihren Traum erzählt«, erwiderte meine Tante Meral. Ihr Name hätte Melek (Engel) sein sollen, nicht Meral. Meine Engeltante. Wie konnte sie das Thema sofort vertuschen. Frau Nalân meinte ohne Tante Merals Gesicht anzusehen: »Sind das meine neuen Mitarbeiter hier?« Meine Tante Meral sagte sehr verlegen: »Ja, sie sind gestern Abend angekommen, Frau Nalân. Ich habe sie durchs Haus geführt und ihre Aufgaben und Geschäftsbereiche gezeigt«, antwortete sie.

»Warum stehst du dann hier nutzlos herum, geh deiner Arbeiten nach!«, ging sie hart mit meiner Tante Meral um, die die Küche ohne eine Antwort zu geben, verließ. Über die Haltung dieser Frau wurde ich wütend. Wie konnte sie sich in der Oberschicht sehen und mit ihren Augen und Worten mit Tante Meral so herablassend reden und sie beleidigen? Aber ich konnte nichts machen, denn ich war damals auch eines ihrer Opfer.

Sie hatte uns so zum Schweigen gebracht, dass wir uns alle als Opfer fühlten. Da ich mit ihr nicht in demselben Raum sein wollte, holte ich Kiraz von ihrem Stuhl runter, nahm ihr Frühstück und verließ die Küche. Während ich in mein Zimmer ging, kam Suat herunter. »Geh nicht runter, lass deine Laune nicht auch noch versauen. Ich hole uns Toast vom Buffet«, sagte ich.

Weil ich zur Schule musste, überließ ich Kiraz wieder meiner Tante Meral. Wie viel hätte ich meiner Tante helfen können, selbst wenn ich zu Hause gewesen wäre?

Mittlerweile waren wieder Wochen vergangen, seitdem meine Tante mütterlicherseits nach Deutschland geflogen war. Die Zeit verging so schnell, es kam mir vor, als wäre es erst gestern gewesen. Nach der Schule aßen wir mit Suat zu Mittag. Ich hatte Angst zu gehen, ohne meinen Bruder vorher gewarnt zu haben und ohne wichtige Beweise zu liefern. In gewisser Weise wollte ich ihn schützen.

Endlich war der Tag gekommen, an dem ich die Gelegenheit bekam, mit ihm zu sprechen. Es waren nur zwei neu eingetroffene Mitarbeiter im Haus, Tante Meral, Onkel Osman, Kiraz, Suat, der Fahrer und ich. Zum ersten Mal fühlte ich mich wieder wohl.

Neugierig fragte ich Onkel Osman: »Warum sind unsere Leute gegangen, warum kamen neue Mitarbeiter?« »Meine Tochter, esse deine Trauben, frage nicht nach dem Weinberg.

Wenn wir es nicht wissen, ist es das Beste. Beschäftige dich nicht mit diesen Problemen«, antwortete er. Anschließend gingen der Fahrer und mein Onkel Osman auch aus, so waren wir alleine in der Küche mit meinen Geschwistern und Tante Meral.

Um es noch einmal zu erwähnen, selbst diese Küche glich der eines Luxusrestaurants. Dort trafen sich alle Hausangestellten, um die Mahlzeiten zuzubereiten und alle organisatorischen Arbeiten wurden von dort aus erledigt. Die eigentliche Küche befand sich in einem anderen Raum. Die Küchenschränke waren dort aus Acryl in einem strahlenden Weiß. Es gab eine Ausgangstür zur vorderen Terrasse wie in einem Palast. Als wir von der Küche zum Esszimmer gingen, begrüßte uns ein Esstisch für zwölf Personen. Alles war sehr luxuriös.

Jedenfalls wollte ich nicht vom Thema abschweifen. Während des Sprechens erinnerte ich mich plötzlich, wie meine Tante Meral mir etwas erzählt hatte. »Die Frage, die du gerade deinem Onkel Osman gestellt hast, war unbedacht. Sei sehr vorsichtig, wen und wo du fragst, meine Tochter. Frau Nalân entließ das alte Personal, dafür nahm sie diese beiden an ihrer Stelle. Mit diesen beiden Mitarbeitern, die von Frau Nalân ausgewählt wurden, musst du vorsichtig sein, meine Tochter. Beide sind mir schon aufgefallen. Oh! Oh! Seitdem die Hausherrin Filiz und der Hausherr Hikmet gestorben sind, ist dieses Haus nicht mehr dasselbe wie zuvor. Wir müssen unsere

Augen offenhalten, mein Mädchen. Diese Frau wird uns auch bald die Tür weisen«, warnte sie mich damals zu Recht mit Vorsicht!

Auch sie musste etwas gespürt haben. Vielleicht hatte sie ein paar Gespräche wie ich mitbekommen. Vielleicht spielte sie die drei Affen wie ich, aber sie wusste etwas. Sonst würde sie nicht so reden, sie würde mich nicht beraten und warnen wollen wie eine Mutter.

»Tante Meral, ich wollte auch mit dir über diese Dinge sprechen, wenn es dir passt. Frau Nalân spielt mit meinem Bruder Nihat ein kniffliges und sehr schlechtes Spiel. Wir müssen meinen Bruder warnen, er ist in Gefahr. Ihm wird eine große Falle gestellt, ich habe es mit eigenen Ohren gehört, was gesagt wurde«, erzählte ich Tante Meral, die sofort versuchte, mich zum Schweigen zu bringen.

»Rede zu Hause nicht über solche Dinge, Frau Nalân kommt aus jeder Ecke. Sie ist einfach überall, das weißt du. Lass uns in den Garten gehen«, schlug sie in Eile und Sorge vor. Jetzt konnte ich endlich erklären, was ich gesehen hatte, denn es dauerte noch etwas, bis mein Bruder nach Hause zurückkam. Frau Nalân kam selten zu uns, wenn mein Bruder weg war.

Wir saßen am Tisch, als sie sagte: »Komm schon, erzähl mir ruhig, was du gehört hast, mein Kind.« So berichtete ich ihr von Anfang bis Ende alles, was ich wusste und gehört hatte.

Mit Sicherheit war sie es, die unsere Ausreise nach Deutschland geplant hatte, die meiner Tante einen großen Geldbetrag gegeben hatte, denn ein großer Betrag wurde erneut vom Konto der Holding, aus der Buchhaltung gezahlt, der als Investitionen der Holding abgeschrieben wurde und daher nicht auffallen würde. Ich erzählte ihr, dass sie eine geheime Beziehung zu unserem Anwalt hatte, dass sie nur wegen seines Reichtums mit meinem Bruder Nihat in Kontakt gekommen war, sogar, dass die Hochzeit geplant war. »Mein Bruder ist dabei, einer bösen Falle zum Opfer zu fallen. Wir müssen ihn warnen, Tante Meral. Als der verstorbene Hausherr und die Hausherrin noch gelebt haben, hat diese Frau ihr wahres Gesicht nicht gezeigt. Jetzt hat sich ihr wahres Gesicht und ihre Absicht herauskristallisiert«, sprach ich aus, was ich dachte. Jedes Thema hatten wir einzeln behandelt und ausführlich darüber gesprochen.

Was konnte sie eigentlich tun, sie war auch eine Art Opfer. Als Frau Nalân sie in der Küche verletzt hatte, antwortete sie nicht einmal. »Nihat gilt als mein Sohn, er ist in meinen Händen aufgewachsen, ich habe ihn großgezogen. Nihat war für mich, wie deine Schwester Kiraz jetzt für mich ist. Er hat sich in letzter Zeit sehr verändert, vor allem durch den Einfluss von Frau Nalân. Er weiß tatsächlich, dass etwas nicht stimmt, aber er trauert immer noch, weil die Hausherren starben. Mein Sohn kann richtig und falsch unterscheiden, aber tatsächlich haben uns diese plötzlichen Todesfälle alle verwirrt, erschüttert und wie ein Erdbeben unter den Trümmern zurückgelassen, daher wird es einige Zeit dauern, sich zu erholen, sich aufzuraffen«, erklärte Tante Meral.

Auch sie war voller Schmerzen. Ja, sie hatte recht. Obwohl wir nur zweieinhalb bis drei Jahren in diesem Haus gelebt hatten, waren wir erschüttert. Die Familie liebte ich mehr als meine eigene Mutter und meinen Vater. Ich möchte nicht unfair gegenüber meiner verstorbenen Mutter werden, aber ich war erst sieben Jahre alt gewesen, als sie von uns ging. Meine Mutter liebte mich sehr. Die meisten Erinnerungen an sie wurden natürlich aufgrund meines Alters von meinem Gedächtnis vergessen.

Aber während wir versuchten, zusammenzurücken, tat Frau Nalân, was sie konnte, um uns auseinanderzureißen. »Ich muss so schnell wie möglich mit meinem Bruder sprechen, ohne weitere Hindernisse. Bitte hilf mir dabei, Tante Meral«, bat ich sie. »Mein Kind, ich werde tun, was ich kann, aber du musst dich vor den bösen Tricks von Frau Nalân schützen. Sie hat meinen Sohn in Versuchung geführt. Du hast recht, wir müssen uns schützen, aber wir dürfen nicht Opfer ihrer bösen und hinterhältigen Fallen werden. Wir sollten immer auf der Seite des Guten sein, mein Kind«, sprach sie mir gut zu. Es war okay, es reichte mir, dass sie es sagte. Das Wichtigste war, erklären zu können, was vor sich ging. Nicht nur ich, sondern eigentlich alle zu Hause hatten die Veränderung bemerkt, aber weil sie Angst vor Frau Nalân hatten, äußerte sich niemand dazu.

Anschließend gestand sie mir ihre Zweifel an dem neuen Haushaltspersonal. Öfters sagte sie mir an diesem Tag, dass ich sehr vorsichtig mit ihnen sein müsste. Ein Betrug war im Gange, aber früher oder später würden die Betrügereien aufgedeckt. Alles, was sie sagte, bestätigte meine Bedenken. Während ich meiner Tante Meral zuhörte, waren welche im Schlafzimmer meiner verstorbenen Eltern. Die Vorhänge spielten und wackelten hin und her. Während ich weiter Tante Meral zuhörte, wackelten die Vorhänge auch in meinem Zimmer.

Es reichte so allmählich! Es war genug!

An diesem Tagen hatte nur meine Tante Meral das Schlafzimmer der Hausherren betreten. Abgesehen davon war mein Bruder zwei- oder dreimal hereingekommen, aber niemand sonst. Trotzdem wackelte wieder der Vorhang, wer war im Schlafzimmer?

Schnell unterbrach ich meine Tante Meral: »Tante, unser neues Personal ist bei der Arbeit. Ich habe den Vorhang zweimal schwanken sehen«, meinte ich und zeigte aus dem Garten mit dem Finger in Richtung des Fensters. »Mein Kind, lass dich nicht täuschen, schau nicht hin. Wir gehen jetzt rein«, antwortete sie. Genau das hatten wir getan, plötzlich hörten wir schnelle Schritte von oben, die auf die Treppe zusteuerten. Sie müssen uns gesehen haben, denn sie hatten den Raum verlassen, um nicht von uns erwischt zu werden.

Was hatten sie in den Schlafzimmern gemacht? Daran hatte ich immer gedacht.

Mein Bruder Nihat hätte sofort aus dieser Bewusstlosigkeit, diesen Tiefschlaf, der ihn lähmte, aufwachen sollen. Was auch immer passierte, ich war entschlossen ihm die Wahrheit zu sagen. Solange noch Zeit war und bevor ich nach Deutschland ging, musste er alles erfahren. Unsere Pässe waren bereits fertig, wir warteten nur noch auf unser Visum. Mir wurde gesagt, dass es morgen geliefert werden sollte.

Der Mann von Tante Meral, den wir aber immer Onkel Osman nannten, wollte Koffer kaufen. »Mein Kind, kauft heute die Koffer mit Onkel Osman alleine. Ich habe hier noch einiges zu tun«, bat Tante Meral mich. Ihre Verpflichtung musste eine Einarbeitung von zwei neuen Mitarbeitern gewesen sein, denn sie hatte mir nichts erzählt.

Meine Tante Meral hatte wieder recht, die Visums würden bald fertig sein. Es war notwendig, die Koffer vorzubereiten. Dreißig Kilo pro Person waren erlaubt, so wurde mir bei der Zollkontrolle gesagt. *Wie sollte ich mein ganzes Zimmer in diese dreißig Kilo bekommen?* Es war unmöglich. Ich hatte nur die besten Erinnerungen, an diesen Ort. Was mir in den Sinn kam, waren eher die Bilder als die Dinge, die ich mitnehmen wollte, die mich nur an diese gute Zeit erinnern sollten. Die letzten Überbleibsel von damals.

Meine Tante Meral war ein altes Eisen, dass sich nicht mehr verbiegen ließ. So gingen Suat und ich mit meinem Onkel Osman einkaufen.

Ein paar Hunderte Meter vom Haus entfernt befand sich das unscheinbare, hölzerne Restaurant mit dem kleinen Eingang. Von außen sah es zu alt aus, um hineingehen zu wollen. Es hatte eine warme Atmosphäre mit Blick auf die Stadt von oben, aber nachdem eintreten, war es zu warm, um gehen zu wollen. Außerdem war es ein Ort am Bach und in Kontakt mit der Natur. Es war ein süßer Ort mit einer Kapazität von etwa fünfzig Gästen, dazu gab es Tische im Außenbereich. Auf einmal bemerkte ich das Auto des Anwalts vor diesem Restaurant. *Was machte er hier, er lebte nicht in der Nähe?* Sofort hatte ich meinem Onkel Osman informiert, dass ich das Auto des Anwalts gesehen hatte. »Meine Tochter, du kannst zwar alles essen, aber nicht alles wissen«, antwortete er.

So folgte ich dem Rat, den er mir gab. Etwas weiter auf dem Parkplatz des Einkaufszentrums mit Blick auf den Straßenrand stand auch Frau Nalâns Auto.

»Oh, Onkel Osman! Es gibt keinen solchen Zufall. Schau, hier ist Frau Nalâns Auto! Sie bringen unsere Leben durcheinander, sie planen etwas. »Sag, dass nicht, sprich nicht so«, mahnte er mich.

Mein Fahrer Ahmet lachte in diesem Moment auf, weil mein Satz sarkastisch rüberkam. Mein Onkel Osman meinte: »Mein Kind, habe ich dir nicht gesagt, dass du nicht sehen sollst, was du siehst.« Als wir zurück ins Auto stiegen, seufzte ich tief, weil niemand eingreifen wollte. Wenn wir jedoch dieses Restaurant betreten hätten, hätten wir sie vielleicht an einem Tisch gesehen und was gehört, was sie für eine neue Falle planen, wer weiß. Sie waren es selbst, die solche Gedanken zuließen. Warum hatte ich nicht solche Gedanken über gutherzige, wohlmeinende Menschen? Im Auto saß ich wie ein ungezogenes kleines Mädchen. Allerdings, zu meiner eigenen Verteidigung, war ich überhaupt kein ungezogenes oder ein verzogenes Mädchen, bzw. die Lebensumstände ließen es nicht zu.

Nachdem wir unsere Koffer gekauft hatten und nach Hause zurückgekehrt waren, ermutigten uns Frau Nalân und der Familienanwalt, nach Deutschland zu gehen. »Was für ein Zufall?«, sagte ich, was ich laut dachte. Wieder ermahnte mich Onkel Osman: »Mein Kind, bitte halt doch den Mund. Du könntest gehört werden«, dabei schubste er mich leicht am Arm. Eigentlich hatte er recht, denn ich hätte schweigen sollen, bis ich mit meinem Bruder gesprochen hatte. Während meine Tante Meral mit einem der neu eingetroffenen Mitarbeiter das Essen zubereitete, deckten die andere den Tisch für das Abendessen ein. Anscheinend würden Gäste kommen, ein sehr pompöser Tisch wurde vorbereitet. Da ich dachte, wir könnten nicht mehr mit meinem Bruder sprechen, zog ich mich in mein Zimmer zurück.

Das Leben ist ein Kreis!

KAPITEL 11

Drei Tage waren vergangen.

An meinen Bruder Suat gewandt, sagte ich: »Jetzt müssen wir unsere Sachen packen. Sammele einfach alles auf einen Platz in deinem Zimmer zusammen, was dir wichtig ist, was du nicht hierlassen willst.« Er sagte, er hätte schon angefangen. Ich war diejenige, die nicht mit dem Packen angefangen hatte, da ich Detektiv gespielt hatte. Während alle bereit zu gehen waren, war ich erst damit beschäftigt, mich fertigzumachen. Wenn mein Bruder keine Zeit zum Reden fand, würde ich diese Aufgabe Tante Meral überlassen. Die Zeit verging ziemlich schnell.

Ein Wunder könnte alles ändern. Meine Aufregung steigerte sich. Ich wollte, dass alles so schnell wie möglich vorbei war. In meinem Zimmer legte ich die Dinge, die mir am wichtigsten waren zusammen. Mein Bruder hatte mir vor ein paar Tagen angeboten: »Jedes Mal, wenn du kommst, kannst du etwas mitnehmen, oder wenn du willst, schicke ich dir alles per Schiff oder Flugzeug, was immer du willst.«

Dem stimmte Tante Meral zu: »Er sendet es dir mit dem Schiff einfach zu. Hör auf deinen Bruder!« Natürlich stimmte ich dem zu. Da mein Bruder in einer sehr stressigen Zeit war, wollte ich ihn mit diesen Themen und meinen Sonderwünschen nicht ermüden. Daher sagte ich zögernd: »Nein! Nein! Machen wir uns keine Mühe!« Es wird aber kein Ortswechsel, auch kein Katzensprung bis hier her aus Deutschland sein. Das war natürlich die logischste Entscheidung.

So hatten meine Geschwister und ich am Ende unsere persönlichen Sachen doch in einen großen Container gepackt und verschiffen lassen. Es war jedoch unklar, wann er in Deutschland ankommen würde. Es war sowieso egal. Dank meiner Tante Meral und meinem Onkel Osman, die alles organisiert hatten, damit wir unsere Sachen per Container verschiffen konnten, würden wir alles bei uns haben. Auch wenn wir alles mitnahmen, hinterließen wir in diesem Haus immer noch ganz besondere Erinnerungen, die nie in Vergessenheit geraten würden.

Eines erregte wieder meine Aufmerksamkeit, Frau Nalân flüsterte ständig mit dem Anwalt. Mein Bruder Nihat würde bald nach Hause kommen. Vielleicht wollte er mir sagen, lass uns heute reden, vielleicht würde er es eines Tages bestimmt. In der Küche wurden schnell diverse Gerichte zubereitet, falls Gäste kommen sollten. Sie wollte, dass wir vor der Hochzeit gehen, das hatte ich an diesem Tag von Frau Nalân gehört, als sie mit diesem Anwalt sprach. Der Anwalt entschied auch über das Geld der Holding, welche Transaktionen zu tätigen waren. So waren sie uns auch schneller losgeworden.

Kojoten! Ihre Täuschungen würden früher oder später aufgedeckt werden. Aber ich hatte mir immer gewünscht, dass es herauskommt, bevor es zu spät war. Frau Nalân benahm sich, als wäre sie die Herrin des Hauses.

Der Esstisch war gut ausgestattet, es gab eine luxuriöse Tischdekoration. Die erwarteten Gäste kamen nacheinander.

Wir wurden gebeten, aus dem Weg zu gehen. Wir wollten sowieso nicht da sein. Nun, ich sagte zu mir: »Yasemin, hör auf deinen Onkel Osman, mach deine Tante Meral nicht traurig, habe noch Geduld. Du gehst sowieso.« In diesen letzten Tagen hatte ich mir gewünschte, ich könnte es vermeiden, in derselben Umgebung zu atmen wie sie, damit die Zeit schneller verging.

Mein Bruder Nihat war noch nicht zurück. Nachdem wir gegessen hatten, zogen wir uns auf unser Zimmer zurück. Wir hatten uns unseren Koffer gewidmet und packten die Sachen ein, vdie Tante Meral für uns gewaschen und gebügelt hatte.

Plötzlich trat Tante Meral eilig in das Zimmer ein, dann schloss sie sofort die Tür. »Mein Kind, ich habe den Anwalt telefonieren gehört. Er hat mit einem Herrn vom Konsulat gesprochen, der euren Visum fertiggemacht hat. Im Gespräch hörte ich, wie er sagte, dass er umgehen das Geld überweisen würde und dankte ihm für seine harte und schnelle Arbeit. Mein Kind, man muss sich vor denen fürchten. Diese Menschen haben ihre Hände überall. Wie haben sie diese Transaktionen in wenigen Wochen abschließen können, doch nur mit Schmiergeldern. Anschließend rief er sofort deine Tante an und sagte ihr, er würde ein Flugticket für sie buchen und ihr hunderttausend Lira geben, wenn sie direkt käme. Mein Kind, du hattest recht. Ich habe auch gehört, dass sie deiner Tante Geld geben, damit du hier verschwindest. Den genauen Tag, wann sie kommt, weiß ich nicht. Vielleicht schon heute, morgen, oder in den nächsten Tagen, mein Kind. Was ist sie für eine Tante, die viel Geld verlangt, um ihre Neffen und Nichten mitzunehmen?

Mein Gott, mein Gott, beschütze meine drei demütigen Kinder vor Schwierigkeiten. Überlass Sie nicht den Unterdrückern. Mache sie stark, rüste sie aus und umgebe sie mit Deiner Geduld und Kraft. Oh, mein Kind, oh weh! Wenn deine Tante, dass Geld angenommen hat, möchte ich nicht weiter über die Zukunft nachdenken. Oh weh! Nein, nein, ich habe keine Worte mehr zu sagen ... Beschütze dich immer, mein Kind, deine Geschwister sind dir Gottes vertraut. Stehe immer für sie ein, schweige nicht über Grausamkeiten, spiele nicht die drei Affen. Yasemin, kämpfe immer, kämpfe immer, okay mein Kind? In jeder Situation und in jeder Lage ist Gott immer bei euch, mein Kind«, sagte sie, dann umarmte sie mich weinend.

Es war, als wüsste sie, was mit uns passieren würde. Sie war sich jetzt bewusst, was los war. Jetzt gab es jemanden, der Bestätigte, was ich gehört und gesehen hatte. Deshalb fühlte ich eine Erleichterung. Selbst wenn ich hier wegging, hatten wir unsere Tante Meral, unseren Schutzengel, die alles bezeugen konnte.

Tante Meral war wieder nach unten gegangen, um nicht aufzufallen. Es kam mir seltsam vor, dass wir so taten, als ob wir von allem nichts wussten. Mein Bruder Nihat kam spät. Er arbeitete hart. Fast vier Stunden waren vergangen. Ab und zu war ich mit dem Fahrstuhl in die Küche gefahren. Da bekam ich von meiner Tante Meral oder meinem Onkel Osman die Nachricht, dass mein Bruder noch arbeitete.

»Geht morgen in die Schule, Yasemin, es sind eure letzten Tage, vielleicht euer letzter Tag. Wir wissen es nicht. Verabschiedet euch von euren Freunden«, riet mein Onkel Osman uns.

Ja, es war Zeit, Abschied zu nehmen. Ich mochte keine Abschiedsmomente. Es stank nach Trennung. »Okay«, antwortete ich, wünschte beiden eine gute Nacht und zog mich in mein Zimmer zurück.

Natürlich konnte ich nicht gleich einschlafen, mein Kopf kribbelte wieder ganz schön.

Obwohl ich spät abends ins Bett ging, wachte ich pünktlich zur Schulzeit auf. Nachdem ich mir die Hände und das Gesicht gewaschen und mich angezogen hatte, ging ich hinunter in die Küche. Wie jeden Morgen war Onkel Osman im Garten beschäftigt. Tante Meral hingegen bereitete unser Frühstück in der Küche zu, die mit einem leicht angespannten Dialog mit den anderen neuen Mitarbeitern sprach.

»Tante Meral, was ist los?«, fragte ich, bevor ich guten Morgen sagen konnte. »Ist schon okay, mein Kind, komm frühstücke erst«, erwiderte sie. Etwas lief nicht gut. Tag für Tag die gleichen Dinge zu erleben, war wirklich unerträglich geworden. Einer von den Neuangestellten sagte patzig zu meiner Tante Meral: »Oh, du wäschst mir den Kopf, sei endlich leise, geh an die Arbeit!«

Das *war zu viel. Wie konnte sie so mit meiner Tante Meral reden?*

Ruckartig stand ich auf. »Sag mal, du wirst dich sofort bei Tante Meral entschuldigen!«, fuhr ich ihr an. In diesem Moment kam mein Bruder Nihat herein. Als er feststellte, dass es sich um ein unangenehmes Gespräch handelte, erkundigte er sich: »Was geht hier vor sich?« Tante Meral sagte wieder mit diesem mütterlichen Geist: »Nichts mein Sohn, komm. Komm schon, du isst dein Frühstück, ich habe es drinnen zubereitet.« Aber ich konnte es nicht mehr ertragen und erzählte, wie das neu Personal mit meiner Tante Meral umging.

Da hob Nihat seine Augenbrauen. »Schau, was auch immer Tante Meral euch in diesem Haus sagt, so wird es gemacht. Ich will keine Einwände hören. Bringt keine neuen Gewohnheiten in das alte Dorf. Und versucht, gut miteinander auszukommen. Tante Meral, hat hier das sagen«, sagte er leicht schläfrig. Plötzlich widersprach einer der beiden: »Aber Frau Nalân sagt das nicht so.«

»Ich habe in diesem Haus das Sagen, Frau Nalân hat hier nichts zu bestimmen, sagte mein Bruder.

Es war das erste Mal, dass in diesem Haus eine so unangenehme Situation aufkam, sonst herrschte immer eine herzliche familiäre Atmosphäre mit den Mitarbeitern. Unruhige Tage begannen in diesem Haus. Niemand hatte bisher seinen Respekt verweigert. Seit Jahren hatte niemand seine Stimme erhoben.

Vielleicht war sich mein Bruder nicht bewusst, dass es diese Nalân war, die sich damals um das Haus kümmerte. Aber hey, es hatte mich sehr gefreut und glücklich gemacht, dass er sie so angegangen war. »Komm zum Frühstück, Yasemin«, bat er mich. Als ich erwiderte: »Ich frühstücke hier«, war er überrascht und fragte: »Warum?« »Frau Nalân möchte, dass wir hier essen«, erklärte ich. »Was hast du gesagt?«, fragte er stirnrunzelnd und wurde wütend.

»Bruder, sei nicht böse, wir gehen schon heute oder morgen. Das Wichtigste ist, dass du glücklich bist«, antwortete ich.

Verwundert schüttelte er den Kopf. »Wir haben also noch mehr miteinander zu besprechen«, meinte er. Tante Meral nahm meinen Teller vom Tisch und wir verließen das Zimmer. Bedeutungsvoll machte meine Tante Meral ein Augenbrauen-Augen-Zeichen, dass bedeuten sollte: »Mal sehen, es ist gut, nutze die Gelegenheit, um zu sprechen.« Nickend zwinkerte ich ihr zu, als ich meinem Bruder ins Esszimmer folgte. Ich hatte eine sehr positive Erinnerung an diese Tage, die sich in einem unerwarteten Moment entwickelt hatten.

»Komm schon, lass mich wissen, was du zu erzählen hast, lass deinen Bruder nicht länger warten. Was willst du dringend mit mir besprechen?«, forderte er mich auf zu reden. Vielleicht war der Frühstückstisch nicht der passende Ort, um das Thema anzusprechen. Denn dies war kein fünfminütiges Thema, über das man reden konnte. »Nicht hier, Bruder, wir müssen in einer angenehmen und ruhigen Umgebung reden. Ich möchte nicht über diese Themen im Haus sprechen«, erklärte ich.

»Okay, lass uns am Abend ausgehen, was sagst du dazu? Nur wir beide, da können wir uns bequem unterhalten. Wenn du möchtest, informieren wir auch Nalân und Suat«, bot er an.

Es gab nichts, was ich nicht versucht hatte, um dieses Gespräch zu ermöglichen. Natürlich hatte ich alles Mögliche unternommen, jetzt war ich zutiefst niedergeschlagen. »Bruder bitte, dieses Gespräch ist mir sehr wichtig. Es sollte nur zwischen uns beide stattfinden. Weder Frau Nalân noch Suat sollen mitkommen. Hör zu, ich fahre heute oder Morgen ab, wer weiß, wann wir diese Gelegenheit wiederbekommen«, sagte ich.

»Du hast noch einige Wochen vor dir, warte, du hast es aber eilig. Okay, wir reden unter uns und ganz privat. Nach meinem Feierabend gehen wir beide aus«, versprach er. Der erste Satz, den er ausgesprochen hatte, war der Beweis, wie unwissend er war. Er wusste nicht einmal, dass unser Visum ausgestellt war, dass meine Tante heute oder morgen kam, um uns zu holen. Nachdem Nihat gefrühstückt hatte, stand er schnell auf. Er erwähnte, dass er wichtige Termine hätte.

»Lasst das Aufräumen, heute übernehme ich«, bot Tante Meral mir an. »Komm, mach dich und Suat fertig. Lass dich von deinem Onkel Osman zur Schule bringen, verabschiede dich von deinen Freunden und Lehrern. In der Zeit bereite ich euch etwas Schönes für unterwegs nach Deutschland zu«, sagte sie warmherzig.

»Möchtest Du gehen?«, fragte mich niemand. Ja, mich hatte noch nie jemand gefragt, ob ich das wollte. Nun, ich hatte geschwiegen, weil dies mein Schicksal war. Stillschweigen hatte ich alles akzeptiert.

Nachdem wir uns fertiggemacht und uns in der Schule verabschiedet hatten, fuhren wir wieder nach Hause. Es gab Neuigkeiten, die mir Tante Meral erzählte: »Deine Tante steigt um sechs Uhr ins Flugzeug ein.« Frau Nalân war zu Hause, dies hörte ich aus ihrer Rede heraus. »Du wirst heute Abend mit deinem Bruder sprechen, mein Kind. Du wirst keine weitere Gelegenheit haben«, fügte sie hinzu.

Sie hatte recht, ich sollte heute Abend unbedingt mit meinem Bruder reden. Ich hatte es eilig, mich in mein Zimmer zurückzuziehen und meinen Koffer fertig zu packen. In meinem Zimmer war fast nichts mehr. Wir hatten alles schon per Container verschickt. Das Wertvollste für mich war immer noch bei mir. Ich war wirklich sehr traurig, denn ich wollte nicht gehen. Wir waren in ein neues Leben eingetreten, wir hatten eine makellose Ordnung für uns geschaffen. Aber es war eine der Tatsachen des Lebens, dass wir gehen mussten. Ich hatte an diesem Tag nicht zu Mittag gegessen, da mein Bruder gesagt hatte: »Wir gehen alleine zum Abendessen in ein Restaurant, wir essen und reden.«

Nachdem ich mit dem Packen meine persönlichen Sachen fertig war, half ich Suat, dem ich sagte: »Wir sollten immer zusammen sein. Wir sollten nie voneinander getrennt werden.

Du solltest mir immer vertrauen. Ich bin deine ältere Schwester und Kiraz ist unsere gemeinsame Schwester. Was auch immer passiert, vertraue mir immer, verliere nie dein Vertrauen. Einigkeit ist Stärke. Wir wissen nicht, was in Deutschland passieren wird. Gemeinsam sind wir stark, mein lieber Bruder.« Mit diesen Worten fand auch er etwas Kraft.

Allerdings hatte ich Angst, aber ich konnte sie nicht zum Ausdruck bringen. Vielleicht hätte ich nicht so viel Angst gehabt, wenn ich nichts von dem Geld gehört hätte. Es gab keine Heilung für die Toten und die Verlogenen, und ich suchte unseren Frieden zwischen den Negativitäten.

Plötzlich kam Tante Meral eilig zu uns. »Deine Tante ist hier, meine Tochter. Der Fahrer wird sie bald herbringen. Lass mich deinen Bruder anrufen, damit er heute früher kommt. Du musst heute reden, solange du noch kannst, mein Kind. Verliere nicht die Hoffnung«, sagte sie. Doch diese Hoffnung hatte ich nicht mehr. Alles lag in meiner Hand, aber ich konnte ihn nicht mit Gewalt zwingen, mit mir zu sprechen! Es war Zeit, Abschied zu nehmen. Ich mochte keine Abschiede, das hatte ich nie getan und werde es auch nie tun. Trennung! Ich mochte keine Trennungen. Bis zu diesem Alter hatte ich viele Abschiede erleben müssen. Das Beste war, ohne Vorankündigung zu gehen. Irgendwohin, egal wohin!

Halte nicht an etwas fest, was dir nicht guttut.
Lass los, bevor das Leben dich dazu zwingt.

KAPITEL 12

Abschied

Freudig wartete Frau Nalân auf meine Tante, die sie nach ihrer Ankunft auch als Erste zu Hause willkommen hieß. Wir waren Opfer eines Spiels, das sie spielten. *Gab es noch mehr zu sagen?* Die beiden standen auf einer Seite und flüsterten. Sofort zogen sie sich zurück, sie wollten alleine sprechen. Wer wusste schon, welche Fallen sie damals aufzustellen versuchten. An das Ohr meiner Tante Meral flüsterte ich: »Wir müssen sofort meinen Bruder anrufen.« Sie versuchte mich ein wenig zu trösten, indem sie sagte, ich rufe an. Jetzt kam auch der Familienanwalt Mustafa dazu, die drei unterhielten sich leise. Hin und wieder schaute ich unbemerkt durch die Küchentür. Es wurde berichtet, dass mein Bruder unterwegs war. Ich hätte mit meinem Bruder ausgehen sollen, bevor Frau Nalân und ihre Freunde es mitbekommen hätten. Dies konnte ich nur mit der Hilfe meiner Tante Meral erreichen, denn sie dachte genauso wie ich. »Mein Kind, ich glaube nicht, dass es heute eine Möglichkeit gibt, mit deinem älteren Bruder zu sprechen. Ich denke, ich werde noch einmal mit ihm telefonieren müssen.«

Wie versprochen rief Tante Meral meinen Bruder an: »Es ist hier sehr voll, du kannst nicht mit Yasemin ausgehen, wenn du hineinkommst und sie dich sehen. Du kommst besser nicht ins Haus, lass Yasemin rauskommen.«

In der Zwischenzeit sprach der Anwalt mit einer Fluggesellschaft. *Was geschah hier überhaupt?* Ich war überrascht.

Beleidigt betrat ich das Wohnzimmer. Was auch immer vor sich ging, ich war von allem beleidigt und das spiegelte sich in meiner Stimmung wieder. Sobald der Anwalt das Telefonat beendet hatte, informierte er uns: »Das Flugzeug startet um sechs Uhr morgens. Es wäre nicht schlecht, wenn wir gegen zwei Uhr nachts losfahren würden.«

Etwas brach in mir, denn in diesem Moment betrat mein Bruder das Haus und nähert sich dem Wohnzimmer. »Was ist das für eine große Überraschung? Wer ist gekommen? Herzlich willkommen!«, grüßte er alle. Ich ging zurück in die Küche und verbarg meine Tränen. Obwohl mein Bruder mit Tante Meral gesprochen hatte, war er ins Haus gekommen. Die andere schlechte Nachricht war, dass wir in ein paar Stunden nach Deutschland flogen.

Es gab kein Zurück, ich war sehr traurig, daher weinte ich weiter. Es tat weh, ich konnte nicht anders als zu weinen. Wir wollten nicht gehen! Mein Bruder wusste nichts von der hinterhältigen Falle.

»Das Abendessen ist fertig«, sagte Tante Meral. »Du hast den ganzen Tag nichts gegessen. Rufen wir auch Suat, ihr zwei werdet hier essen. Dein Bruder ist gekommen, sie werden ihn nicht mehr gehen lassen.«

»Okay«, schluchzte ich. Was auch immer Gott gab, damit deckte sie den Tisch. Ich hatte nicht wirklich Appetit, aber ich schaffte es, ein oder zwei Bissen in den Mund zu nehmen.

Nachdem mein Bruder zu Abend gegessen hatte, benutzten wir die Hintertür, um zu unseren Zimmern zu gelangen. Heute Abend wollte ich niemanden mehr sehen. Um zwei Uhr würden wir abreisen, so müssten meine Geschwister und ich um 01:00 Uhr aufstehen.

Kiraz war bereits eingeschlafen. Suat lag auch mittlerweile im Bett. Schließlich lagen fünf Stunden Fahrt vor uns. Über das Telefon rief ich in der Küche an, um mit meiner Tante Meral zu sprechen. Ich bat sie, meinem Bruder traurig und melancholisch mitzuteilen, dass wir gegen zwei Uhr morgens abreisen würden. Auch meine Tante Meral weinte am Telefon. Eine halbe Stunde später kam mein Bruder in mein Zimmer. Meine Stimmung war offensichtlich, aber ich wollte sie meinem Bruder immer noch nicht zeigen, aber er verstand, dass ich in jeder Hinsicht beleidigt und getroffen war.

»Eure Reise beginnt also heute Nacht, und wir konnten nicht miteinander sprechen. Ich werde dich nicht vom Schlafen abhalten, du brauchst ihn«, sagte er, küsste meine Stirn und verließ mein Zimmer. Alles entwickelte sich so schnell, dass ich nicht wusste, was ich machen sollte. Mein zu Hause würde ich verlassen, ohne alles geklärt zu haben. Es war wie eine Wunde, die nicht heilen wollte. Selbst wenn die Jahre vergingen, würde sie immer in mir bluten. Dies spürte ich schon damals, obwohl ich ein Kind war. Die Jahre waren vergangen, aber die Wunde blutet immer noch und schmerzte.

Das Band ging zu Ende. Yasemin fing bei ihren letzten Worten an zu weinen. Eine ihrer tiefsten Wunden war, dass sie ihre Kindheit nicht leben konnte. Es musste sie berührt haben! Wer wusste, worüber sie noch reden wollte? Sie wollte ursprünglich das Band, das sie zuerst besprochen hatte, schicken, sie begann aber sofort damit, den Rest auf das neue Band aufzunehmen und ließ mir beide zukommen!

Es war lange her, wir konnten fast sechs oder sieben Monate nicht zu Yasemin. Sie fragte immer, ob unsere Arbeitstage vereinbar seien und wann wir zu ihr kamen.

So hatten mein Bruder und ich vor ein paar Tagen Yasemin besucht, die Erinnerung aus ihrem Privatleben blieb noch sehr gut in meinem Kopf:

Über das Telefon hatten wir einen Tag vereinbart, der endlich gekommen war. Morgen war es so weit, dann fuhr ich zu Yasemin. Ich hatte sie sehr vermisst. Mit dem Wetter hatten wir glück, es war sehr schön, weder zu heiß noch zu kalt. Es war September.

Während unseres Telefongesprächs sprach sie viel über ihren Garten und dass die anderen Nachbarn keinen Garten wollten, deshalb gehörte der ganze Garten ihr. Sie erwähnte, dass sie sogar einen Olivenbaum gepflanzt hätte. Das Bepflanzen machte sie glücklich.

Sobald wir bei ihr waren, hatte sie uns zuallererst ihre Pracht gezeigt. »Niemand hat etwas aus dem schönen Fleckchen gemacht.«, hatte sie mir erklärt. Ich erinnerte mich, worüber wir gesprochen hatten. Überall wuchs unnötiges Unkraut und das Grundstück wurde wie eine Müllhalde genutzt.

Ich hatte meinen Augen nicht getraut. Sie hatte einen Garten wie das Paradies geschaffen. Jede Minute, die sie erübrigen konnte, verbrachte sie dort. Überall waren wunderschöne, bunte Blumen. Der Eigentümer hatte ihr versprochen, wenn sie aus dem verwilderten Grundstück etwas machte, würde er ihr dort ein Gartenhaus bauen, und er hielt sein Versprechen. Er hatte für Yasemin ein verglastes Häuschen aus Holzbalken gebaut. »Komm schau es dir an, wie schön es ist«, bat sie mich.

Grüne Bohnen, verschiedene Salate, Kürbis, Zucchini, Tomate, verschiedene Gewürze, scharfe rote Paprika, grüne Paprika, Erdbeere, Weißkohl, Kirsche und Unzähliges mehr hatte sie angebaut. Ihre letzten Ergänzungen waren der Olivenbaum, ein Kiwibaum und ein Apfelbaum gewesen.

Eine Seite war nur mit Blumen geschmückt, und auf der nicht sichtbaren Rückseite wurde nur Gemüse und Obst gepflanzt. Die Vorderseite beherbergte den Grill und die Sitzecke. An diesem Tag hatten wir die meiste Zeit in der grünen Pracht verbracht. Wir grillten und brühten unseren Tee über dem Feuer auf. Wir hatten Spaß, bis es dunkel wurde. Es war ein schöner Tag. Als wir uns von Angesicht zu Angesicht getroffen hatten, sprachen wir nur über unseren Alltag. Sie erwähnte sogar, dass sie sich an ihren Arbeitsplatz gewöhnt hatte und ihre Ausbildung zur Friseurin in dem Salon, in dem sie angefangen hatte, begonnen hatte. Dies waren die ersten Schritte zum Erfolg. Yasemin kämpfte und klammerte sich an das Leben. All die Negativität, die sie durchgemacht hatte, konnte sie nicht davon abhalten, auf den Beinen zu stehen.

»Hast du meine Verwandten gesehen?«, fragte sie wiederholt. Damit sie sich keine Sorgen machte, hatte ich Nein gesagt, obwohl ihr Schwager insgesamt sechsmal bei mir im Friseursalon vorbeigeschaut hatte. Sogar beim Einkaufen hatte er mich mehrmals angehalten, um sich nach Yasemin zu erkundigen. Wenn es so weit war, würde ich ihr es schonend beibringen. Es war zu früh, um es zu sagen. Auch wenn Yasemins Aufenthaltsort damals geheim gehalten wurde, lebte sie in Angst, daher konnte ich ihr solche Nachrichten nicht mitteilen, denn ich hätte ihre Ängste unterstützt.

Ihr Bruder, Suat und Kiraz waren mit vollen Händen nach Hause gekommen. Wir wollten alles aufräumen und ihnen dann ins Haus folgen. Die Zeit rannte nur so vorbei. Am nächsten Morgen würden mein Bruder und ich bereits mit dem Zug wieder die Heimreise antreten.

In die Küche hatten wir das frisch gepflückte Gemüse und das Obst abgelegt. Yasemin erwähnte den Verkauf von fast vierzig Kilo grüne Bohnen und Gläser mit Chilipaste. Alles war frisch und handgemacht aus ihrem Garten. Die Lebensmittel waren sehr selten zu finden.

Am Morgen nach dem Frühstück, hatten mein Bruder und ich uns auf die Heimreise vorbereitet. Bevor wir Yasemin verlassen hatten, gab sie uns eine Tüte voll eingemachte Gläser aus dem Garten mit wie Marmelade, Essiggurken, würzige Paste, verschiedenes Gemüse und Obst.

Zum Abschied hatten mich ihre blauen Augen angestrahlt.

Ihr Kopf war leicht zur Seite geneigt gewesen, dabei lächelte sie und hatte die kleine Kassette in meine Handflächen gelegt, dabei hielt sie meine Hände voller Liebe und Hoffnung fest.

Yasemin vertraute mir. Sie glaubte im Herzen, dass ihre Lebensgeschichte, die ich in einem Buch zu veröffentlichen plante, Hoffnung für andere Yasemins auf der Welt geben würde und dass ich dazu beitragen würde, ihre Geschichte weiterzutragen.

Mal sehen, was Yasemin weiter zu erzählen hatte, so drückte ich auf Abspielen, um mir den nächsten Teil anzuhören:

Um 00:30 Uhr hatte ich mir den Wecker gestellt. Zuerst hatte ich mich fertiggemacht, dann meinen Bruder Suat geweckt und schließlich Kiraz, der ich beim Anziehen half. Eine halbe Stunde war vergangen. Die Geräusche der unteren Etage hallten nach oben. Es waren eine Menge Leute, ich konnte schon erahnen, wer es war. Tante Meral warf noch einmal einen Blick in unsere Koffer, um zu sehen, ob wir alles eingepackt hatten. Für unterwegs bereitete sie alles vor, was wir mochten und packte es in eine Tasche. Sie hielt die Hand wie einer Mutter über uns, sie war herzlich und liebevoll. Ich war traurig, sehr traurig, aber ich hatte mich dem Schicksal ergeben. Wir mussten gehen, es waren unsere letzten Minuten zu Hause gekommen. Es war Zeit, sich zu verabschieden. Unsere Koffer und Taschen wurden zu den Autos gebracht.

Meine Tante Meral, mein Bruder Nihat und mein Onkel Osman begleiteten uns zum Flughafen. Alle Opfer waren zusammen. Natürlich war ihre List über Nacht nicht verschwunden. Noch nach Jahren dachte ich, wie schlau sie waren, wie sie uns losgeworden waren.

Wir kamen fast zwei Stunden früher am Flughafen an. Unser Gepäck wurde übergeben, aber es war noch Zeit, die Passkontrolle zu durchlaufen. Ich hatte meinem Bruder nichts mehr zu sagen. Wenn es eines Tages eine Chance gäbe, würde ich es tun. Jedoch meine Tante Meral drängte: »Komm schon, rede!« Aber ich war tief verletzt, nicht wütend, das konnte ich wohl nicht sein. Ich war nicht jemand, der viel Groll oder Hass hegte.

Die Passkontrolle hatten wir hinter uns. Während des Wartens weinte meine Tante Meral die ganze Zeit. Weil sie wusste, was jetzt kam. Während wir warteten, gab mir mein Bruder Nihat einen verschlossenen Umschlag. »Steck ihn sofort in deine Tasche!«, sagte er zwinkernd. Wir waren an der Reihe, es war Zeit, Abschied zu nehmen. Wir umarmten uns zum letzten Mal. Meine Tante war diesbezüglich ein wenig kaltblütig, ich konnte keine Emotionen in ihr spüren.

Vom Innenbereich, wo die anderen nicht mit hineinkonnten, blieb mir nur ein Wink zum Abschied. Von nun an waren wir in der Obhut meiner Tante, der ich aufgrund dessen, was passiert war, überhaupt nicht mehr traute. Jedoch hatte ich keine andere Wahl, als bei Gott Zuflucht zu suchen. Es war unser einziger Unterschlupf.

So stiegen wir ins Flugzeug, alles war neu und fremd. Bisher war ich noch nie geflogen. Meine Tante packte unser Handgepäck in das Passagierdeck. »Haltet nichts in der Hand. Ich will keine Ermahnungen wegen euch hören müssen, es herrscht Funkstille«, schimpfte sie mit uns. Sie war kühl. Das hatte ich schon früher gespürt. Wir traten Schritt für Schritt ins Unbekannte. Suat saß eine Reihe vor uns mit Kiraz in der Mitte. Ich saß mit meiner Tante hinter ihnen. Wenn sie jedoch das Herz einer Mutter gehabt hätte, würde sie sich neben Kiraz setzen und mir Suat geben. Noch bevor das Flugzeug abhob, hatte ich schon darum gebeten, neben Kiraz zu sitzen. Kiraz war noch jung. Suat tat, was nötig war, aber er war auch noch ein Kind. Aber was war ich mit fünfzehn Jahren? War ich kein

Kind?

Nur habe ich mich überhaupt nicht als Kind gesehen. Ich hatte nie eine Kindheit, wie traurig.

Sensibilität, liegt in der mitfühlenden Person.

KAPITEL 13

Meine Kindheit konnte ich nie ausleben, diese Gefühle kannte ich nicht, ein Kind zu sein. Bei der letzten Aufnahme sprach ich darüber, was im Flugzeug passiert war. Das Thema Kindheit hatte mich abgelenkt. Es fiel mir schwer, nicht zu weinen. Nein, diesmal sage ich es dir, ohne zu weinen. Es gibt keine Heilung für das, was passiert war. Wir müssen nach vorne schauen, nur dann kann ich vorankommen. Da ich ungewollt vom Thema abgewichen war, erzähle ich jetzt weiter:

Wir waren im Flugzeug. Meine Tante war schließlich überzeugt und beschloss, den Platz doch zu wechseln. So ging ich in die Mitte neben Kiraz. Mein Bruder Suat saß bei meiner Tante. Da es mein erster Flug war, war ich aufgeregt. Es war ein seltsames Gefühl. Das Flugzeug war gestartet, ich hielt Kiraz fest. Unsere Gurte waren befestigt. Ich sah zu Suat, um mich zu vergewissern, ob sein Gurt gut geschlossen war. Damals sah ich, wie meine Tante etwas in einem Umschlag zählte. Der Umschlag war ziemlich dick gewesen. Es sah aus wie mein Umschlag. Sie gaben meiner Tante Geld, aber ich wusste nicht, wer es ihr gegeben hatte. Mein Bruder hatte mir einen Umschlag gegeben, ja, aber wer hatte ihr einen gegeben? Diese Frage hatte mich beschäftigt und ich fühlte mich nicht wohl. Da ich nicht wusste, was mit uns passieren würde, war ich immer im Zweifel und zögerte. Ich denke, dieses Verhalten war ganz normal. Wo immer es Verwandte gab, war ich von ihnen verfolgt und geschädigt worden. Diese Zweifel würden sie im Laufe meines Lebens zunehmen oder abnehmen? So oder so, die Zeit wird es zeigen.

Deutschland

Wir waren in Deutschland angekommen… Als ich aus dem Flugzeug stieg, fühlte ich, dass es sehr kalt war. Freude? Ich musste nachdenken! Nein, ich war nicht in freudiger Stimmung. Mein Bruder Suat aber auch nicht. Wie konnte ich glücklich sein, wenn ich nach Deutschland auswanderte? Wer würde den Fall meines Schwagers verfolgen, der mich vergewaltigt hatte? Wer würde sich um diese Angelegenheiten kümmern, wenn der Anwalt uns so hart in den Rücken fiel? Ich wollte das alles mit meinem Bruder besprechen, aber von Angesicht zu Angesicht war es leider nicht möglich. Im Stillen hoffte ich, dass wir uns vielleicht in den nächsten Tagen telefonisch verständigen könnten. Vielleicht hätte ich dann die Gelegenheit, mit ihm zu reden.

Mein mittlerer Cousin war gekommen, um uns in seinem neuen weißen BMW abzuholen. Sein Haar war mit Haargel vollgeschmiert. Ohrringe steckten in seinem Ohr. Im Auto ertönten die Lieder von İsmail YK. Ich war erstaunt. Während der Fahrt saß er auch nicht richtig. Später war mir aufgefallen, dass die meisten türkischen Jugendlichen, die in Deutschland lebten, ihr Auto so komisch fuhren. Diese schlechte Angewohnheit hatte mich überwältigt. Es schien aus irgendeinem Grund so seltsam. In einem schlechten Türkisch stellte er uns die Orte vor, an denen wir vorbeikamen, als würde er uns auf eine Sightseeing-Tour mitnehmen. Die meisten hatte ich nicht verstanden. »Ist es Ihnen möglich, es uns später zu sagen, können sie sich überhaupt auf die Straße konzentrieren?«, fragte ich.

Sofort schalte meine Tante mich wieder. Nur weil ich es mit einer sehr harten Reaktion gesagt hatte, beschimpfte sie mich: »Du Bastard, du unhöfliches Ding. Jetzt zeigst du dein wahres Gesicht. Hast du eine Klassenfreundin vor dir? Er ist dein älterer Bruder, und hat dich jemand nach deiner Meinung gefragt?« Ja, vielleicht hatte sie damals recht, aber er war siebzehn. Er durfte das Auto nur fahren, wenn seine Mutter oder sein Vater dabei waren, solange er noch keine achtzehn war. Es gab Regeln. Er benahm sich, als würde man einem Lahmen einen neuen Stock in die Hand geben, als wollte man sagen: Komm, steh auf und geh jetzt. Zwischen uns lagen nur zwei Jahre. Jedoch hatte ich mehr durchgemacht als er. Er kam mir kleiner als Suat vor. Sogar Suat war verantwortlicher als er.

Ich respektierte diejenigen, die es verdienten und gab nicht den Unwürdigen mein Respekt. Natürlich hatte ich ihn nicht auf einen Blick zu Boden gestarrt, das war nicht möglich. Vor allem mit welchem Recht würde ich so etwas tun? Wir waren nicht unhöflich. Glücklicherweise reagierte ich nach dieser Beleidigung schnell: »Bei allem Respekt, er ist älter als ich.« Damit war die Sache erledigt. Wir wurden gleich bei unserer Ankunft mit einem Streit begrüßt.

Mir ist egal was andere Menschen von mir denken.
Ich bin wie ich bin.
Nicht perfekt, aber echt.

KAPITEL 14

Nach eineinhalb Stunden Fahrt kamen wir bei ihrem Haus an.

Es war sehr alt, die Farbe vom Stein, der Außenfassade schien überall herunterzufallen. Ein großer Müllhaufen stand vor der Tür. Überall lag Abfall vom Bau und von anderen Hausbesitzern herum. Es brauchte tausend Zeugen, um den Garten zu erkennen. Na ja, es war immer noch besser als nichts. In diesem Moment erklärte mein Cousin: »Wir haben es mit dem Geld gekauft, das uns deine Leute gegeben haben. Wir sind gerade in dieses Haus gezogen, wie ist es, schön?« Es war ziemlich hart für mich zu antworten, aber ich riss mich zusammen, ich würde mich nie aufgeben. Diesmal musste ich mich auf jeden Fall schützen. Ich würde auch meine Geschwister beschützen … Selbst wenn es ein Verwandter war, ich würde niemanden mehr erlauben, uns zu unterdrücken. Aber ich wollte auch nicht frech erscheinen. Wie gesagt, die Zeit würde es zeigen.

Als wir mit unseren Koffern das Haus betraten, sagte meine Tante laut: »Lass das Gepäck an der Tür stehen.«

»Okay«, antworteten wir und betraten die Wohnung im ersten Stock. Das Haus war dreistöckig, welches in Nähe des Zentrums lag. Das Obergeschoss wurde nicht genutzt. Es gab viel Hab und Gut innerhalb und außerhalb des Hauses von den alten Vermietern. Auch hier lag Müll. Ich dachte, Deutschland wäre geordneter, ich dachte viel darüber nach, wie sie solche Häuser akzeptieren konnten. Sie sagte, sie schliefen im zweiten Stock.

In der untersten Etage wurde gegessen und gewaschen, da lag die Küche, die Diele, das Bad und das Wohnzimmer. Sie meinte noch zu mir, dass sie es mir vermieten würden, wenn der dritte Stock fertig sei. Wie wollte ich mit meinen Geschwistern im dritten Stock wohnen? Wie sollte ich es mit fünfzehn mieten? Ich hatte noch kein Einkommen! Jedoch hatte ich nichts gesagt. Meine Tante sprach immer mit mir, als würde sie schimpfen. »Steh nicht da, lass uns Frühstück machen, wir kommen von einer langen Reise. Was stehst du da nutzlos herum«, herrschte sie mich an.

Mein Onkel und meine Tante wohnten mit meinen drei Cousins in diesem Haus. Einer meiner Cousins wollte aufs College gehen, was sich als klug herausstellte, er war der Älteste. Jetzt, wo wir uns ihnen anschlossen, fragte ich mit sanfter Stimme: »Tante, wo werden wir bleiben?« »Lass uns frühstücken, dann bringe ich dich runter auf dein Zimmer«, meinte sie.

Seufzend wiederholte ich: »Herunterbringen?« Sie fragte: »Ja, warum bist du überrascht, unten ist ein leerer Raum. Bis der dritte Stock fertig ist, werdet ihr unten zurechtkommen müssen. Was dachtest du, wie könnten wir Euch nach Deutschland holen, wenn wir die Nutzfläche nicht hätten? Hast du jemals darüber nachgedacht?«

Wieder hatte sie mich gescholten, dabei hatte ich doch nur eine sehr einfache und natürliche Frage gestellt. Ihre Reaktionen waren immer so abstoßend, hart und kalt. Ich konnte ihre

Haltung nicht verstehen. Als ich so begrüßt wurde, war es nur natürlich, dass ich mir Sorgen machte.

Mein mittlerer Cousin sagte mir, dass sein Vater noch schlief, da er von der Nachtschicht gekommen war. Mein jüngster Cousin war in der Schule und mein ältester in der Universität. Da wir nicht viel zu erzählen hatten, brauchte ich nicht einmal ihre Namen zu nennen.

Meine Tante meinte: »Räum die Küche richtig auf, ich lege mich ein wenig hin, bevor dein Schwager aufwacht.« Nicht nur sie, wir waren auch schlaflos und müde. Trotzdem putzte ich überall, wie sie es wollte. Das Geschirr vom Vorabend hatte sich gestapelt. Ich hatte die ganze Küche zum Funkeln gebracht. Suat und Kiraz sahen sich einen Film mit meinem Cousin an, anschließend kam er in die Küche, wo wir uns ein bisschen unterhielten. Sein Herz war rein und gut, aber er hatte weder sich noch seinem Leben etwas Positives hinzuzufügen.

»Meine Tante sagte, unten sei ein Zimmer. Unsere Taschen und Koffer wurden am Eingang der Tür abgestellt. Wenn du nichts vorhast, sollen wir dann zusammen ins Zimmer runtergehen? Würdest du mir bitte die Räumlichkeiten zeigen?«, bat ich meinen Cousin. Er sagte: »Soweit ich weiß, gibt es unten keine Zimmer.« Eine kleine Pause entstand, dann sagte er das Wort auf Deutsch: »KELLER.«

»Was bedeutet, Keller?«, erkundigte ich mich. Da er nicht gut Türkisch konnte, fing an, es mir zu beschreiben.

»Komm, lass uns runtergehen, solange sie alle noch schlafen«, bat ich ihn, dann gingen wir in den Keller.

Wie würden wir an einem Ort Unterschlupf finden können, an dem nicht einmal Ratten hausten? Wie würden wir an einem solchen Ort schlafen können? »Meine Tante lässt uns hier nicht schlafen, oder? Hat sie kein Gewissen?«, fragte ich meinen Cousin.

»Bei Gott, was hat sie gemeint? Ich weiß es auch nicht«, antwortete er mit großer Überraschung. Auch er war erstaunt.

Es gab nur in einem Korridor Licht. Es war schattig, gar dunkel. Die Bretter knarrten, als ich die Treppe hinabstieg. Außerdem warnte mich mein Cousin davor, eine der Stufen zu betreten, sonst würde sie durchbrechen. Die Bretter waren feucht und der ganze Ort roch nach Feuchtigkeit. Die Räume waren alle randvoll mit Müll von ungenutzten Sachen. Es gab wenig Platz. In einem Einzelzimmer, wo der Boden aus Holz bestand, lag Kohle an der Wand. Es gab keine Lampe in dem Zimmer. Glaubten sie, dass das Licht aus dem Korridor ausreichte, um es zu erhellen. Hier sollten wir schlafen, auf einer mittelgroßen Matratze, die voller Urin, schmutzig und nass war. Es gab ein verdrecktes Sofa, ein altes Motorrad, einen schmutzigen kleinen Schrank aus Regalen ohne Türen und in diesem Schrank sollten wir unsere Sachen unterbringen? *Auf keinen Fall!* Ich hatte es meinem Cousin gesagt.

Ich musste kämpfen, um nicht mit meinen Geschwistern an diesem Ort zu bleiben. Das nannten sie Zimmer? Genug war genug, sagte ich mir. Jede Familie und alle Verwandten versuchten uns zu unterdrücken. Ich hätte das nicht mehr zulassen sollen. Ich konnte nicht anders, ich fing an zu weinen. Mein Cousin auch. »Warte, lass meine Mutter aufwachen, mal sehen, was sie zu sagen hat. Natürlich kannst du nicht hierbleiben, ich rede mit ihr«, bot er an. Ich drehte ihm den Rücken zu und ging die Treppe wieder hinauf.

Daran erinnerte ich mich gut, ich hatte viel geweint. Selbst Ratten konnten an einem solchen Ort nicht leben. Ich war keine Holzkohle, die dort verstaut werden konnte! Ich musste stark sein und mich nicht mitreißen lassen. Bevor ich zu meinen Geschwistern ging, wusch ich mir auf der Toilette die Hände und das Gesicht. Da ich nicht aufhören konnte zu weinen, wusch ich es immer wieder. Ich würde mein Schicksal nicht auslöschen können, egal wie oft ich mein Gesicht wusch, mein Schicksal würde immer dasselbe bleiben.

Als ich wieder einigermaßen ruhig war, ging ich zu meinen Geschwistern. Meine Tante und mein Schwager waren auch bereits wach. Ich war schockiert, aber auch wütend, ich konnte nichts mehr sagen. Es gab keine Aussprache, sie wollten einkaufen gehen. Weißt du, dachte ich bei mir, dass viele Geld von der Holding musste ausgegeben werden, welches sie bekommen hatten.

Nachdem meine Tante das Haus verlassen hatte, wollte mich mein Cousin ermutigen, in dem er sagte: »Komm, wir richten das Erdgeschoss ein bisschen ein und räumen es auf.« Mit einem tiefen Seufzer nickte ich meinem Cousin zu, denn ich war frustriert und verärgert.

Wie wollte er den Kohleplatz herrichten, damit er bewohnt werden konnte?

Nachdem meine Tante gegangen war, hatten wir mit meinem Cousin gesprochen. In Übereinstimmung mit dem Gedanken, die ich im Auto von ihm gehabt hatte, als er uns vom Flughafen abgeholt hatte, war sein Herz rein. Was sollte er tun, es lag nicht in seiner Hand, dass sich sein Leben so entwickelte? Die Lebensbedingungen und Verhältnisse in Deutschland hatten es so zugelassen.

Trotz allem war ich nach Deutschland gekommen. Ich hatte das Gefühl, dass es kein Zurück mehr gab. Also egal was, ich musste mich allem und jeder Situation stellen, allem widerstehen und kämpfen. Also musste ich stark sein und gegen alle Widrigkeiten angehen.

Wenn meine Tanten zurückkamen, musste ich mit ihr über die Schule meines Bruders reden. Auch darüber, was ich machen sollte, vielleicht suchte ich mir einen Job oder ging ich zur Schule? Ich wusste es auch nicht, aber es musste so schnell wie möglich alles geregelt werden. Aber jetzt war ich müde, so fragte ich meinen Cousin um Erlaubnis, mich auf die Couch legen zu dürfen. Die ganze Nachtfahrt und die Vorbereitungen machten mich ziemlich fertig. Kaum hatte ich mich hingelegt, war ich schon eingeschlafen.

Plötzlich wurde ich aus dem Schlaf gerissen. Meine Tante hatte mich mit einer so starken Reaktion geweckt, dass ich überrascht war. Was war passiert? In meinem verschlafenen Zustand schaute ich mich um, warum war sie wütend? Weil ich auf dem Sofa geschlafen hatte - obwohl sie auch geschlafen hatte. Es gab ein Sprichwort: »DIE STARKEN ERNIEDRIGEN DIE SCHWÄCHEREN!«

Mein Onkel hatte sich wieder hingelegt, weil er Nachtschicht hatte. So begann ich ein Gespräch mit meiner Tante: »Okay, hier sind wir! Was wird als Nächstes passieren, wie wird es weitergehen? Suat soll zur Schule gehen, Kiraz in den Kindergarten und ich, was soll ich machen zur Schule gehen oder zur Arbeit? Tante, was sind deine Ideen, was hast du gedacht, wie sehen deine Vorschläge aus?«

Meine Tante erzählte mir etwas nervös und kapriziös den ganzen Ablauf: »Nein, deine Gedanken legst du beiseite. Um in Deutschland bleiben zu können, müssen wir zuerst euren Aufenthaltstitel einholen. Da ihr alle drei Vollwaisen seid, seid ihr wegen einer Notsituation hier. Sonst wäre es uns unmöglich gewesen, euch nach Deutschland zu bringen und euer Alter war ausschlaggebend. Wenn ihr alle drei über sechzehn gewesen wärt, hätte der deutsche Staat euch die Einreise verwehrt.

Dies ist ein bürokratisches Land. Alles geschieht auf Papier, bleibt als Beweismittel und Dokument erhalten. Wenn du keinen Beweis hast, bist du erledigt! Das Erste, was wir morgen früh machen, ist zum Ausländeramt zu gehen und alle eure Transaktionen abzuwickeln. Mal sehen, was sie noch von uns wollen. Ich hoffe, dass euch eure Aufenthaltserlaubnisse – für ein Jahr – problemlos erteilt wird.«

Ich unterbrach sie: »Warum nur ein Jahr? Was ist, wenn sie es nicht tun? Sollen wir wieder in die Türkei zurückkehren?«

Meine Tante wurde wieder wütend: »Ich sagte mal sehen, was erwartest du von uns? Lass uns morgen früh gehen, da finden wir es heraus! Nachdem wir dieses Verfahren abgeschlossen haben und etwas Erleichterung bekommen, melden wir uns bei der Schule und dem Kindergarten. Was soll dieser Stress? Es ist viel los, seit ich hier bin. Ah, halt die Klappe und lass mich den Kopf freimachen.«

Nie hatte ich Einwände erhoben oder etwas gesagt. Dort spürte ich zum zweiten Mal eine Kälte meiner Tante gegenüber. Leise drehte ich mich um und ging ins Wohnzimmer, um mit meinen Geschwistern fernzusehen. Es war eine Sprache, die ich nicht verstand, trotzdem starrte ich auf den Fernseher. Zum ersten Mal hatte ich aufgehört zu denken und starrte wie im Traum auf den Bildschirm. Nein, eigentlich wie ein Geist.

Ich war nicht so dominant Entscheidungen über mein eigenes Leben zu treffen. Deshalb hatte ich allem nachgegeben, jeder Grausamkeit und Ungerechtigkeit. Unsere Ankunft in Deutschland hatte mir Arme und Flügel gebrochen. Es war wie ein schwerer Sturz. Trotz der bewussten Ungerechtigkeit hatte ich ein Auge zugedrückt und so getan, als würde ich die schweren Beleidigungen und demütigenden Worte nicht hören. Ich war nicht mehr Yasemin, nicht dieselbe Yasemin wie in der Türkei. Nachdem ich nach Deutschland kam, spielte ich wieder die drei Affen, denn ich wurde von allen zerquetscht und mundtot gemacht.

Wie viele Schmerzen passen in ein Leben?

KAPITEL 15

Fast zweieinhalb Jahre waren vergangen. Was ich in diesen zweieinhalb Jahren durchgemacht hatte, übersprang ich. Es waren grauenhafte Tage, ...

Ich hatte es verdrängt, jetzt fiel es mir wieder ein. Die erste Nacht in Deutschland.

Immer wieder fragte ich mich, wo ich schlafen sollte? Auf dem Kohleplatz! In diesem feuchten Keller. Es war dunkel und eisig, was für Stürme wir erlebt hatten. Es waren schreckliche Tage, die sich niemand vorstellen konnte. Es war schwer, sich an diese Momente zu erinnern, diese Tage waren erfüllt mit Grausamkeit ...

Im Sommer hatten wir Mäuse gejagt und im Winter im Keller gezittert. In dieser Dunkelheit, im Müll ...

Es war auch eine Lüge gewesen, dass sie das Obergeschoss für uns herrichten wollten. Unsere berühmte Frau Nalân schickte Geld, wenn meine Tante pfiff, und meine Tante gab das Geld für ihre Söhne und ihr zu Hause aus. Ich hatte nicht den Luxus zu kämpfen, als wir im Kohlenschuppen mit feuchten Wänden und Möbeln, feuchten Matratzen und Schmutz lebten. Ich hatte niemanden, der diese Ungerechtigkeit aufhalten konnte.

Meine Geschwister gingen zur Schule und lernten dort Deutsch. Suat hatte Schwierigkeiten, er sprach gebrochen Deutsch, aber Kiraz würde in der Lage sein, später perfekt Deutsch zu sprechen. Sie konnte die gelernten Wörter fehlerfrei aussprechen. Ich hatte natürlich auch Schwierigkeiten.

Nach der Schule war ich auf dem Weg zur Arbeit. Da ich als Kind bei einem Friseur angefangen hatte zu arbeiten, wollte ich den Beruf weiterführen. Ich kümmerte mich um Besorgungen. Wenn sie mir die Erlaubnis gegeben hätten, hätte ich damals dort anfangen können.

In der Schule hatte ich ein Mädchen aus der Türkei kennengelernt. Sie war immer auf der Hut. Einmal sagte sie etwas zu mir, das mir die Augen geöffnet hatte: »Achte auf die Aufenthaltsdauer deines Reisepasses. In den ersten fünf Jahren muss man sehr vorsichtig sein. Sie können dich nach fünf Jahren nicht mehr aus Deutschland ausweisen. Sie können dich natürlich ausweisen, wenn du ein Verbrechen begehst. Das hängt von der Größe des Verbrechens ab. Ich habe gehört, du bist eine Vollwaise. Deine Tante lässt euch wohl zu Hause quälen und foltern! Spiele für fünf Jahre lang das Spiel der drei Affen, wenn du schlau bist. Dann geh von ihnen weg.«

Sie sprach sehr hart, darüber war ich erschrocken. Aber die Wahrheit war, das Mädchen hatte recht. Nach diesem Tag begann ich, vorsichtiger und bewusster zu leben. Diese Rede hatte mich etwas ehrgeiziger gemacht. Es hatte auch mein Denken verändert. Wie auch immer.

Ich blieb neben meiner Tante ruhig. Ich sagte Amen zu jeder begangenen Ungerechtigkeit, ich gab nach, denn ich hatte keine Kraft mehr zu kämpfen. Ich war schwach, erlag jeder Unterdrückung, jeder Ungerechtigkeit. Dies war ein sehr guter Trumpf in ihren Händen. Zwar hatte ich einen Mund, aber ich verlor meine Stimme zu erheben und ignorierte, was ich durchmachte.

ABER ICH HATTE ALLES GESEHEN!

ALLES GEHÖRT!

ALLES VERSTANDEN!

Ich war nur müde und kaputt, ich spürte einen sehr starken Groll. Aber ich war keiner der drei Affen, die nicht sehen, hören oder sprechen wollten. Wie konnte eine reife Frau ein Kind im Alter ihrer Tochter Tyrannei zufügen? Was hatte sie für ein Herz? Was hatte sie für ein Gewissen?

Zum Zuhören braucht man ein Gehör,
zum Verstehen ein Herz.

KAPITEL 16

Fast drei Jahre blieb ich bei meiner Tante mütterlicherseits. In einer Stadt in der Nähe von Dortmund lebte meine Tante väterlicherseits, die Hausfrau war und mein Schwager der LKW-Fahrer war. Sie erwähnte, dass sie so allein war. »Ich wünschte, du würdest zu mir kommen«, flüsterte sie mir oft heimlich ins Ohr, damit meine Tante und andere es nicht hörten.

Drei Jahre hatten wir buchstäblich im Keller gelebt. Sogar unser Essen hatten wir dort unten im Dunkeln zu uns genommen.

Im Garten machten wir ein Feuer, um Wasser zu erhitzen, damit wir uns in der feuchten Waschküche baden konnten. Oft dachte ich an diese kalten Wintertage zurück. Man möchte gar nicht erfahren, wie ein Mensch ohne Öfen oder Heizungen zitterte und fror.

In der letzten Woche waren wir bei meiner Tante väterlicherseits gewesen. Schulen und mein Arbeitsplatz waren wegen der Ferien drei Tage geschlossen. Wenn wir das Wochenende dazuzählten, waren wir fünf Tage im Urlaub. Meiner Tante hatte ich vorher gesagt, dass wir zu meiner Tante väterlicherseits gehen wollten. Mein mittlerer Cousin hatte uns gefahren, denn mein Schwager war nicht zu Hause, er fuhr nach Belgien. Fünf Tage kamen mir vor wie fünf Stunden. Es war eine tolle Zeit gewesen, die wie im Flug verging.

Wir fühlten uns in diesen paar Tagen wie normale Menschen. Es war ein normales Leben in einer normalen Wohnung. Es war schwer zu beschreiben, wie ich mich an diesem

Tag gefühlt hatte. Sie gab mir all die Energie, Kraft, Stärke, Entschlossenheit, Kampfgeist, alles, was ich verloren hatte, kam zurück.

In diesem Haus hatte ich all meine menschlichen Gefühle wiedererlangt. Plötzlich fühlte ich mich wertvoll und wichtig. Ich hatte in einer Luxusvilla in der Türkei gelebt. Alles war da vom Fahrer über den Gärtner bis zum Koch. Warum hatte ich diese Gefühle erst jetzt? Obwohl ich sie doch damals hätte haben müssen?

»WEIL GELD NICHT ALLES IST!« Manche Dinge sind unbezahlbar.

Vor zwei Wochen war ich achtzehn geworden. Jetzt war ich volljährig. Wir lebten in der Wohnung meiner Tante. Wie es sich in jedem Haushalt gehörte, wurde auf dem Herd gekocht. Aber die letzten drei Jahre konnten wir nur mit der Gasflasche und den Trinkgeldern, die ich verdient hatte, etwas kochen. Ich fühlte mich wie ein Besucher, der sein Nachbar fragte, ob er ein Ei hatte, weil er es beim Einkaufen vergessen hatte. So schlich ich zögerlich zu meiner Tante, um nach einem Ei zu fragen. Denkt jetzt an den Rest …

Möge Gott niemanden diese Tage erleben lassen.

Als ich ein tiefes Gespräch mit meiner Tante väterlicherseits führte, gewann ich meine menschlichen Gefühle zurück. Ich hatte sogar das Reden vermisst und fast vergessen, wie das ging. Du musst herkommen, hatte sie ständig darauf bestanden.

Jeder zweite Satz war, komm hierher. Auf andere Themen konnten wir nicht eingehen. Als ich allein mit meinen Geschwistern im Zimmer war, sprachen wir miteinander über unsere Situation. Von Suat erhielt ich die Antwort: »Lass uns bleiben, Schwester, du weißt, wie wir da leben.« So ging ich zu meiner Tante, um zu reden.

Sie kochte in der Küche. Über diese Nachricht hatte sie sich sehr gefreut. Noch bevor ich es ausgesprochen hatte, hatte ich die Freude geschmeckt. Dann umarmte ich meine Tante stumm. Sie liebte mich, dass wusste ich. »Ich habe gute Nachrichten für dich«, sagte ich, bevor ich meinen Satz beendet hatte, unterbrach sie mich: »Du kommst, kommst du hierher?« Sofort fing sie an zu hüpfen und vor Freude zu schreien.

Sie hatte sogar ihr Essen auf dem Herd vergessen. Sie umarmte und küsste meine Geschwister. Ich blieb am Herd, damit das Essen nicht anbrannte. Meine Tante tanzte weiter durch das Haus.

»Du hast mich beruhigt«, sagte sie, erschöpft vom Tanzen und Springen, dann seufzte sie wieder. »Aber mein Kind, ich muss mit dir über etwas reden. Schließe die Tür, setz dich hier hin.«

Sogleich tat ich genau, was sie verlangte, ich schloss die Tür und setzte mich auf den Stuhl. »Tante, sprich! Sag es einfach so, wie es ist, du musst keine Angst haben.«, bat ich sie.

Mit meiner Herangehensweise fühlte sie sich wohl. »Ich habe mit deinem Schwager gesprochen. Er runzelte die Stirn, aber ich versuchte ihn zu überzeugen. Wenn dein Schwager zu Hause ist, macht mich das sehr nervös. Ständig will er etwas. Er kennt nichts anderes. Er will immer Aufmerksamkeit von mir, sobald er das Haus betritt, bis er wieder geht. Ich spüre, wie erschöpft ich immer bin, sobald er das Haus wieder verlässt. Was ich also sagen will, wir sind den Klang und die Anwesenheit anderer Menschen zu Hause nicht gewohnt. Vielleicht wird es in den ersten Tagen für uns alle etwas seltsam.« Kurz zögerte sie, dann erklärte sie: Obwohl er am Wasserhahn steht und sich Wasser nehmen könnte, bittet er mich, ihm das Wasser zu geben. Er erwartet so fürsorglich behandelt zu werden! Wenn er zu Hause ist, achte ich immer auf ihn. Es könnte am Anfang zu Konflikten kommen. Darüber müssen wir vorher reden, mein Kind. Ich rede nur davon, was passieren könnte. Lass weder dich noch wir diese Tage erleben, mein Kind. Dein Schwager hat kein Leben außerhalb, er macht keinen Fuß vor die Tür. Er geht nur die Strecke zur Arbeit und nach Hause. Deshalb möchte ich ihm zu Hause eine möglichst angenehme Atmosphäre bieten, mein Kind.

Lass mich dir ein weiteres Beispiel geben. Er ist so aufmerksam, dass er mich nicht einmal zur Arbeit schickt. Ich war eine arbeitende Dame, dies ist meine zweite Ehe. Manchmal fällt mir die Decke auf den Kopf, aber ich kann nichts tun. Er will nicht, dass ich arbeite, denn wenn ich arbeite, werde ich müde und kann mich nicht um ihn kümmern. Wir sind seit vier Jahren verheiratet. Ich möchte auf euch aufpassen und euch ein warmes zu Hause geben. Ihr seid von unterschiedlichen Müttern geboren worden, aber euer Vater war derselbe und er war mein Bruder. Es ist meine Pflicht, auf euch aufzupassen …«

Wenn mein Schwager zu Hause war, gingen wir nicht hin. Es war gut, dass wir von Anfang an darüber gesprochen hatten, weil ich gerne mit offenen Karten spielte. Wir hatten ausführlich mit meiner Tante gesprochen. Auf ihrem und meinem Gesicht war jetzt ein Lächeln zu sehen. Als sich meine Geschwister an den Tisch setzten, erzählten wir meinen Geschwistern fröhlich und glücklich diese Neuigkeit.

Es war ein so schöner, aufrichtiger, warmer, fröhlicher Tisch. Auch meine Geschwister hatten sich sehr gefreut. Wir brachten vor meinen Geschwistern auch das Thema über meinen Schwager zur Sprache. Sie schwiegen. Was meiner Tante als großes Problem erschien, war für uns kein Problem. Wir lebten im dunklen Kohlenschuppen, um drei Jahre lang unsichtbar zu sein. Was war das, dachte ich damals. Es war nicht lebenslang. Dasselbe Ereignis musste nicht gleichenden, und es war nicht erforderlich, eine Meinung zu einem Ereignis zu äußern, ohne es vorher erlebt zu haben. Diese Erfahrung hatte ich erst nach dieser Erfahrung gemacht.

Außerdem war mein Schwager LKW-Fahrer und kam manchmal drei, manchmal sechs Tage nicht nach Hause. Wenn er zu Hause war, war er immer nur zwei oder drei Tage zu Hause.

Am Esstisch sagte ich meiner Tante: »Trotzdem werden wir sowieso nicht viele Jahre bei dir bleiben. Ich werde eine Wohnung in deiner Nähe suchen. Deutschland ist, soweit ich es gesehen habe, ein wirklich bürokratisches Land. Zunächst einmal muss ich mich mit dem Sorgerecht meiner Geschwister auseinandersetzen, dass ich beantragen möchte. Ich bin die Älteste, ich kann meine Geschwister nicht gefährden, nur um aus der Kohlegrube meiner Tante herauszukommen. Wenn ich Schwierigkeiten von der Regierung bekomme, habe ich Beweise. Sie hatte uns selbst dazu gezwungen, im Kohlenschuppen zu leben. Die Beweise würde ich im Notfall vorlegen. Nicht für mich, sondern um meine Geschwister zu schützen. Sie wurden mir anvertraut, sie wurden mir von Gott anvertraut. Ich habe kein Recht, sie zu verraten, noch habe ich die Kraft.

Tante, sobald wir zu dir kommen, müssen wir per Gerichtsbeschluss das Sorgerecht für meine Geschwister auf mich übertragen. Sonst bleibt das Sorgerecht bei meiner Tante und sie kann uns jederzeit Schwierigkeiten bereiten. Ohne die Erlaubnis meiner Tante kann ich mich nicht einmal in der Schule anmelden.

Bist du wirklich bereit, diesen Weg mit mir zu gehen, Tante? Wenn du sagst, ich bin dabei, packen wir unsere Sachen und kommen nächste Woche zu dir.«

»Du bist meine schöne Nichte, ich verstehe nicht alles. Wenn du sagst, dass ich für eine solche Verantwortung nicht stark genug bin, respektiere ich es«, flüsterte meine Tante.

»Aber ich will eine Antwort von dir, klar und deutlich. Bist du bereit dazu?«, wollte ich wissen. Meine Tante war sehr entschlossen, ohne nachzudenken, sagte sie: »Ich bin dabei, mein Kind!«

»Lass uns ein bisschen reden, während wir aufräumen. Ich möchte dir von anderen Dingen erzählen, mein Kind«, sagte sie. Suat und Kiraz bedankten sich: »Wir sind satt, Tante. Das Essen war sehr lecker. Danke, wir gehen nach nebenan, dann könnt ihr in Ruhe reden.«

Meine Tante zog die Augenbraue hoch und sah mich an, als wollte sie sagen, sieh dir diese Kleinen an. Es gefiel ihr, dass sie sich so erwachsen benahmen. »Yasemin, viel Glück, mein Kind. Du machst aus ihnen gute Kinder. Sie sind anständig und klug, nicht verwöhnt und schelmisch. Außerdem sind sie sehr reif und anständig. Sie wissen, wie man sich benimmt. Sie lieben und respektieren dich sehr. Hast du jemals bemerkt, wie Suat dich ansieht? Er sieht dich an wie eine Heldin. Ich gratuliere dir zu deinem Beitrag an der Erziehung und deiner Bemühungen. Möge Gott dich dafür belohnen.

Kommen wir zu dem Thema, über das ich mit dir sprechen möchte. Mein Kind, ich weiß ehrlich gesagt nicht, was ich an deiner Stelle tun würde. Könnte ich diese Kraft haben? Könnte ich so entschlossen sein zu kämpfen? Glaub mir, ich weiß es nicht. Aber ich sage dir, es ist eine Schande, wie sie sich benehmen. Du bist jung, du hast ein strahlendes Leben vor dir. Vielleicht hast du ein Freund oder möchtest später deine eigene Familie gründen. Vielleicht gefällt es dir nicht, was ich dir jetzt sagen möchte.

Du bist eine Naturschönheit. Wie schön dich mein Herr geschaffen hat, du bist makellos und einzigartig. Du siehst vor Leid und Kummer nicht deine Verehrer, wie sie dich anblicken. Ich weiß, du kümmerst dich um deine Geschwister, aber du wirst nie ein eigenes Leben haben. Das weißt du, nicht wahr? Du wirst nie ein freies Eigenleben haben. Vielleicht irgendwann, wenn sie ihren eigenen Weg gehen. Nur dann wirst du ein eigenes Leben haben. Wirst du bis zu diesem Tag aushalten können? Kannst du das aushalten? Wenn andere ihre Häuser bauen, ihre Familien gründen und du ihr Glück siehst, wirst du dann nicht niedergeschlagen sein, mein Kind?«

Mit ihren Worten hatte meine Tante mich in ein anderes Reiche geführt. Ich war abgelenkt. Es spielte sich wie ein Film vor meinen Augen ab. Da mir solche Fragen noch nie gestellt wurden, murmelte ich meine nächsten Worte: »Nein« Aber es war keine klare und entscheidende Antwort, denn was mir meine Tante erzählt hatte, hatte ich vorher nie bedacht. Mit anderen Worten, ich hatte bis zu diesem Tag noch nie darüber nachgedacht. Aber ich war ohnehin nicht in der Lage, über diese und ähnliche Themen nachzudenken.

Als meine Tante dann merkte, dass ich mich nicht mit diesem Thema beschäftigen wollte, lenkte sie das Gespräch in eine andere Richtung.

»Yasemin, was ich dir wirklich sagen wollte, war, es gibt viele verlässliche Einrichtungen für Kinder. Du gibst deine Geschwister an die Familie, die du willst. Du legst deine

Bedingungen vor, wenn die andere Partei zustimmt, kann ein Vertrag zustande kommen. Wenn die ein solches Kind einmal aufgenommen haben, hast du keine Probleme mehr. Du selbst entscheidest die Reichweite und du kannst sogar jeder Zeit deine Geschwister in den Familien besuchen. Du kannst dich mit deinen Geschwistern treffen, wann immer du möchtest, du wirst immer in Kontakt mit ihnen bleiben. Die Entscheidungen werden gemeinsam getroffen. Es gibt solche Institutionen und Familien, die solche Bedingungen akzeptieren. Bis du dir dein Leben aufgebaut hast. Du bekommst einen Job, du kaufst ein Haus oder mietest eine Wohnung ... Du ordnest deine Möbel und dann nimmst du deine Geschwister wieder auf. Wie wäre es, wenn wir gehen und mit so einer Einrichtung reden?

»Auf keinen Fall!«, sagte ich hart, aber nicht respektlos. Meine Tante ergriff das Wort, ohne ihre Grenze zu überschreiten: »Okay Yasemin, wir schließen dieses Thema für immer.« Wir waren beide still, und nachdem ich den Tisch abgeräumt und die Küche geputzt hatte, öffnete ich die Tür. »Ihr könnt kommen«, rief ich meine Geschwister zu uns.

Sofort kamen Suat und Kiraz herein. »Nun, da wir alle unsere Entscheidung getroffen haben, haken wir Plan A ab. Gehen wir zu Plan B über. Um diese gemeinsame Entscheidung zu realisieren, werden wir Plan B umsetzen. Wie sollten wir das eurer Meinung nach machen?«

»Am Freitag nach der Schule packen wir unsere Koffer und gehen«, sagte Suat.

Ich stimmte meinem Bruder zu.

»Suat hat es gut gesagt. Ich denke, ihr solltet das tun«, meinte meine Tante.

»Wir können aber nicht einfach gehen und mit unseren Koffern das Haus verlassen. Das würde zu sehr auffallen. Am besten nehme ich jeden Tag einen Koffer mit zur Arbeit, so fällt es nicht auf. Suat weiß, wo ich arbeite. Er bringt Kiraz dann von der Schule mit zur mir auf die Arbeit. Gemeinsam können sie, bis ich Feierabend habe, auf mich warten.

Unsere Adoptiveltern hatten einen anderen Adoptivsohn, Tante. Er hatte mir am Flughafen Geld in einen Umschlag gesteckt, bevor wir nach Deutschland kamen. Ich habe den Umschlag einmal geöffnet und reingeschaut. Zuerst dachte ich, es wäre ein Brief. Als ich die Scheine darin sah, schloss ich den Umschlag sofort wieder. Gezählt hatte ich es nicht. Abends reise ich nicht gerne, besonders, wenn Kinder dabei sind und man in einem fremden Land lebt, spürt man die Gefahr im Voraus! Wir müssen uns schützen. Deshalb kommen wir mit dem Taxi. Ich werde sehen, wie viel es kostet. Ich weiß sicher, dass es zweihundert Euro überschreiten wird, und ich bin sicher, dass ich bis Freitag keine zweihundert Euro Trinkgeld haben werde. Da es sich um einen Notfall und eine schwierige Situation handelt, nehme ich das Geld aus diesem Umschlag. Ich werde es wieder in den Umschlag legen. Wenn mir etwas passiert, legt ihr das entnommene Geld wieder rein. Dieser Umschlag wird seinen Besitzer wiederfinden!

Meine Rache wird schrecklich sein!«

Meine Tante war ziemlich nachdenklich: »Ich wollte fragen, warum du es zurücklegen möchtest, aber dein letzter Satz sagt alles. Nimm keinen Cent aus dem Umschlag. Ich bezahle das Taxi, wenn du hier bist. Mach dir keine Sorgen darum«, sagte sie.

Dieses Angebot hatte ich absolut nicht angenommen. »Bis jetzt habe ich niemandem finanziell oder moralisch geschadet. Ich bin jemand, der alleine zurechtkommt. Es ist nicht mein Schaden, es ist mein Vorteil. Such bis Freitag hier nach Schulen. Die zwei Kinder müssen, wenn nötig zum Schulamt. Informiere dich schon. Lass keine Schwierigkeiten auf meine Geschwister kommen. Lass uns notfalls einen Anwalt beauftragen.«

Wir hatten alle Aspekte besprochen. Meine Tante sagte, dass sie sich bis zu unserer Ankunft um die Schul- und Sorgerechtsanträge kümmern würde. Darüber war ich erleichtert!

Jetzt war die Zeit gekommen, zurück in die Dunkelkammer zu gehen. Dank dieser menschlichen und liebevollen Momente, die wir mit meiner Tante erlebt hatten, fand ich zu mir selbst und wurde stärker. Ab jetzt würde ich nicht mehr die Augen verschließen, ich war stark und kräftig genug, um zu kämpfen. Es war wirklich gut, dass wir anlässlich des Urlaubs bei unserer Tante waren. Ich fand zu mir zurück, ich war glücklich und bereit, gegen die Unterdrücker und Ungerechtigkeiten zu kämpfen.

Wie einige Menschen es schaffen, sich selbst zu ertragen.
Bleibt mir ein Rätsel.

KAPITEL 17

Die nächsten fünf Tage vergingen schnell.

Die Ferien waren vorbei und wir tappten wieder im dunklen Keller herum. Mittlerweile hatten wir zweieinhalb Jahre dort verbracht.

Unsere Sachen, die im Container voller Waren aus der Türkei nach Deutschland verschifft wurden, benutze meine Tante mütterlicherseits für ihre Söhne und ihr eigenes Haus. Alle Fahrräder, große und kleine Spielsachen, Möbel, was auch immer sich im Container befand. Seit dem Tage hatten wir nichts mehr davon gesehen. Was sie nicht gebrauchen konnte, hatte sie verkauft oder verteilt. Jeder wird eines Tages für alles Rechenschaft ablegen müssen. Ich habe großes Vertrauen in die Gerechtigkeit Gottes.

Beim Lesen dieser Zeilen wird es möglicherweise Leute geben, die denken, dass ich undankbar bin. Gibt es sie? Keine Ahnung! Ich weiß es nicht, aber tun wir so. Ich bin keineswegs ein undankbarer Mensch. Ich werde weder das Gute noch das Schlechte vergessen. Der Grund, warum wir gehen wollten, war eine Tante, die ihren Neffen und ihrer Familie Leid zufügte. Wir erlebten schreckliche Grausamkeiten in diesem Keller Wer von ihnen noch am Leben ist, wird meine Rache zu spüren bekommen. Das ist wohl alles, was ich zu diesem Thema sagen kann.

Meine Tante väterlicherseits wollte sich umgehen um die gerichtlichen Anträge kümmern. Die Dokumente, die sie vorbereitet hatte, gab sie uns mit. Das Gebäck und ein paar Wraps, die sie für uns gemacht hatte, waren eingepackt. »Du kochst nicht, das reicht für zwei Tage«, sagte sie. Ich war überglücklich mit ihrer sanften Art, da nach unserer Tante Meral niemand mehr so an uns gedacht hatte. Dieser Ansatz war gut, sie streichelte damit sanft meine Seele.

Wieder im Kohlezimmer, in diesem albtraumhaften Gemäuer, wo wir unsere endlosen Nächte in dunklen Räumen verbrachten, begann ich unsere Vorbereitungen zu treffen, um diese Familie zu verlassen, die sogar einen Gruß von Gott verweigerte, obwohl sie uns kommen sah und hörte. Zu meinen Geschwistern hatte ich gesagt: »Tut so, als wäre nichts passiert.«

Wir lebten weiterhin wie zuvor. Mein Schwerpunkt lag darauf, dass dieses Thema definitiv nicht zur Diskussion kam. Sie mussten den Ernst der Lage verstehen. Vielleicht war ich zu hart, aber nur, weil ich sie liebte. Nur die Einheit wäre stark, sonst könnten wir nicht gemeinsam kämpfen. Deshalb hatten wir nur Händchen gehalten, um uns Halt zu geben.

Wir waren jetzt bereit zu kämpfen.

Es gab keine Yasemin mehr, die sich vor anderen beugte, Suat und Kiraz auch nicht. Von diesem Tag an bis heute wird niemand vor irgendjemandem gedemütigt, und es wird nie mehr die drei Affen geben, die nicht hörten, sahen oder sprachen. Dieser Ungerechtigkeit würde ich nie wieder erliegen, ich musste kämpfen. Damit sich auch meine Geschwister nicht beugten. Ich musste stark sein. Jetzt, wo ich dieses Alter erreicht hatte, war ich alt genug, um meine Geschwister und mich zu schützen. Ich war nicht mehr die kleine Yasemin.

Als junger Mensch, die im Alter von achtzehn Jahren schon den Tiefpunkt des Lebens gesehen und ungewollten Erfahrungen gemacht hatte, war ich schlauer und reifer als meine Altersgenossen. Das Licht meines Lebens wurde ausgelöscht, als ich im Alter von dreizehn Jahren von einem reifen Mann von siebenunddreißig Jahren vergewaltigt wurde. »Mach es nicht, Onkel. Mach es nicht, Onkel ... lass mich gehen!«, flehte ich ihn an. Das Licht war erloschen, als ich hilflos diese Sätze bettelte.

Von welchem Leben sprachen wir hier eigentlich?

Schrieben wir über mein Leben, das nicht existierte? Oh Gott, lachte man über diese Situation oder weinte man? Ich war tatsächlich auch überrascht. Sollte ich darüber lachen oder weinen?

Wir schrieben und zitieren mein Leben auf, das nicht einmal existiert hatte. In dessen Hauptrolle ich niemals Platz fand. Was für ein seltsames Ereignis! Ich möchte Nurgül, die sich meine Audioaufnahme anhörte, in kleinen Stücken einen besonderen Gedanken mitteilen!

»Nurgül, weißt du. Ich konnte immer bei dir, „ich selbst“ sein. Diese Yasemin, die du kennst, bin eigentlich ich. Aber manche Leute kennen mich nicht so, wie du mich kennst. Vielleicht ist es so besser. Der- oder diejenigen, die mich sahen, verletzten mich. Also habe ich eine Mauer um mich gebaut, um mich zu schützen. Diese Mauer schützt meine Geschwister, nicht nur mich. Du wurdest ein Teil von mir, obwohl du mein Inneres gesehen hast, hast du mir nicht wehgetan. Im Gegenteil, du hast deine Flügel über mich gehalten und deine Tür geöffnet. Was ich sagen werde, ist, während ich über mein Leben sprach, das vor einem Moment noch nicht existiert hatte, kam mir dies in den Sinn;

Wow, Schreiben ist ein Talent. Ich glaube nicht jeder kann schreiben. Schreiben ist nicht jedermanns Sache. Ich erinnere daran, dass ich dies noch einmal betone;

»Mein Leben war verdunkelt, erlöscht, als ich dreizehn war. Als ich von dem siebenunddreißigjährigen Mann, den ich Onkel nannte, vergewaltigt wurde ...

Meine Gefühle sind am Boden zerstört, mein Herz ist stumpft ...

Dann kam ich zu dem Schluss, dass du talentiert genug bist, um einen Roman aus meinem nichtexistierenden Leben zu machen. Das ist ein Talent. Um etwas zu finden, das verloren gegangen ist, erscheint es seltsam. Ich war mir dessen vielleicht nicht bewusst, aber du hast mir mein Leben zurückgegeben, das ich nicht hatte und erloschen war. Ich kann dir nicht genug danken! Ja, du hast mir das Leben geschenkt, das mir weggenommen wurde!«

Machen wir dort weiter, wo wir aufgehört haben:

Zuerst musste ich unsere Kleider waschen. Das Wetter war nicht sehr heiß, so hatte ich unsere Kleidung gleich nach der Ankunft gewaschen, da sie schwierig zu trocknen war. Obwohl es genau zwei Waschmaschinen und einen Trockner gab, erhitzte ich im Garten Wasser, indem ich ein Feuer entzündete. Ich wusch unsere Kleidung mit der Hand im Garten, obwohl es in den oberen Stockwerken Badezimmer gab!

Währenddessen machten meine Geschwister ihre Hausaufgaben. Suat brachte seiner Schwester das Lesen bei. So hatten wir diesen Tag überstanden, es waren noch vier Tage übrig.

Jeden Tag ging ich mit einem Koffer oder einer großen Tasche zur Arbeit, so holte ich vier Tage lang unsere Gegenstände nach und nach aus dem Haus. Nichts würde ich zurücklassen und ich würde mich nicht mit wenig zufriedengeben.

Meine Rache würde mächtig sein!

Mittlerweile waren solche Gedanken, wie an Rache zu denken, normal. Es war, als wäre Yasemin verschwunden. Die taub, blind, stumm und nur mit dem Kopf genickt hatte, existierte auf einmal nicht mehr. In den Ferien bei meiner Tante war es, als wäre ich ein ganz anderer Mensch geworden. Meine Ideen, meine Gedanken waren nicht mehr stumm. Diese Yasemin war jetzt anders. Es gab keine Gnade für die, die keine Gnade zeigten. Folter für die, die es taten. Yasemin, die bisher niemandem schaden konnte, würde jetzt selbst Schaden zufügen. Aber sicher nicht an die, die ohne Schuld oder Sünde waren. Endlich konnte ich unterscheiden, wer es verdiente und wer nicht. Ich war wieder mit mir im Einklang. Diese Yasemin wollte Rache. Von nun an sollte sich jeder warm anziehen. Gefühle von Hass und Groll bildeten sich in mir, sie sollten für das Unrecht bezahlen, das mir diese Welt angetan hatte. Diese unfreiwilligen Gedanken machten sogar mir Angst.

So hatten wir die nächsten drei Tage überstanden. Wir führten unser dunkles Leben weiter wie Ratten in einer kleinen Kohlenmine, als wäre nichts passiert. Wenn Sie es leben nennen und das mitten im Herzen Europas!

Es war Freitag, die Aufregung der Schritte zum Licht war in unseren Herzen. Alles lief nach Plan, alles war in Ordnung. Da sie nie runterkamen, bemerkten sie nicht, dass unser Hab und Gut von Tag zu Tag weniger wurde. Aber wenn wir sie alle auf einmal mitgenommen hätten, wäre es aufgefallen. Unser Plan entwickelte sich so, wie er sollte. Am Freitagmorgen verließen wir mit meinen Geschwistern das Haus. Übrigens hatte ich meinen Geschwistern noch eine Tasche gegeben, als wir das Haus verließen. Ihre Last war schwer, aber ich hatte die richtige Entscheidung getroffen, eine Fahrt mit dem Taxi in Erwägung zu ziehen. Ohne emotionale Momente zu erleben, ohne zurückzuschauen, machten wir uns auf den Weg, als wäre nichts passiert. Meine Gedanken waren warm, als würde die Sonne in unseren Herzen aufgehen, das Licht, die Sonne, der tiefblaue Himmel. Als wäre ich auf dem Weg zur Befreiung.

Drei Jahre lang waren wir in der Dunkelheit begraben. In diesem Moment verstand ich die Überlebenden eines Gefängnisses besser. Jetzt verstand ich, warum sie tief Einatmeten, wenn sie das Gefängnis verließen, weil ich dasselbe tat. Trennungen tat mir normalerweise weh, doch jetzt spürte ich nichts, als wir gingen. Voller Emotionen, Schmerz und Trauer schaute ich nicht einmal zurück.

Meine Tante väterlicherseits rief bei meinem Arbeitsplatz an. Ich hatte kein Geld, um mir ein Handy zu kaufen. Da ich mit meinen Trinkgeldern Lebensmittel und Bedarfsartikel einkaufen musste, reichte das Geld nicht für andere Dinge. Tatsächlich erlebten wir eine Abwesenheit von Existenz.

Als meine Tante sagte, dass alles in Ordnung sei, war ich total erleichtert. Ich hatte mich auch von meinem Arbeitgeber verabschiedet. Er gab mir mein Gehalt bis zum letzten Tag. Er war ein guter Mensch und mitfühlend, er sagte sogar noch zu mir: »Komm, bereite deine Koffer vor. Gönn dir noch ein Kaffee, du musst nicht bis Feierabend durcharbeiten. Wenn dein Taxi kommt, möchte ich, dass du ohne Stress gehst.«

Ich dankte ihm vielmals. Wir standen mit all den Koffern und Taschen vor dem Friseursalon. Ich nahm meine Geschwister in die Arme und wartete auf unser Taxi. In diesem Moment war ich stark. Dort entschied ich mich noch einmal meine Geschwister zu beschützen und eine Mauer um sie zu bauen. Inständig bat ich meinen Herrn, mir Kraft, Stärke, Ausdauer, Geduld, Barmherzigkeit und Liebe zu geben. Damit sie nicht die Erfahrungen erlebten, die ich durchgemacht hatte. Dieser Gedanke gab mir viel Kraft.

Liebevoll sah ich meine Geschwister an, sie warteten beide weiterhin ruhig in meinen Armen. »Solange mein Herr mir diese Kraft gibt, werde ich immer wie ein Schutzengel an eurer Seite sein. Ich werde euch vor dem Bösen beschützen. Ihr werdet nützliche Menschen für das Land sein, in dem ihr lebt. Ihr werdet höflich und anständig sein. Solange ich bei euch bin, hoffe ich, wird euch nichts zustoßen. Eure Schwester hat sich seit heute revoltiert, von nun an sollen die, die Schaden zufügen uns fürchten!"

Dieses Versprechen gab ich meinen Geschwistern an diesem Tag. Ich hoffte, mein Herr weichte nicht von meinem Weg ab!

Wir waren unterwegs und sehr aufgeregt. Fast zwei Stunden lang ging unsere Reise. Kiraz schlief für eine Weile ein, während ihr Kopf in meinen Armen ruhte. Ich war meinem Herrn in diesem Moment so dankbar!

Als wir ankamen, wartete meine Tante am Fenster auf uns. Als sie uns sah, rannte sie sofort zu uns. Sie küsste und umarmte uns, dann versuchte sie unser Gepäck zu tragen. Ich war schockiert. Sie wollte den Taxifahrer bezahlen. Aber ich hatte ihm das Geld schon gegeben, bevor ich ausgestiegen war. Wenn der Tag kam, würde ich es wieder in diesen Umschlag stecken, und dieser Umschlag würde seinen Besitzer wiederfinden.

Niemand ist es Wert, dass du dein Lächeln verlierst.

18. KAPITEL

Hallo neues Leben.

Meine Tante kochte verschiedene Gerichte und deckte den Tisch. In diesem Moment waren wir glücklich, als würden wir unseren Befreiungskampf feiern.

Es war eine Wohnung mit vier Zimmern. Ein kleines Zimmer und ein Kinderzimmer waren leer. Wir hatten das Kinderzimmer nicht benutzt, denn sie hatten ihre Haushaltsartikel darin verstaut. Mit anderen Worten, ein leerer Raum wurde als Aufbewahrungslager genutzt. Als wir ankamen, standen in dem Zimmer, das uns drei gehörte, drei 90/200 Betten. Um es uns etwas gemütlicher zu machen, hatte sie einen neuen Teppich ausgelegt, die Gardinen erneuert, die Steppdecken und Kissen schön hergerichtet und schöne Blumen standen auf der Fensterbank. Unsere Tante hatte ein warmes Zimmer für uns hergerichtet. Das andere leere Zimmer war kleiner und eigentlich hätte meine Tante dieses Zimmer für mich hergerichtet, wenn ich gewollt hätte, aber ich dachte nie daran, getrennt von meinen Geschwistern zu schlafen, ich konnte sie noch nicht aus den Augen lassen.

Dankend umarmte ich meine Tante …

Ich musste tief durchatmen, denn wir waren in unserem neuen Leben. Die Dunkelheit waren wir los: »Hallo neues Leben, hallo!«, sagte ich voller Freude. Mein Schwager kam in vier Tagen nach Hause. Das war gut, so konnten wir alles auspacken und uns niederlassen. Er sollte unsere Eile nicht miterleben, diese Vereinbarung hatten wir mit meiner Tante geschlossen.

So wollte ich mein Wort halten.

Jetzt hätten wir das Problem mit meiner Tante mütterlicherseits besprechen können. Wir hätten diesem Thema Aufmerksamkeit schenken sollen, bevor mein Schwager nach Hause kam. Wir hätten es ernst nehmen sollen. Wenn ich die falsche Haltung einnehmen würde, könnte der Staat mir meine Geschwister wegnehmen, weil das Sorgerecht nicht bei mir lag. Deshalb hätte ich nicht schlecht mit meiner Tante umgehen dürfen und keinen Ärger machen sollen, bis ich den Titel hatte. Ich musste sehr logisch und klug handeln.

Sehr entschlossen erklärte ich meiner Tante väterlicherseits, dass ich mit meiner Tante mütterlicherseits telefonieren möchte. Meine Tante war nervös, aber ich konnte sie mit einem Satz zum Schweigen bringen und in die Knie zwingen, denn ich wusste vieles. Meine Tante war sehr überrascht, als sie das hörte. Aber das war die Wahrheit!

So rief ich an, es war mein mittlerer Cousin, der den Hörer abnahm. »Hallo! Ich bin es Yasemin«, sagte ich.

Mein Cousin fragte: »Yasemin, hast du dir ein Handy gekauft? Ha, ha, ha oder hast du in den Keller neue Stromleitungen ziehen lassen, Lady? Yasemin, Spaß beiseite. Deine Geschwister sind heute nicht nach Hause gekommen. Und wo bist du, von wo rufst du an?«

Kurz hielte er inne, er schwieg und wartete auf eine Antwort von mir … »Hör mir gut zu, ich muss mit meiner Tante reden, es ist dringend. Wenn sie in der Nähe ist, bitte ich dich, ihr das Telefon zu geben?«, forderte ich ihn auf.

»Sie war gerade hier, sie ist jetzt oben, meine Mutter ist nicht bei mir. Wenn du dich gerade in einer schwierigen Situation befindest, sag mir dies bitte umgehend. Lass es mich wissen, sag es mir, während meine Mutter weg ist«, bat er mich.

»Definitiv nein! Ich muss dringend mit meiner Tante reden. Könntest du ihr bitte das Telefon geben?«, bestand ich drauf.

»Na gut! Sei nicht böse, ich bringe das Telefon zu ihr! Du kommst mir sehr seltsam vor, Yasemin. Ich fühle mich gerade seltsam. Lass mich ihr das Telefon bringen, gib mir eine Minute!«, sagte er mir.

»Vielen Dank«, erwiderte ich.

»Hallo Yasemin? Wo bist du, von wo rufst du an? Bist du nicht nach Hause gekommen? Sag mir, was ist so dringend?«, erkundigte sie sich.

»Tante, wir kommen nicht wieder. Wir haben heute Morgen das Haus verlassen. Wir werden nicht wiederkommen«, informierte ich sie.

»Mädchen, weißt du, was du gesagt hast? Weißt du, mit wem du redest?«, herrschte sie mich an.

»Tante, bitte, ich bitte dich, unterbrich mich nicht. Lass uns reden, wie zwei erwachsene Menschen, ohne zu streiten. Ohne sich gegenseitig Vorwürfe zu machen. Wir müssen jetzt nach vorne schauen. Wir können keine gemeinsame Basis finden, indem wir gegeneinander kämpfen! Wir haben uns entschieden, nicht mehr nach Hause zu gehen. Akzeptier das friedlich?«, ermahnte ich sie.

»Natürlich stimme ich nicht zu, was für ein Quatsch. Du kommst gleich wieder zurück, wie du gegangen bist. Sonst werde ich mich beim Staat beschweren, die schicken dich wieder in die Türkei«, drohte sie mir.

»Du drohst mir und seit dem Tag meiner Ankunft hast du mich immer zum Schweigen gebracht. Ich habe neben dir immer den Kopf gebeugt. Aber darum geht es jetzt nicht. Du brauchst nicht wütend zu sein. Wir waren für dich schon sehr nutzlose Menschen, also waren wir dir überhaupt nicht wichtig. Du bist nicht einmal verärgert, dass wir weg sind. Es stellt sich heraus, dass deine Großzügigkeit nur Eigennutz war. Was wäre, wenn ich dir sage, dass ich weiß, dass Frau Nalân dir viel Geld gegeben hat? Ich würde Frau Nalân nicht sagen, dass ich dich verlasse habe. Das Geld bekommst du auf dein Konto und wird fortgesetzt. Ich werde ihnen nichts sagen. Du auch nicht! Ihr genießt dieses Geld jetzt, aber wenn die Zeit gekommen ist, weiß ich, wie du das Geld auskotzen wirst. Das du von uns genommen hast, um deine Familie zu füttern. Wenn du mir keinen Ärger machst, wird dir nichts passieren. Aber wehe, wenn du Ärger machst. Meine Rache wird auch für dich großen Schaden haben. Lass mich dir dies von Anfang an sagen.

Jetzt frage ich dich noch einmal. Akzeptierst du unsere Abreise freiwillig, ohne uns Schwierigkeiten zu bereiten?«, hakte ich nach.

Verwirrt und fassungslos hauchte meine Tante: »Ja, ich willige ein.«

»Gut, das heißt, wir verstehen uns! Da bin ich froh, dann bekommst du übermorgen einen Brief von meinem Anwalt. Darin erklärst und unterschreibst du, dass du mir das Sorgerecht für meine Geschwister übertragen hast und dies freiwillig tust. Du wirst ihn unverzüglich an meinen Anwalt zurückschicken. Verfolge mich nicht, ich habe keine Zeit zu verlieren, Tante«, sagte ich ernst.

»Einverstanden, mein Kind«, antwortete sie.

»Gut, das freut mich. Also hoffe ich, wir bleiben in Kontakt. Auf Wiedersehen, Tante«, verabschiedete ich mich.

»Auf Wiedersehen, Yasemin«, erwiderte sie.

Meine Tante väterlicherseits hatte unser Telefongespräch mit offenem Mund mitangehört, denn ich hatte das Telefon auf Lautsprecher geschaltet und aufgenommen. Vielleicht hatte ich es nicht unterschrieben und zurückgeschickt, weil ich gedacht hatte, sie würde Schwierigkeiten bereiten. Obwohl ich wusste, dass es ein Verbrechen war, hatte ich eine Audioaufnahme gemacht, um einen Beweis in meiner Hand zu haben, um mich zu schützen.

Ein paar Minuten waren vergangen, aber meine Tante starrte immer noch auf ihre Umgebung. Sie war sehr überrascht, als ich sie ansprach: »Tante.« Dann sah sie mich an …

»Hast du Angst vor der Yasemin, die ich am Telefon war?«, fragte ich.

»Ich war erschrocken, ja mein Kind. Die Yasemin bist nicht du«, sagte meine Tante immer noch verwirrt.

Ja, ich hatte meine Tante unbeabsichtigt erschreckt. Aber was hatte mich in diese Situation gebracht? Wenn man bedenkt, was ich durchgemacht hatte, welche Verfolgungen und Tyranneien ich durchgemacht hatte. Welche albtraumhaften Nächte hatte ich erlebt? Was war mit meiner verlorenen Kindheit oder meinem Leben, das mir genommen wurde? Wer würde dafür bezahlen? Ich hegte Rachegedanken gegen die Menschen, die mich damals das erleben ließen, und ehrlich gesagt machte mir dies selbst Angst. Im Urlaub hatte ich in mir eine neue Yasemin entdeckt, eine stärkere. Ich beschütze diese Yasemin mit großem Ehrgeiz in der Hoffnung, dass ich in die Hände guter Leute kam. Nur gute Leute sahen mich jetzt so. Niemand wird mich zerquetschen, erniedrigen und unterdrücken können. Von nun an stand eine erweiterte Yasemin vor ihnen. Ich werde mich an jedem Einzelnen rächen. Dies war meine feste Entscheidung.

Das war das erste Mal, dass ich an diesem Tag aufgestanden war. Ich wollte mich an ihnen allen rächen.

Meine Tante entspannte sich ein wenig, nachdem ich so geredet hatte. Auch für mich war es eine Erleichterung, dass sie klarer verstand, warum ich so sprach. Denn ich hatte diese Yasemin gerade erst entdeckt. Es war ein neues Gefühl für mich. Yasemin, deren Persönlichkeit verbogen wurde, konnte nicht einmal den Kopf anheben und antworten, selbst nicht, wenn sie von ihrer Tante gefoltert wurde. Ich konnte nicht einmal einen Satz vor ihr sagen. Wenn ich stark wäre, könnte mich niemand quälen. Das hatte ich immer gesagt, und ich sage es immer und immer wieder. Wie gesagt, ich fühlte mich jetzt stärker.

Mittlerweile hatten wir gegessen. Es war ziemlich spät, so packten wir mit meiner Tante, während wir redeten, die Koffer aus, putzen und gingen dann duschen … Wir hatten an diesem Abend genau zwölf Uhr. Es war gut, dass die Woche zu Ende ging. Wir hatten etwas Zeit, um uns zu erholen. Am frühen Montagmorgen musste ich meine Transaktionen durchführen.

Wenn du nicht aussprichst was du willst,
bekommst du es auch nicht.

KAPITEL 19

Am Morgen, gleich nach dem Aufwachen, hatte ich den Tee aufgebrüht. Wie ich es vermisst hatte, Tee auf dem Herd zu kochen. Natürlich war ich leise, um niemanden aufzuwecken. In Ruhe bereitete ich das Frühstück zu. Erst wachte Kiraz auf, dann meine Tante. Suat musste so müde gewesen sein, dass er noch schlief. Wir begannen zu frühstücken. Während wir am Tisch saßen, fingen wir an, mit meiner Tante darüber zu sprechen, wie es ab Montag mit unserem Leben weitergehen sollte. Damit Suat und Kiraz ihre Schulabläufe nicht unterbrachen und fortführen konnten, kontaktierte ich die Schulen, die sie besuchen sollten und teilte ihnen mit, dass wir umziehen würden. Meine Tante hatte sogar beim Gericht das Sorgerecht beantragt. Suat würde am Mittwoch mit seiner neuen Schule beginnen. Sie war auch ganz in der Nähe des Hauses meiner Tante, nur zwei Minuten entfernt.

Meine Tante hatte Kiraz in der Schule angemeldet, bevor wir herkamen. Sie hatte Glück und hätten ihr gesagt: »In einem Monat ist ein Platz frei, wir können sie danach aufnehmen.« Ich musste dringend einen Job für mich finden. Vor allem hatte ich diese Sorgerechtsangelegenheit vor mir. Hätte ich meine Tante nicht am Telefon so angefahren, hätte sie mich wieder ausgenutzt und gequält. Von nun an bekam jeder, was er verdient. Meine mitfühlenden Gefühle schienen von Tag zu Tag weniger zu werden. Diese Veränderung hatte mich natürlich viel nachdenken lassen, aber es war eine Veränderung, die ich nicht kontrollieren konnte. Diese persönliche Veränderung hatte ich nur durch die schlimmen Dinge, die mir passiert waren, angenommen.

Meine Tante fragte: »Sollen wir abends ein bisschen rausgehen? Wenn ihr euch die Gegend anschaut, gewöhnt ihr euch gleich daran.« Sie lächelte, dann fügte sie hinzu: »Wir sind mitten in der Stadt.« So beschlossen wir, gemeinsam das Zimmer herzurichten, das uns meine Tante zugesprochen hatte. Bei der Einrichtung gab jeder seine Meinung dazu. Schlussendlich hatten wir die beiden Betten kombiniert. Das andere brachten wir in das ungenutzte kleine Zimmer, indem der Schrank stand. Wir hatten plötzlich die Entscheidung getroffen, dass Suat den kleinen Raum alleine bekam. Kiraz und ich würden im selben Raum schlafen. Mit dieser Entscheidung waren wir alle zufrieden.

Nach dem Mittagessen, Abwasch und Aufräumen war es Zeit für den Abendausflug. Dann standen wir plötzlich alle auf, um zu gehen. Ich fühlte mich frei wie ein Vogel, ich war friedlich und glücklich. Mit diesem Frieden und dem Glück im Herzen schaute ich zu Suat, Kiraz und meiner Tante.

»Kamen, ist eine saubere, kleine und ordentliche Stadt«, sagte ich, als ich über den kleinen Markt schlenderte. Die Geschäfte waren alle geschlossen. Das Einzige, was geöffnet war, waren die Gastronomie Betriebe wie Dönerläden, Pizzerien, Bistros, Cafeterien ...

Gemütlich schlenderten wir weiter durch die Stadt in kleinere Gassen. Plötzlich las ich auf einem Schild vor einem Salon: »Friseur/in (Mitarbeiter/in) gesucht«

Darüber das ich die Stellenanzeige gefunden hatte, war ich sehr froh. Gleich sagte ich zu meiner Tante: »Ich komme am Montag hierher und stelle mich vor.«

Nach einem langen Spaziergang waren wir wieder zu Hause. Meine Tante sagte, lass uns heißen Kakao trinken, das würde uns aufwärmen. So tranken wir heißen Kakao, während wir uns vor dem Fernseher Filme ansahen. Irgendwie waren wir alle an dem richtigen Punkt angekommen. Der Sitz war sehr bequem, breit und riesig. Wir hatten auch unsere Decken dabei. Oh, ich sagte in diesem Moment, komm, mein Vergnügen, komm! Meine Tante und ich waren im Liegen eingeschlafen. So hatten wir unsere zweite Nacht erlebt.

Der Sonntag wurde im Haus etwas ruhiger verbracht. Am Abend hatten wir die restlichen Koffer ausgepackt, die Betten bezogen, das Haus geputzt und organisiert. Wir waren alle entschlossen, früh ins Bett zu gehen. Wir würden ab Montag viel Arbeit haben, daher mussten wir frisch ausgeruht sein und wollten schon um neun Uhr schlafen gehen.

Am Morgen nach einem energiegeladenen Frühstück machten wir uns alle fertig, dann ging es los. Zuerst gingen wir zu einem Termin mit unserem Anwalt. Er schrieb einen Brief und schickte ihn an meine Tante. Deshalb hatte ich von meiner Tante in den ersten Tagen einen Kredit aufgenommen, den ich aber sofort abbezahlen wollte, wenn ich arbeitete und mein erstes Geld verdiente. Selbst wenn sie es nicht annehmen würde, wie sie es nämlich gesagt hatte, würde ich es irgendwo in ihrer Wohnung lassen. Ich wollte für niemanden eine Last sein und werde es auch nicht werden. Dies ist einer meiner Grundsätze.

Der Anwalt klärte uns auf: »Beantragen Sie kein Sorgerecht vor Gericht, es sei denn, Sie hören von mir.« Daher hatte ich genau das getan, was mein Anwalt gesagt hatte und gewartet!

Gleich nach dem Anwalt gingen wir zum Friseur. »Sie suchen Personal? Hallo, ich heiße Yasemin«, stellte ich mich vor. Dann hatte ich ein Gespräch mit dem Inhaber des Salons, in dem ich ein wenig über meine Vergangenheit sprach. Erst stand er meiner Arbeitserlaubnis etwas skeptisch gegenüber, dann war er aber erleichtert, als ich ihm bewies, eine Arbeitserlaubnis zu haben. »Komm morgen zur Probe, dann werden wir sehen«, sagte er lächelnd. Ich lächelte zurück und erwiderte: »Oh, liebend gerne!« Anschließend verließ ich seinen Salon.

Meine Tante hatte mich begleitet, sehr glücklich gingen wir nach Hause. Anschließend hatten wir nicht viel zu tun.

»Selbst, wenn sie dich unterm Tisch bezahlen, nimm diesen Job an Yasemin«, riet meine Tante mir. Ohne nachzudenken antwortete ich: »Oh nein, warum sollte ich es akzeptieren? In meine Rente, Versicherung, Steuer sollte auch eingezahlt werden. Ich bin mir sicher, was ich tue. Warum sollte ich meinen Wert senken? Warum sollte ich als Neuling in Deutschland die Staatskasse betrügen? NIEMALS … Ein Arbeitgeber, der mein Handwerk schätzt, zahlt auch den Wert, den ich verdiene.«

Meiner Tante stand der Mund wegen dieser Antwort offen. Es war nicht einmal gelogen!

Die Türen, die jeden Tag verschlossen schienen, standen weit offen. Meine innere und äußere Welt wurde von Tag zu Tag heller. Ehrlich gesagt hatten wir keine lockere Beziehung zu meiner Tante. Wir hatten ein sehr respektables, aufrichtiges, herzliches und reifes Verhältnis zueinander. Jetzt lief alles gut.

Ich fragte mich, wie es wohl werden wird, wenn mein Schwager nach Hause käme. Der Gedanke ging mir durch den Kopf. Dann eines Abends, als wir alle unter den Decken lagen und fernsahen, sagte ich:

»Hallo Leute, schlaft ihr?« Sie waren alle leise am Atem, niemand sagte ein Wort? »Huhu an alle hier, hallo? Mir ist gerade etwas eingefallen«, hallte meine Stimme durch den Raum.

Suat und Kiraz seufzten und schnauften. Meine Tante schrak auf: »Oh Yasemin, ich habe geschlafen! Was ist dir in den Sinn gekommen?« Langsam versuchte sie, von der Couch aufzustehen. Ich hatte sie alle geweckt.

»Mein Schwager kommt morgen. Bisher war alles sehr gut. Wir haben nie Entschuldigungen für unsere Manieren, unser Auftreten, unseren Respekt und unsere Ehrfurcht vorgebracht. Wir müssen uns an die Bedingungen und Regeln der Vereinbarung halten, die wir vor unserer Ankunft getroffen haben, damit nichts passiert. Leute, wir werden nicht herumhängen, wenn mein Schwager nach Hause kommt. Wir werden das Haus immer makellos verlassen. Wir werden nützlich sein, okay Leute? Jetzt könnt ihr weiterschlafen«, meinte ich. Nachdem ich gesagt hatte, was ich sagen wollte, konnte ich weiter beruhigt fernsehen. Zufrieden lehnte ich mich an der Couch zurück und kroch unter meine Decke.

Dann dachte ich an meinen neuen Arbeitsplatz. Morgen würde ich wieder Hallo zum Arbeitsleben sagen. Der Salonbesitzer hatte mir gesagt: »Ich habe die Anzeige gestern Abend erst aufgehängt, wir haben sie bereits am frühen Morgen wieder abgenommen.« Also alles war Glück. Wenn Gott es gewährt, wird Er Ihnen die Tür des Lebensunterhalts öffnen. Aber wenn mein Herr es nicht gewährt, könnt ihr euren Lebensunterhalt nicht bekommen. Oh allmächtiger Herr, gewähre uns, was gut für uns ist! (Amin) betete ich leise innerlich.

Wenn sie zufrieden waren, boten sie eine Vollzeitstelle an, damit ich ein normales Friseurgehalt bekam. Während ich auf der Couch saß und darüber nachdachte, kamen mir viele Ziele in den Sinn.

Mit meinen Geschwistern zusammen wollte ich Karate lernen, um uns verteidigen zu können. Notfalls würden wir sogar Privatunterricht nehmen, ich hatte alles riskiert. Danach würde uns niemand mehr herumschubsen können. Gewalt bekämpft man nicht mit Gewalt, sondern mit Intelligenz!

Mein erster Probearbeitstag verlief sehr gut. Auch meine Arbeitgeber waren zufrieden. Sie sahen, dass die Hand dieses Mädchens schnell und geschickt war. Sie ließen mich den ganzen Tag arbeiten, schamlos fragten sie anschließend: »Kommst du morgen zur Probe?«

Selbstbewusst antwortete ich: »Ich war den ganzen Tag zur Probe hier. Sind Sie mit meinem Handwerk zufrieden?« »Natürlich, Gott sei Dank, mögen wir alle Ihren Arbeitsstil«, erwiderte mein Chef. Ich kam ein Tag zur Probe. Sie waren mit meinem Handwerk zufrieden. Wozu war dann der zweite Probentag gut?

So hatten wir uns am Ende auf eine Vollzeitstelle geeinigt.

»Ich weiß nicht, ich verstehe es nicht, ich will nicht unter den Tisch oder ähnlich bezahlt werden«, erklärte ich. Danach meinte er: »Sie sind ziemlich offen, klar und hart. Es ist gut, ich mag ihre Art, denn bei mir wird nicht unterm Tisch bezahlt«, sagte er. »Ich bin nur prinzipientreu«, meinte ich.

»Nun, dann fang am Anfang des Monats an, bring die notwendigen Dokumente mit«, forderte er mich auf. Bis Ende des Monats war es noch fast eine Woche. An diesem Tag würde mein Bruder auch in die Schule kommen. Am Morgen würde ich ihn zur Schule bringen, bis er sich daran gewöhnt hatte. Alles lief nach Plan.

Es war Abend und mein Schwager war immer noch nicht gekommen. Den ganzen Tag war meine Tante in Eile gewesen. Es herrschte eine hektische Aufregung zu Hause. Sie hatte diese Emotionen so auf uns reflektiert, dass ich damals die Ernsthaftigkeit der Rede verstand. Meine Tante war in Panik, bevor mein Schwager nach Hause kam. Sie hatte alles perfekt vorbereitet. »War er so, wie sie über meinen Schwager redete?« Ich war erstaunt. War sein Interesse so groß? Der erste Tag, die erste Begegnung und der erste Abend würden alles zeigen. Ich hatte immer gebetet, dass wir auch diesen Tag überstanden.

Bevor mein Schwager nach Hause kam, sah ich außergewöhnliche Veränderungen bei meiner Tante. Sie hatte sich sehr verändert, aber ich ließ sie in Ruhe. Mein Schwager rief seit dem Tag unserer Ankunft zweimal am Tag an, und er hatte ab und zu SMS mit meiner Tante geschrieben. Auch uns hatte er mit Glück und Freude über das Telefon zu Hause willkommen geheißen.

Mein Schwager hatte angerufen. »In fünfundvierzig Minuten bin ich zu Hause«, informierte er uns. Er rief immer vorher an. Mein Schwager kam, die Tür ging auf und meine Tante wanderte im Haus umher, als wäre sie nur zum Dienen da.

»Es ist von nun an auch euer zu Hause, schämt euch nicht, Kinder«, sagte er. Aber wenn er die Dinge, die er nicht sagen wollte, tatsächlich erzählt hätte, hatte er uns auch in Gefahr gebracht. Täuschung war das Schlimmste, was es gab. Deshalb müssen wir alle jederzeit offen und klar miteinander umgehen, egal was es war. Andernfalls können wir andere Personen unbeabsichtigt gefährden und schädigen. Ich hatte an diesem Tag viel nachgedacht.

Ein weise Mann sagte mir einmal:
„Lass die Leute tun, was sie wollen, damit du siehst,
was sie lieber tun würden."

KAPITEL 20

Letzten Endes kam mein Schwager an. Meine Tante hatte die Wanne mit Schaum gefüllt, wie sie es wohl immer machte. Sie hatte alle neuen und sauberen Kleider meines Schwagers vorbereitet, Handtücher, sogar seine Musik. Es bedeutete, dass mein Schwager jedes Mal, wenn er kam, zuerst sein Bad nahm. Nun, warum erzählte uns meine Tante so besorgt von meinem Schwager?

Damit alles nach Vereinbarung und Regelung des Hauses so geschah, hielten wir uns daran.

Zuerst begrüßte mein Schwager uns alle, dann ging er ins Wohnzimmer. Bevor er sich auf das Sofa setzte, forderte er uns auf: »Kommt Leute, kommt alle. Lasst uns eine Weile sitzen.« So gingen wir alle ins Wohnzimmer und nahmen unsere Plätze ein.

Mein Schwager sagte uns: »Kinder, willkommen. Vielen Dank, dass ihr zu uns kommt und diesen Ort für richtig empfindet. Ihr habt bei uns Zuflucht gesucht, wir lassen euch nicht allein. Wir stehen hinter Euch. Entspannt euch, alles wird gut. Ihr werdet hier ein geregeltes Leben führen. Solange man daran glaubt, kann man alles erreichen.«

Daraufhin erklärte ich, dass wir seine Ordnung nicht stören wollten.

»Danke für alles, Schwager. Suat geht zur Schule. Einen Monat später fängt Kiraz mit der Schule an. Nun, ich habe einen Job gefunden. Alles wird gut und in Ordnung, Schwager, das glaube ich auch!«, erwiderte ich.

Nachdem mein Schwager auf die Toilette gegangen war, räumte ich den Tisch auf. Ich ermahnte Suat und Kiraz immer wieder: »Steht nicht rum und seid leise, wenn möglich. Lasst uns die Ordnung meiner Tante nicht stören.« Das wollte ich nicht, weil wir das so besprochen hatten, ihre Ruhe und ihren Tagesrhythmus nicht zu stören.

An diesem Tag gab es viele Gespräche am Tisch. Mein Schwager stellte nicht viele Fragen, meine Tante hatte uns vorher gewarnt. Sie meinte später zu mir, sie hätte ihm gesagt: »Überfordere die Kinder nicht mit Fragen.« Ich schickte meine Tante und meinen Schwager nach dem Abendessen ins Wohnzimmer, denn Suat und ich wollten die Küche aufräumen. Wir hatten auch den Tee gekocht und nachdem sie beide ins Wohnzimmer gegangen waren, hatten wir sowohl den Tisch als auch die Küche aufgeräumt und gereinigt. Hin und wieder kam Suat ins Wohnzimmer und frischte seinen Tee auf. Kiraz hatte ich bereits zum Schlafen hingelegt.

Es war ungefähr halb zehn am Abend. Wir wollten in unser Zimmer gehen und baten um Erlaubnis. In dieser Nacht schlief Suat mit uns im selben Zimmer. Zum ersten Mal konnte ich ein Buch in die Hand nehmen und es lesen. Obwohl ich gerne las, hatte ich in den letzten Monaten nicht die Gelegenheit bekommen, ein Buch zu lesen. Ich nahm das Buch wieder, das mir mein verstorbener Adoptievater geschenkt hatte, da ich es bisher nicht beenden konnte. Aber von diesem Tag an war ich entschlossen, weil ich glaubte, dass ich ein geregeltes Leben führen würde. So las ich das Buch in einem durch.

Vielleicht war mir etwas entgangen, weil es der erste Tag war, war es zu viel, was meine Tante mir alles erzählt hatte. In den nächsten Tagen würde es klarer sein. Das hatte ich mit Suat auch so besprochen: »Lass uns abwarten und sehen.«

Am nächsten Morgen wachte ich auf, als Kiraz meine Haare kämmte. Suat schlief noch. Die Stimmen meines Schwagers und meiner Tante drangen zu uns hinein. Meine Tante hatte es wieder eilig, sie lief so früh schon im Haus herum. Es war Suats erster Schultag, so hatten wir ihn geweckt und uns mit Kiraz fertiggemacht. Danach waren wir in Suats neue Schule gegangen, die ganz in der Nähe lag. Auf diese Weise hatte er großes Glück. Natürlich war Suat sehr aufgeregt, denn es war sein erster Schultag.

Als wir wieder nach Hause kamen, war meine Tante immer noch in Eile. Mein Schwager wollte immer etwas von meiner Tante. Sie konnte nicht einmal stillsitzen und hatte sich sehr verändert. Sie kam mir anders vor, wenn mein Schwager hier war, und anders, wenn er weg war. Wenn mein Schwager weg war, war sie warmherziger, aufrichtiger und liebevoller. Jetzt war sie mürrisch und sie lachte aus Notwendigkeit. Ich hätte nicht gedacht, dass mein Schwager so war.

Nach drei Tagen war mein Schwager wieder mit dem LKW unterwegs. So waren wir wieder allein zu Hause. Ich hatte noch ein paar Tage, um mit meiner neuen Arbeitsstelle zu beginnen. Darüber war ich glücklich, meine Hand würde wieder Brot verdienen. »Wenn ich mit der Arbeit beginne, ziehe ich mit meinen Geschwistern in unsere eigenen vier Wände«, meinte ich.

»Nein, es ist zu früh. Der Staat akzeptiert das nicht. Ihr seid drei Jahre hier. Ihr müsst für eure Aufenthaltserlaubnis fünf Jahre mit jemandem zusammenleben, der hier bereits eine Aufenthaltserlaubnis hat«, erklärte sie. »Sie lassen euch noch keine eigene Wohnung mieten. Du kannst so unnötig Ärger machen. Du arbeitest diese zwei Jahre, sparst dein Geld für euch, dann ist es einfacher, eine Wohnung zu mieten? Dann kannst du euren Lebensunterhalt verdienen. Du hast Verantwortung zu tragen, Bedürfnisse zu erfüllen, Ausgaben zu begleichen. Auch darüber musst du nachdenken. Als Single alleine ist es schwer. Spar dein Geld erst zusammen. Last euch zuerst hier nieder, dann kannst du über deine eigenen vier Wände nachdenken und es verwirklichen.«

Sie hatte recht, in diesem Moment gab ich ihr Recht.

Blumen werden grün, wenn sie gegossen werden,
es sei denn, die Hoffnungen, solange man nicht aufgibt.

KAPITEL 21

Ein paar Monate waren vergangen. Seit fast dreieinhalb Monaten lebten wir bereits bei meiner Tante. Suat gewöhnte sich an seine Schule und fand neue Freunde. Er begann seine Schulbildung mit Kiraz und lernten sofort die deutsche Sprache. Ich pendelte auch zu meiner täglichen Arbeit. Durch meinen Arbeitsplatz und den Kundengesprächen hatte ich auch angefangen, mehr Deutsch zu sprechen. Mittlerweile verstand ich alles, was gesagt wurde, aber beim Sprechen hatte ich natürlich Schwierigkeiten. Kiraz und Suat wurden gut verstanden, sie sprachen ohne Dialekt. Es wurde davon ausgegangen, dass ich in Deutschland zurechtkam, aber die Wahrheit war, dass ich bis heute meine Schwierigkeiten hatte.

Mein Gehalt war gut. Für meine Arbeit erhielt ich eintausendzweihundert Euro netto. Hinzu kamen durchschnittlich täglich fünfzehn bis dreißig Euro Trinkgelder. Im Monat gab ich meiner Tante fünfhundert Euro, wo von sie die Bedürfnisse für Kiraz und Suat kaufte.

Eines Tages fragte mich meine Tante: »Eigentlich bekommst du monatlich Kindergeld vom Staat, aber deine Tante erhält bestimmt das Geld immer noch. Hast du sie schon einmal gefragt?« Von diesem Thema hatte ich keine Ahnung. Also rief ich meine Tante an und erzählte ihr davon. Obwohl wir bereits seit vier Monate nicht mehr bei ihr lebten, hatte sie dieses Thema nicht angesprochen. Nach einiger Zeit ließen wir das Kindergeld über einen Anwalt auf unser eigenes Konto überwiesen. In der Zwischenzeit hatte sie das Sorgerecht meiner Geschwister unterschrieben, das mein Anwalt meiner

Tante geschickt hatte. Jetzt hatte ich gerichtlich das Sorgerecht für meine Geschwister beantragen können.

Anfangs konnte ich siebenhundert manchmal neunhundert Euro im Monat beiseitelegen. Immerhin waren mein Trinkgeld und mein Gehalt sehr gut. Ich hatte nicht viele Ausgaben.

Nach dem sechsten Monat konnte ich nun monatlich eintausendfünfhundert Euro sparen. Das nebenbei gesparte Geld hatte mir viel Selbstvertrauen gegeben. Wie gesagt, meine Rache würde sehr schwer werden. Für diese Tage sparte ich mein Geld und bereitete mich vor. Zu unserem Karate-Training gingen wir weiterhin regelmäßig.

Die Situation meines Schwagers und meiner Tante war wirklich so, wie meine Tante in den ersten Tagen erwähnt hatte. Meine Tante war in einer außergewöhnlichen Panik, bevor mein Schwager das Haus betrat, bis er das Haus wieder verließ. Inzwischen war auch meine Tante der Gewalt meines Schwagers ausgesetzt. Es war uns unmöglich, in diese Situation einzugreifen, solange sie selbst keinen Laut von sich gab. Als mein Schwager zu Hause war, konnte man nicht übersehen, dass meine Tante unter Druck stand. Als mein Schwager weg war, hatte ich oft versucht, mit meiner Tante zu reden, aber sie wollte nicht einmal darüber sprechen.

Als mein Schwager kam, versuchten wir, so viel wie möglich in unseren Zimmern zu bleiben. Irgendwann war es so schlimm, dass wir Suat für kurze Zeit mit in unser Zimmer nahmen, weil ich mir Sorgen machte. Aber es hatte uns nichts gebracht. Ich wünschte, meine Tante hätte es auch nicht getan.

Nach einer gewissen Zeit gab ich meiner Tante ganz das Recht. Ich verstand besser und klarer, warum sie es so eilig hatte. Mein Onkel war eigentlich ein Psychopath. Trotz allem hatte uns meine Tante ihn als eher langweilig dargestellt und beschrieben.

Das Haustelefon klingelte. Während meine Tante telefonierte, fing sie plötzlich an zu weinen. Offensichtlich hatte sie schlechte Nachrichten bekommen. Sobald das Telefonat beendet war, drehte mein Schwager, der meine schluchzende Tante sah, voll die Musik auf und forderte meine Tante zum Tanzen auf. Aber meine Tante war nicht in der Stimmung zum Tanzen, weil sie eine Todesnachricht erhalten hatte. Mein Schwager hatte sie sehr heftig geschlagen, weil sie nicht getan hatte, was er verlangte. Ich erinnerte mich gut daran, wir hatten uns im Zimmer eingeschlossen, bis mein Schwager das Haus verließ. Wir hatten während dieser zwei Tage nichts gegessen oder getrunken. Es mag schlimm sein, es zu sagen, aber wir hatten sogar unsere Bedürfnisse im Zimmer erledigt. Wenn ich von meiner Tante das geringste Signal bekommen hätte, hätte ich mein Bestes getan, um einzugreifen, aber sie hatte mir dieses Signal nie gegeben. Mein Schwager hatte mich auch ein paar Mal geschlagen, weil ich meine Tante verteidigt hatte. Nachdem ich mit meiner Tante allein war, befahl sie mir: »Misch dich nicht ein, ich will es nicht, verteidige mich nicht. In diesen Momenten nimmst du deine Geschwister und schließt dich im

Zimmer ein.« Wie oft hatte sie mich gewarnt, trotzdem wurde sie nach einer gewissen Zeit immer noch sehr wütend auf meine Interventionen.

An den Tagen, an dem mein Schwager da war, sagte ich meiner Tante, sie sollte so tun, als ob wir nicht existierten. Wie oft hatte ich ihr gesagt, dass sie uns ignorieren sollte.

Um die Schreie eines Menschen zu hören,
braucht man nicht zuzuhören.
Du kannst die Geschichte mit deinen Augen lesen,
mit deinem Verstand hören und mit deinem Herzen fühlen.
Wenn du nur sehen und hören tust.

KAPITEL 22

Wir verbrachten fast ein Jahr in derselben Wohnung. In dieser Zeit hatte ich viel gespart.

Ohne mein Wissen sparte meine Tante jeden Monat je hundert Euro für meine Geschwister. Eines Tages sagte sie zu mir: »Nimm dieses Geld, meine Tochter, eintausendzweihundert Euro für Suat, eintausendzweihundert Euro für Kiraz. Von dem Geld, das du zum Haushalt gegeben hast, habe ich hundert Euro pro Person für die Kinder gespart. Aber lass dieses Geld nicht bei mir, damit dein Onkel es nicht sieht. Du kannst es behalten, wenn du möchtest. Du kannst auch ein Sparkonto eröffnen. Anstatt dem Haushalt fünfhundert Euro im Monat zu geben, gibst du dreihundert Euro. Ich habe zweihundert Euro für deine Geschwister beiseitegelegt.«

Darüber war ich erstaunt, eigentlich war ich glücklich darüber. Tatsächlich gab sie die restlichen dreihundert Euro aus, die ich ihr für uns gegeben hatte. Es wäre nicht in Ordnung, auf ihre Kosten zu leben.

Unsere Karatekurse wurden intensiver, da wir Privatunterricht bei unserem Trainer nahmen. Wir erhielten eine hochprofessionelle Ausbildung und bildeten uns regelmäßig weiter. Suat hatte seine Klasse bestanden, und ich arbeitete weiter. Es war ein sehr schöner und gut besuchter Friseursalon. Das Geschäft lief sehr gut. In dieser Zeit hatte ich viele Kunden gewonnen. Ich hatte Kunden, die speziell wollten, dass ich ihre Haarpflege und Hochsteckfrisuren machte, und von der Inspiration war reichlich vorhanden. Es kamen Leute von weit her, die meine Hochsteck und Brautfrisuren wollten. Es sprach sich sehr schnell rum.

Bei den Hochzeiten waren nicht weniger als zehn oder fünfzehn Personen bei mir. Mein Chef war mit meiner Arbeit und meinem Handwerk sehr zufrieden. Daher fing er sogar an, mir eine Prämie für die Hochsteck und Brautfrisuren zu geben. »Es steht dir zu!«, beharrte er. Ich hatte einen guten und treuen Chef. Er arbeitete in einer Firma und war kein Friseur. Am Anfang war es komisch, aber mit der Zeit hatte ich mich daran gewöhnt.

Mein Chef war der Größte. Seine Geschwister und er waren Waisen wie wir. Sie hatten ihren Vater vor siebzehn Jahren und ihre Mutter vor fünfzehn Jahren verloren. Es war eine Wunde, die ihre Herzen schmerzen ließen und mit Trauer füllten. Aber das Leben ging weiter mit seinen guten und schlechten Momenten. Als Ältester fühlte er sich für seine Geschwister verantwortlich. Er hatte sich im Laufe der Jahre um seine drei anderen Geschwister gekümmert und nie geheiratet, weil er dachte, dass es dann zu Hause Schwierigkeiten geben würde. Er hatte nicht einmal vor, in die Ehe einzuwilligen. Diese Seite hatte er bereits abgeschlossen.

Einmal sagte er sehr ernst zu mir: »Vergessen Sie das nie. Sie sind nicht allein, wenn Sie in Schwierigkeiten geraten, denken Sie daran, dass Sie hier einen Schicksalspartner haben. Als Team und Familie stehen wir immer hinter Ihnen!«

Diese Worte hatten mir viel Zuversicht und Kraft gegeben. Seine jüngste Schwester arbeitete auch nach ihrer Friseurausbildung im Friseursalon. Zwei Schwestern und zwei Brüder, davon waren zwei verheiratet und zwei ledig.

In der Anfangszeit, als ich anfing zu arbeiten, hatte mich seine Schwester herumkommandiert. Sofort hatte mein Chef in diese Situation eingegriffen. Er war ein barmherziger Chef, obwohl er sehr schwerfällig und diszipliniert war. Nicht einmal hatte er uns bevormundet und die Arbeiter hatten dieses Wohlwollen nicht missbraucht. Wir alle nahmen unsere Arbeit als Team an. »Ich bin auch ein Arbeiter, das ist unser Brotquelle«, sagte er immer sehr bescheiden.

In der Firma, für die er arbeitete, arbeitete er jetzt zwölf statt neun Stunden am Tag. Manchmal konnte er nicht im Salon vorbeischauen, dann ließ er mich die tägliche Kasse machen, nicht seine Schwester.

Eines Tages hielt er mittags im Friseursalon an, als wir wenig Kunden hatten. Obwohl er keine positiven Gedanken über die zweite Partnerschaft hatte, sagte er, dass er aus Zeitgründen keine andere Wahl habe. Eine Woche später war er mit einem Mann in den Pausenraum gegangen, den ich noch nie zuvor gesehen hatte. Unser Chef würde seine besonderen Gäste jedoch nie im Friseursalon bringen, er würde sagen: »Die, die ich bewirten möchte, bewirte ich nicht in unserem Brotquelle, sondern entweder bei mir zu Hause oder zu einem guten Essen im Restaurant.« Sie waren bis zur Pause im Hinterzimmer geblieben.

Als wir gerade den Friseursalon abgeschlossen hatten, traten die beiden heraus und unser Chef stellte uns seinen neuen Partner vor.

Ehrlich gesagt, mochte ich den Typen nicht wirklich. Er sah uns alle von Kopf bis Fuß an, aber wir würden ihn noch kennenlernen, es war notwendig, keine Vorurteile zu haben.

Von diesem Tag an kam er jeden Tag im Friseursalon vorbei. Am ersten Tag kam er, sobald wir unseren Arbeitsplatz betraten. Ohne uns anzusehen, sprach er mit uns: »Es ist Zeit für eine Tasse Kaffee.« Dann setzte er sich an die Kasse. Auf uns hatte er keinen guten Eindruck gemacht. Obwohl er der Boss war, wollten wir nicht alles hinnehmen, was er sagte. Plötzlich platzte ich heraus: »Wie Sie sehen, sind wir alle am Werk.« »So ist es! Sie bringen meinen Kaffee, sobald Sie fertig sind, junge Dame«, schlug er einen Befehlston an. »Unverschämt, respektlos, großspurig!«, dachte ich sehr wütend.

Zum ersten Mal hatte ich das Gefühl, meine Grenzen überschritten zu haben, als hätte mich das zu einem anderen Menschen gemacht.

Anstatt etwas zu sagen, schwieg ich. So kochte ich ihm eine Tasse Kaffee und brachte sie ihm. Nachdem er seinen Kaffee getrunken hatte, wanderte er durch den Friseursalon. Nun nahm er auch die Zahlungen von Kunden entgegen. Wir gingen nicht einmal mehr an die Kasse. Er war jeden Tag im Salon, von morgens bis abends. So oder so waren wir bei der Arbeit.

Irgendwann fing er an, seine Bekannten in unseren Pausenraum zu bringen, die lange Zeit im Hinterzimmer saßen, wo wir unsere Pause machten. Wir hatten keinen Platz mehr, um unser Essen zu essen. Während sie in diesem Raum waren, konnten wir nicht hineingehen. Wir hätten eintreten können, aber wir wollten nicht.

Ab und zu kam unser alter Chef in den Laden. Er schien unsere Situation eines Tages zu verstehen und rief mich nach Feierabend auf meinem Handy an, wo ich sehr respektvoll und genau mit ihm über all die negativen Neuerungen gesprochen hatte, die wir im Friseursalon erlebt hatten. Der Rest lag bei ihm, aber ich musste es sagen. Von jeder einzelnen Nadel, die auf den Boden fiel, sollte er über das Geschehen in seinem Salon Bescheid wissen. Wir bedankten uns und legten dann auf.

Meine Kollegin war kurz davor, ihren Job zu kündigen, denn er hatte sie sehr oft erniedrigt und rumkommandiert. Eines Tages nach der Arbeit traf sich unser Chef mit uns, damit wir uns unterhielten. Am Ende gab er uns an diesem Tag gegenüber zu, dass er die falsche Entscheidung getroffen hatte. Er hatte eine Meister Position in der Firma, als Maschinenbauingenieur. Er erklärte, er sei nicht wegen seines Misstrauens uns gegenüber in die Partnerschaft eingetreten, sondern wegen seiner Unfähigkeit, da er nicht mehr so oft im Salon sein konnte.

Bei der Arbeit lief nichts mehr gut. Jeden Tag kam er mit einem mürrischen Gesicht in den Laden. Daher setzten wir uns alle auch sein Partner eine Woche später nach Feierabend hin und unterhielten uns offen. Danach kehrte etwas Ruhe ein.

Nachdem ich eines Morgens den Friseursalon geöffnet hatte, hörte ich Stimmen aus unserem Pausenraum. Ich sah, dass sein Partner den Tee aufgebrüht, den Kaffee und das Frühstück zubereitet hatte. Aber seine gehäuften Fehler konnte er damit nicht wieder gutmachen, ging es mir durch den Kopf.

»Guten Morgen!«, grüßte ich ihn. Für seine Vorbereitung hatte ich ihm nicht gedankt oder geschmeichelt. Als ich meine Tasche und Jacke abstellte, um den Salon zu betreten, sah ich eine leere Schnapsflasche unter dem Waschbecken. »Was, trinkt man bei der Arbeit?«, fragte ich ihn. Ich sah, dass der neue Partner verkatert war, denn er konnte kaum stehen. »Sie beschädigen unseren Arbeitsplatz«, warf ich ihm vor, sein unfähiges Verhalten hatte keine Grenzen mehr. Als ich mich umdrehte und hinausging, kam er von hinten, packte meinen Arm und drehte mich zu sich.

»Denk dran, Süße, du hast mich angeschnauzt! Bete für deine blauen Augen, dein schwarzes Haar, sonst hätte ich dich schon in meinen Händen. Gibt es jemanden in deinem Leben?«, fragte er. Während er mir diese Dinge sagte, hatte ich Mühe, meinen Arm von ihm zu befreien. »Lass meinen Arm los!«, wiederholte ich immer und immer wieder. Er sagte, er hätte nur losgelassen, damit ich meine Stimme nicht noch mehr erhob.

Von Tag zu Tag nahm seine Gier zu. Wenn ich unseren Pausenraum betrat, kam er hinter mir her. Er hatte mich immer im Blick, wenn ich arbeitete. Dort zu arbeiten tat mir nicht mehr gut, denn ich fühlte mich nicht mehr sicher und ungeschützt.

Eines Abends nach der Arbeit folgte er mir nach Hause und rief hinter mir her. Sofort kontaktierte ich meinen alten Chef und äußerte meine Beschwerde. »Okay, ich rede mit ihm«, erwiderte er.

Wenn sich nichts ändern würden, würde ich meinen Job wie meine Kollegin kündigen, erklärte ich ihm. »Es wird sich etwas ändern, keine Sorge!«, versprach mein alter Chef. Daraufhin hatte ich ihm wirklich vertraut und geglaubt, dass sich nach diesem Gespräch etwas ändern würde.

Ungefähr eine Woche später, als die Pause nahte, war der neue Partner meines Chefs und ich im Salon. Ich hatte mit meinem letzten Kunden zu tun. Sobald der Kunde den Salon verließ, wurde die Tür von innen verschlossen. Das hatten wir immer so gemacht, es war kein seltsames Verhalten. Nach der Endreinigung öffneten wir die Tür, verließen den Salon und schlossen sie von außen wieder ab. Normalerweise ging ich nach der täglichen Reinigung.

Eigentlich waren immer noch zwei andere Kollegen anwesend. Es war Schultag für die Auszubildende, eine Friseurin war krank und meine andere Kollegin hatte wegen diesen Vorfällen gekündigt. Die Schwester meines Chefs hatte bereits um fünf Uhr Feierabend, denn sie ging immer um fünf Uhr, weil sie im Schichtdienst arbeitete. Das waren ihre Vereinbarung. Wenn es zu voll war, blieb ich wie immer alleine hier.

Am Anfang hatte ich an Wochentagen von neun Uhr morgens bis acht Uhr abends und am Wochenende von acht Uhr morgens bis sechs Uhr abends gearbeitet. Meine Arbeitszeiten waren ziemlich verplant. Natürlich hatte ich auch meinen freien Tag. Mein Chef war ein fairer Chef, denn er hatte alle meine Überstunden bezahlt. Sogar mein Gehalt wurde erhöht, als sich die Stunden geändert hatten. Er gab mir jetzt netto eintausendfünfhundert Euro, dazu kamen noch meine täglichen Trinkgelder und die Hochsteckprämien.

Ich verdiente gutes Geld, aber wegen diesem Fanatiker, der sich sein Partner nannte, musste ich meinen Job kündigen.

Alle Augen waren an diesem Tag auf mich gerichtet. Ich arbeitete, als wäre ich auf der Hut. Ich fühlte mich überhaupt nicht mehr wohl. Den ganzen Tag hatte ich das Gefühl, dass etwas passieren würde.

Bevor ich den Pausenraum verließ, musste ich auch das Geschirr wegräumen, aber ich wollte nicht hineingehen. Eigentlich wollte ich die Arbeiten im Salon schon eher beenden und sofort gehen. Aber ich konnte das Chaos nicht so lassen. Lange Rede, kurzer Sinn. Er folgte mir, als ich in den Pausenraum ging und mich zum Feierabend fertigmachte.

»Komm, lass uns irgendwo einen Kaffee trinken. Es wird eine Veränderung geben, wir werden zwei Worte teilen. Wir werden uns näherkommen und uns gegenseitig wärme spüren lassen«, meinte er. Anstatt mit einer Person zu sprechen, die das Wort „NEIN" nicht verstand, zog ich es vor, auf dem schnellstmöglichen Weg den Friseursalon zu verlassen, doch er versperrte mir den Weg.

»Nein, nein, nein … Ich habe es eilig, ich muss sofort nach Hause«, schrie ich ihn dann an.

»Gut, lass mich dich heute nach Hause fahren. Lass uns dem Teufel das Bein brechen. Lass das Eis zwischen uns schmelzen, du wirst sehen, vielleicht verstehen wir uns gut! Was sagst du, kleine Dame?«, fragte er.

Schnell ging ich auf die Außentür zu, stellte das Geschirr ab und nahm meine Jacke und Handtasche. Der Schlüssel hing nicht an der Tür, während ich in meiner Handtasche den Salonschlüssel suchte, sprach er weiter, dabei wedelte er mit seiner Hand, in dem mein Schlüssel lag: »Kleine Dame, suchst du deine Schlüssel?« Hartnäckig verlangte ich nach meinen Schlüsseln. Wie wild klopfte ich von innen an die Tür, um die Aufmerksamkeit der Passanten auf mich zu ziehen. Da der Friseursalon geschlossen war, hatte ich auch die meisten Lichter ausgeschaltet.

»Hopp junge Dame, was machst du da? Hör auf, an die Tür zu hämmern, du wirst die Leute zusammentrommeln«, ermahnte er mich, aber ich hörte nicht auf. Vor Angst und Panik klopfte ich an die Glastür des Friseursalons. Als mich eine Gruppe junger Leute bemerkte, sagte er: »Du verstehst aber auch keine Witze. Ich habe nur Spaß gemacht. Los, du hast die Leute vor den Salon gesammelt. Ich öffne sie, ich öffne sie, schlag nicht weiter, oh!« So öffnete er die Tür und gab mir meine Schlüssel zurück.

Er roch nach Alkohol, ich war angewidert, denn ich hasste es. Weinend kam ich nach Hause. Sofort erzählte ich alles meiner Tante. »Meine Tochter, ruf sofort deinen Arbeitgeber an, erzähl ihm alles. Komm, trink zuerst einen Schluck Wasser, komm zur Ruhe mein Kind. Dann ruf an und erzähle es ihm. Er muss wissen, was los ist. Wow, dieser Bastard. Er wird diesen Tag niemals vergessen! Ich werde es deinem Schwager sagen, damit er sieht, dass es kein Witz ist!«, sagte sie wütend.

Jedoch bestand ich darauf, es meinem Schwager nicht zu sagen, aber sie sagte es meinem Schwager trotzdem, denn sie fand es für richtig, was sie tat.

Nachdem ich mich etwas beruhigt hatte, rief ich meinen Chef an und erzählte, dass ich leider meinen Job kündigen müsste. Darüber war er überrascht! Er war auf der Arbeit und sagte, dass er mich wegen der sehr lauten Umgebung sofort anrufen würde, nachdem er sich ins Büro zurückgezogen hatte.

Ich war immer noch aufgebracht, als er anrief. Also erzählte ich ihm alles, was passiert war. Natürlich war er sehr wütend und wie! »Keine Sorge, ich habe jetzt keine Partnerschaft mehr. Sei morgen wie jeden Tag bei der Arbeit, Yasemin. Wir werden unsere Trümpfe nutzen, keine Frage!«, antwortete er.

»Von jetzt an, komme ich nur noch einmal, um meine Sachen zu holen, und gehe gleich wieder. Wenn möglich, seien Sie morgen früh im Friseursalon«, erwiderte ich. Ich erinnere mich, dass ich in dieser Nacht geweint hatte, bis ich eingeschlafen war. Wie nett wir alle bei der Arbeit waren, bevor sein Partner in den Salon kam. Wir arbeiteten friedlich zusammen. Seitdem er gekommen war, hatte er unser ganzes Arbeitsklima durcheinandergebracht.

Mein Chef war da, als ich morgens in den Salon kam. Sofort rief er mich in den Pausenraum, um mit mir zu reden. So ging ich hin! Er musste schon früh gekommen sein, der Tee war schon aufgebrüht.

»Guten Morgen, Yasemin. Bevor wir anfangen, möchte ich gern für den gestrigen Tag mein Leid aussprechen. Glaube mir, es tut mir so leid. Ich weiß nicht, was ich sagen soll. Ich denke über Wunschdenken nach, aber leider nützt es nichts. Wir haben uns gestern mit ihm gestritten. Er hat mir sofort gedroht, als das Gespräch begonnen hatte. Das bedeutet, dass ich in Schwierigkeiten geraten bin, ohne es zu merken. Brot ist eine so große Geißel, dass es unseren Haushalt betrifft. Ruhen Sie sich ein oder zwei Wochen aus, wenn Sie möchten, treffen Sie keine voreilige Entscheidung. Das ist Ihr Arbeitsplatz. Ich will nicht, dass Sie Ihren Arbeitsplatz verlieren. Sie kümmern sich um Ihre Geschwister, Sie brauchen Geld. Sie werden es nicht glauben, aber wir hatten gestern einen schrecklichen Streit mit ihm. Es wurde kaum gesprochen. Er war rebellisch und er schnauzte mich ständig an, fluchte und bedrohte mich.

Damit er die Partnerschaft verlässt, muss ich seine Investition zurückzahlen. Es wird noch einige Zeit dauern. Ich hoffe, dass bis dahin kein weiterer Schaden im Friseursalon entsteht«, erklärte er mir. Mitten in unserem Gespräch wurde plötzlich das Schaufensterglas des Salons zerbrochen.

Das gesamte Schaufensterglas des Friseursalons fiel mit einem schrecklichen Geräusch zu Boden. Überall lagen Glasscherben. Sofort rief er die Polizei. Mitten im Salon lag ein riesiger Stein. Als die Polizei am Tatort eintraf, erzählte er der Polizei alles, was vorgefallen war. Da es morgens war, waren die Augenzeugen nur ein älteres Ehepaar. Sie wollten auch nicht aussagen, weil wir Ausländer sind. »Wir haben es nicht gesehen!«, behaupteten sie. Später erzählten sie mir in einem Einkaufszentrum, das sie es doch gesehen hatten, aber da wir ausländischer Abstammung waren, wollten sie sich nicht als Zeugen melden. Sie hatten Angst, weil sie ihm von Angesicht zu Angesicht gegenüberstehen müssten. So sagten sie mir das buchstäblich. Aber war nicht Zeuge ein Zeuge? Spielte es so eine große Rolle, welcher Abstammung man war?

Ohne Beweise, dass er es war, konnte die Polizei ihn nicht anklagen. Nachdem alle wichtigen und notwendigen Arbeiten erledigt waren, rief mein Chef sofort ein Unternehmen für das Kamerasystem an, um Kameras zu installieren.

Einen Vertrag mit dem Unternehmen wurde abgeschlossen. Die Versicherung wurde informiert, damit sie die Reparatur für das neue Glas übernahmen. Nachdem wir das zerbrochene

Fenster weggefegt hatten, gingen wir zurück in den Pausenraum. Ich bot meinem Chef an, ich würde warten, bis die Versicherung und der Glaser kamen.

Drinnen gab ich meinem Chef meine schriftliche Kündigung, die ich am Vorabend mit meiner Tante geschrieben hatte. Die Urlaubstage, die ich bisher nicht in Anspruch genommen hatte, nahm ich bis zum Tag meiner Kündigung. So hatte ich fast sechs Wochen mit Überstunden frei, die bezahlt wurden.

»Bleiben Sie hier, bis Sie einen Job finden. Seien Sie nicht stur! Sie rufen die Polizei, sobald er hier eintrifft, sie werden sofort kommen. Kündigen Sie nicht Ihren Job!«, bat er mich.

Aber ich war sehr entschlossen, ich würde nicht mehr zurückgehen. Er tat mir wirklich leid. Nach einem kurzen Abschied kehrte ich nach Hause zurück. Einanderthalb Jahre hatte ich dort gearbeitet, so lange wohnten wir schon bei meiner Tante. Die Zeit verging so schnell, sie floss wie Wasser den Fluss hinab.

Wie immer, als ich nach Hause kam, hatte meine Tante es eilig. Es fühlte sich nicht mehr komisch an, wenn sie mein Hilfsangebot nicht annahm. So sagte ich ihr, dass ich in mein Zimmer gehen und mich hinlegen würde. Als ich auf meinem Bett lag, weinte ich viel und schlief ein wenig. Da sich so viel in mir angesammelt hatte, konnte ich tagelang nicht mit Weinen aufhören. Mein Schwager war übrigens zwei Tage lang gekommen und wieder gegangen. In der Nacht, bevor er ging, bat er mich reinzukommen, als er Fernsehen schaute. Er wollte, dass ich ihm die Geschichte erzählte. In diesem Moment sah ich meine Tante an und verzog leicht den Mund, als wollte ich sagen, oh, warum hast du das gesagt.

»Erzähl mir von diesem Bastard, der dich angebaggert hat. Hat er dich noch mehr belästigt, als du es uns erzählt hast? Was für ein Glück du hast, Leute, die kommen und gehen, hängen an dir. Wie unglücklich du bist! Wenn du einen Mann bei dir hättest, würde dich niemand von der Seite anschauen! Du bist jung, schön, charmant und gepflegt. Nun, du bist gerade erst hierhergezogen, du hast viel Aufmerksamkeit bekommen. Alle Augen sind auf dich gerichtet. Öffne deine Augen. Sehe dich mit dem Auge des Käufers um«, forderte er mich auf.

Bevor mein Schwager fertig war, unterbrach ich ihn sofort. Er war mit seinen Worten zu weit gegangen, daher zeigte ich ihm, dass mir seine Art und Weise unangenehm war. »Ich will nicht mehr darüber sprechen«, meinte ich und bat mich in mein Zimmer zurückziehen zu dürfen.

Meine Geschwister sahen im Zimmer fern. Nachdem ich mich zwischen sie setzte, nahm ich die beiden in die Arme und wir schauten an diesem Abend schweigend fern. Nach einer Weile lag Kiraz schlafend auf meinem Bein. Suat hingegen lag auf dem Bett und sah vom Bett aus. Ich trug Kiraz zu ihrem Bett, nachdem ich sie zugedeckt hatte, legte ich mich mit einer Decke auf das Sofa. Als ich ausdruckslos auf den Fernseher starrte, waren meine Gedanken bei den Worten, die mein Schwager gesagt hatte. „Was fiel ihm überhaupt ein, so mit mir zu reden?"

Ich war sehr nervös, es war sehr schwer für mich. Er wollte nachts wieder auf die Fahrt, und als ich morgens aufstand, war ich so froh, ihn nicht zu sehen. Ehrlich gesagt, wusste ich nicht, ob ich in der Lage war, es hier in dieser Wohnung noch länger durchzuhalten. Wenn er es netter gesagt hätte, hätte ich mich vielleicht nicht so beleidigt gefühlt. Wie er mit mir geredet hatte, als ob er mir ins Gesicht geschlagen hätte. Sogar sein Blick war sehr seltsam, als er diese Worte gesagt hatte. Ab und zu, während ich fernsah, blitzte sein böser Blick vor meinen Augen auf. Ich schüttelte mein Haupt und wollte diese Augen so schnell wie möglich aus meinem Gedächtnis löschen.

Als wir morgens aufwachten, hatte ich einen Streit mit meiner Tante. Warum hatte sie es gesagt. Sie war auch in einem seltsamen Zustand. »Ich hätte nicht gedacht, dass dein Schwager so reden würde. Weißt du, meine Absichten waren nicht schlecht. Die Worte deines Schwagers waren schwer, ich weiß, dass du verletzt bist«, sagte sie sehr unschuldig. Jedenfalls hätte es nicht passieren dürfen, aber es ist nun einmal passiert!

Mein Schwager würde sieben volle Tage nicht nach Hause kommen. Diesmal gab es eine Tour durch Deutschland, Belgien und Frankreich. Es war toll, wenn er sieben Tage nicht zu Hause war.

Wahrheit tut weh,
Wahrheit schmerzt.

KAPITEL 23

Einige Zeit war vergangen und die Dinge hatten sich beruhigt. Meine Tante und ich gingen zur Agentur für Arbeit, um meine Arbeitslosigkeit zu melden. Sie sagten, ich müsse mich bewerben, sie würden mir ein Jahr lang 60 Prozent meines Gehalts zahlen. Nachdem ich einen schriftlichen Antrag gestellt hatte, wurde mein Gehalt überwiesen. In der Zwischenzeit war ich natürlich nicht untätig, ich war ständig auf Jobsuche. Ehrlich gesagt, wollte ich nicht zu weit wegarbeiten.

Eines Tages meinte meine Tante: »Ich wünschte, du hättest deine Berufsausbildung gemacht. Es wäre besser für dich gewesen. Das würde dir Sicherheit geben. Du wirst sehen, vielleicht wirst du nach deiner Berufsausbildung an einer Meisterschule eingeschrieben und kannst deinen Meisterbrief machen. Alles liegt in deinen Händen. Nicht jeder Arbeitgeber kann so gut bezahlen wie dein alter Chef. Überlege genau, was ich gesagt habe. Ich finde, man sollte den Wert dieses Jobs sehen!« Es war eine gute Idee und ich dachte darüber nach. Dann bestätigte ich ihr, dass ich es für richtig empfand.

Nach Absprache mit meiner Tante entschieden wir uns, wieder zur Agentur für Arbeit zu gehen. Ich hatte erklärt, dass ich eine Ausbildung machen möchte. Man hatte mir eine Liste gegeben, in welchen Friseursalons eine Ausbildung angeboten wurde. Zu Hause ging ich die Liste nacheinander durch. In jedem Salon, den ich besuchte, hatte ich meine Telefonnummer und meine Bewerbung hinterlassen.

Zwei Tage später kam ein Anruf aus einem Friseursalon. Sie luden mich in den Friseursalon ein, um zu reden. Noch am selben Tag ging ich hin, um keine Zeit zu verlieren. Wir hatten geredet und vereinbart, ein Praktikum bis zum Beginn der Berufsausbildung zu machen. Darüber hatte ich mich sehr gefreut, zumindest würde ich immer noch arbeiten, anstatt untätig zu sein. Den Salon, den ich ausgewählt hatte, war ein deutscher Friseursalon. Es war besser für mich, so lernte ich die Sprache schneller. Diese Neuentwicklungen hatten mir wieder viel Kraft gegeben, ich war durch und durch motiviert. »Du fängst zuerst mit vier Tagen in der Woche an«, erklärte sie mir. Klar, warum nicht, denn ich war bereit, vorher ein Praktikum zu starten.

Jedoch musste ich Geld verdienen und sparen, um mich nacheinander an denen rächen zu können, die mich verletzt hatten. Langsam begann ich meine Vorbereitungen. Über das Internet konnte ich verfolgen, wer was tat und in welchem Zustand sie sich befanden. Mein erstes Ziel war die berühmte Frau Nalân. Ich kannte viele Ihrer Geheimnisse!

Sieben Tage waren vergangen, mein Schwager war wieder zu Hause. Wir versuchten, so viel wie möglich nicht vor seinen Füßen herzulaufen. Mein Schwager war ganz fremd geworden, als wäre er damals nicht mein Schwager gewesen und heute ein Fremder. Zumindest hatte ich die Veränderung bemerkt. Hätte ich damals legal mit meinen Geschwistern ein Haus mieten dürfen, wäre ich sofort in unsere eigene Wohnung gezogen.

Aber da ich es diese fünf Jahre nicht durfte, konnte ich dieses Recht nicht nutzen. Was auch immer die Regel war, ich verstand nicht, warum sie es immer noch nicht zuließen.

Jedes Mal, wenn mein Schwager ging, warf sich meine Tante zuerst auf das Sofa und ein tiefes „Oh!", kam aus ihrem Mund. Es war anstrengend für meine Tante, denn sie konnte überhaupt nicht sitzen, der Propeller drehte sich ständig im Kreis. Nachdem sich meine Tante in den Stuhl geworfen hatte, setzte ich mich neben sie. Natürlich wollte ich, wann immer möglich, ein tiefes Gespräch mit ihr führen. Ihre Wahrnehmungsfähigkeit hing davon ab, wie müde sie war! In mir war ein Gefühl, dass sich jetzt etwas ändern würde.

Ernst fing ich an, mit meiner Tante zu sprechen: »Trotzdem wünschte ich, du hättest es meinem Schwager nicht erzählt! Etwas in mir sagt, dass nach diesem Tag Veränderungen in unserem Leben eintreten werden, was nicht positiv ist. Mein Schwager hatte mich noch nie so angesehen, nicht ein einziges Mal, bis zu diesem Tag. Aber an diesem Tag sah mich mein Schwager ganz anders an. Ich konnte diese Veränderung in seinen Augen sehen. Ich sah diesen Unterschied in seinem Blick. Warum hast du mich trotzdem in eine solche Situation gebracht? Okay, das hast du nicht bewusst gemacht. Du bist mit guten Absichten an dieses Thema herangegangen. Deshalb kann ich nicht wütend sein, ich kann nicht beleidigt sein! Ich hoffe, dass dieses Gefühl in mir nicht wahr wird. Ich hoffe, ich habe es anders verstanden. Aber wenn mein Gefühl stimmt, nehme ich meine Geschwister und gehe sofort weg, auch wenn wir drei auf der Straße schlafen müssen!«

Als ich so sprach, richtete sich meine Tante auf und setzte sich hin. Sie schenkte mir ihre volle Aufmerksamkeit, ohne mich zu unterbrechen. Sie sah mich immer als einen reifen Menschen an, weil sie mich und das, was ich durchgemacht hatte, respektierte. Deshalb war der Dialog zwischen uns reibungslos und stark, da alles mit Respekt ablief. Meine Tante war ganz still. Obwohl ich zu Ende gesprochen hatte, saß sie mir immer noch steif gegenüber und sah mir in die Augen.

Auf einmal konnte ich es nicht mehr ertragen. »Sieh mich nicht so an, sag etwas«, forderte ich sie auf. Sie starrte mir immer noch ins Gesicht. Was ich sagte, brachte sie zum Nachdenken. Es dauerte eine Weile, bis sie sich erholt hatte. Es war, als ob ein Mensch plötzlich zur Besinnung kam, einfach so. Plötzlich drehte sie den Kopf nach rechts und links, dann schüttelte sie ihren Kopf.

»Mein Kind, meine schöne Nichte! Das ist sehr schlimm, was du gesagt hast. Ich konnte es beim Zuhören nicht glauben, es war zu schlimm, darüber nachzudenken!«, gestand sie mir.

Diese Antwort sagte mir alles. Meine Tante hätte mich auch unterbrechen können, was denkst du über deinen Schwager. Er würde so etwas nie tun. Schau, sie konnte nicht sagen, dass ich falsch lag! Wenn sie das gesagt hätte, hätte ich mich nach dieser Rede vielleicht besser und wohler gefühlt. Aber leider hatte mich diese Antwort, die sie auf ihre verblüffte Art gab, tatsächlich zum Nachdenken gebracht. Ich hatte keine andere Wahl, als zu hoffen, dass es nicht so war.

Die Wunde im Herzen heilt nie.
Es verkrustet nur.
Die Spur darunter bleibt...

KAPITEL 24

Bei dem neuen Friseur hatte ich als Azubi angefangen und die Autorin Nurgül kennengelernt, die Autorin, die meiner Stimme Gehör verschafft hatte. Ich möchte darüber sprechen, wie ich diejenige das erste Mal getroffen hatte, die mein Leben aus meiner Sicht aufgeschrieben hatte. Ich möchte, dass Sie wissen, was ich durchgemacht habe, wie ich mich gefühlt habe und meine eigene Meinung aus meiner Sicht. Am ersten Tag, als ich anfing, war der erste Satz von Nurgül: »Oh mein Gott, wie schön bist du!« Eigentlich dachte ich dasselbe, als ich sie das erste Mal sah. Sie war warmherzig, zuverlässig und aufrichtig. Sie stellte mir keine Fragen zu meinem Privatleben, wie es andere machen, sondern nur zu meinem Arbeitsleben. Natürlich erfuhr ich später, dass sie dachte, sie könne mich und mein Leben nicht respektieren, indem sie in meine Privatsphäre eindrang. Ein schöner Gedanke! Nicht jeder kann so genau überlegen. Es hatte mich sehr interessiert. Nach dem kleinen Gespräch, das wir bei diesem ersten Treffen geführt hatten, wollte ich mehr über sie wissen.

Bei der Einweisung erklärte meine Chefin: »Zuerst, bis sich die Kunden an dich gewöhnt haben, achte auf unseren Arbeitsstil, schau dir unsere Arbeitstechniken an, steh neben uns und beobachte die Kunden. Schau zu, pass auf.« »Aber ich weiß alles«, erwiderte ich. Daraufhin fügte sie hinzu: »Ja, ich weiß, aber unsere Kunden sind etwas seltsam. Neue werden nicht sofort angenommen. Du kannst natürlich die Kunden übernehmen, die es akzeptieren. Bei den anderen siehst du uns bei der Arbeit zu.« Genauso hatte ich es angewendet.

Wenn Nurgül arbeitete, stand ich normalerweise neben ihr und beobachtete sie. Obwohl meine Chefin mir sagte, ich solle auf die Techniken und den Arbeitsstil achten, die sie anwendeten, hatte ich versucht, Nurgül zu analysieren, indem ich sie genau beobachtete. Aber sie war sich ihrer nicht bewusst. Wenn sie sich diese Aufnahme anhörte, wird sie vielleicht überrascht sein und mir kopfschüttelnd sagen: »Pfui! Yasemin, was hast du schon wieder vermasselt.« Während sie sich diese Aufnahme anhörte, würde ich nicht da sein. Aber wenn ich es gut analysiert hatte, war ich mir hundertprozentig sicher, dass es so sein wird. Wie auch immer, vielleicht können wir das später von ihr lesen.

Viele Dinge gingen mir durch den Kopf, als ich ihre Arbeit beobachtete und versuchte, sie zu analysieren. Sie liebte es, in einer sicheren Umgebung zu lachen. Sie war ein respektvoller, aufrichtiger und warmherziger Mensch, die ihren Platz kannte. Wer war sie? Wie war ihr Leben? Was machte sie nach der Arbeit? War sie verheiratet? Hatte sie Kinder? Es war ein paar Jahre her, dass sie hierhergezogen war, hörte ich bei einem Kundengespräch zu. Wo wohnte sie vorher und warum war sie hier? Wo war ihre Familie? Diese Fragen gingen mir ständig durch den Kopf. Ich wollte es unbedingt wissen. Aber da sie meine Privatsphäre sehr respektiert hatte, traute ich mich nicht einige Fragen zu stellen. Sie war ein sehr prinzipientreuer und disziplinierter Mensch.

Die Stunden, die sie im Salon war, brauchte die Chefin kein Auge auf den Salon zu haben. Nurgül war immer im Salon, es war fast so, als würde sie den Friseursalon leiten. Ich meinte, sie war ihrer Arbeit nachgegangen! Sie war eine fleißige Friseurin. Ab und zu hörte ich ihren Gesprächen mit den Kunden zu, bei speziellen Themen hatte ich genauer zugehört. Es hatte mich interessiert, denn sie war sehr nah, sehr aufrichtig und sehr warmherzig, aber trotz ihrer Herangehensweise war sie immer noch distanziert. Sie war der einzige Mensch, den ich kannte, der so viel Respekt vor der Privatsphäre hatte.

Obwohl sie von außen ziemlich zäh und stark aussah, waren ihre Schultern nach vorne geneigt und ihr Herz war empfindlich. Von außen sah sie wie eine die zerbrechen würde aus, aber sie war zerbrechlich. Also baute sie tatsächlich eine Mauer um sich herum auf. Mir wurde an diesem Tag klar, dass sie ihre innere Welt versteckte und eine Mauer baute, um sich zu schützen.

Abends, kurz vor Feierabend, kam gelegentlich ein junger Mann in den Zwanzigern in den Friseursalon. Kaum betritt er den Salon, ließ Nurgül alles liegen. »Willkommen, mein Lieber, mein aller liebster«, begrüßte sie ihn. „Oh Gott! Oh Gott!" In den ersten Tagen hatte ich gedacht, dass sie so einen jungen Liebhaber hatte. Ich war sehr überrascht, als sie ihn später "Oh, mein Kleiner, mein Baby" nannte. Aber ich konnte nicht hören, worüber sie redeten, denn zu dieser Zeit fand meine Arbeit am anderen Ende des Salons statt. Er kam immer zeitgleich mit der abendlichen Reinigung.

Eines Abends war er noch einmal vorbeigekommen, bevor sie in den Feierabend ging. Diesmal fingen unsere Chefin, Nurgül und dieser Junge an zu scherzen und zu lachen. Unsere Chefin meinte: »Siehst du, dein Bruder hat recht.« Manchmal führten sie auch ab und zu kurze Gespräche, beispielsweise: »Was soll ich heute Abend für dich kochen, mein Kleiner? Was möchtest du?« Das hatte jetzt wirklich mein Interesse geweckt.

Wieder erfuhr ich während eines Gesprächs, dass sie zusammenlebten. Also lebte sie mit ihrem Bruder zusammen. Da sie ihn mein Kleiner nannte, hatte sie eine enge Bindung zu ihm. So hatten wir noch etwas gemeinsam. Sie nahm sich ihres Bruders an und bemutterte ihn jahrelang. In diesem Moment hatte ich eine solche Wärme, Nähe, Vertrauen und Respekt für sie gespürt, dass es unaussprechlich war. An diesem Tag wurde sie in meinen Augen und in meinem Herzen wertvoller. Was auch immer geschah, es war an diesem Tag, an dem ich beschloss, dass ich Nurgül näher sein wollte. Eigentlich hatte sie mich seit dem ersten Tag interessiert. Ich wollte mehr über sie erfahren, aber es hatte nicht funktioniert.

Berühre das Leben eines anderen,
damit er das Leben eines anderen berühren kann.

KAPITEL 25

Unser tägliches Leben ging genauso weiter. Einmal, an einem Tag, als mein Schwager kam, gab ich meiner Tante gegenüber vor, krank zu sein. Damit ich mein Zimmer nicht verlassen musste, damit ich meinen Schwager nicht begegnete. Und dann schlug ich meiner Tante vor: »Wenn mein Schwager kommt, wieso geht ihr nicht aus? Geht ins Restaurant essen, ins Kino, einkaufen, spazieren, shoppen, ich weiß nicht was. Warum seid ihr immer zu Hause?« Freudig erwiderte meine Tante: »Du hast recht!« Sie versuchte meinen Schwager zu überzeugen. Er würde meine Krankheitsrolle nach einer Weile durchschauen, also spielte ich dieses Theater, damit sie hinausgingen und wir uns wohlfühlten.

So reservierte ich für beide einen Tisch in einem Fischrestaurant und kaufte ihre Kinokarten. Dann buchte ich zwei Tage ein Wellnesshotel. Es war ein bisschen teuer, aber sie kamen nirgendwo anders hin. Auf diese Weise hatte ich die nächsten Tage überstanden, die mein Schwager zu Hause war. Mir war er jetzt unheimlich, ich traute ihm nicht. Seine komischen Blicke blieben auch. Als ich merkte, dass ich richtig lag, zog ich mich jedes Mal ein bisschen mehr zurück.

So wenig wie ich Finger an einer Hand hatte, so viele Freunde und Bekannte hatte ich. Sie waren die Einzigen und ich freute mich sehr, wenn sie kamen. Aber es war mir unangenehm, in derselben Wohnung mit ihm zu atmen, wenn sie mich besuchten!

Eines Tages gingen meine Tante und mein Schwager abends mit ihren Familienfreunden auf den Weihnachtsmarkt. Wer in Deutschland lebte, weiß es war etwas Besonderes. Ich liebte Weihnachtsmärkte seit dem ersten Tag an. »Endlich sind wir abends« mit meinen Geschwistern allein, wir entspannen uns«, dachte ich und wir hatten nach langer Zeit einen friedlichen Abend. Kiraz war beim Filmschauen schon auf meinem Schoß eingeschlafen, es war zehn Uhr abends. Sie ging wochentags tatsächlich früh ins Bett, und es macht mir nichts aus, wenn sie etwas länger am Wochenende wach blieb.

Ich nahm sie in meine Arme und legte sie in ihr Bett, deckte sie zu und ging während der Werbepause leise wieder weg. Unter getrennten Decken sahen sich Suat und ich uns weiterhin Filme an.

Da ich wusste, dass sie nicht früh zurück sein würden, konnten wir uns wohlfühlen. Es war nach zehn Uhr. Den Film, den wir sahen, war zu Ende, und dann sahen wir einen neuen Film an, der gerade begann. In der Weihnachtszeit zeigten sie sehr gute Filme. Das meiste verstand ich mittlerweile, ich hatte Deutsch gut gelernt und meine Zunge drehte sich um den Buchstaben R viel besser. Bevor meine Tante ging, meinte sie: »Wir werden wahrscheinlich um zwölf oder eins zu Hause sein.« Ich hatte alles in meiner Macht Stehende getan, um Konfrontationen zu vermeiden. Diesmal wollte ich genau um zwölf Uhr in meinem Zimmer sein. Darum hatte ich Suat auch gebeten, denn als mein Schwager vor Kurzem zu Hause wütend wurde, fing er auch an, Suat anzuschreien.

Jetzt fing mein Schwager an, sein wahres Gesicht zu zeigen. Es dauerte noch sieben Monate, bis die fünf Jahre voll waren. Natürlich fühlte ich mich gezwungen, noch sieben Monate Geduld zu haben, doch dann würde er meine Rache bald zu spüren bekommen.

Kurz vor zwölf zogen sich Suat und ich uns in unsere Zimmer zurück. »Mach kein Geräusch, geh jetzt auch am besten unter deine Decke, mein Kleiner«, sagte ich und küsste ihn auf die Stirn, bevor ich seine Tür schloss.

Sofort zog ich mich auch in mein Zimmer zurück. Kiraz schlief tief und fest, ich zog meinen Pyjama an und legte mich neben Kiraz. Fast eine Stunde lag ich wach im Bett. Meine Tante war immer noch nicht gekommen, irgendwann war ich eingeschlafen.

Mitten in der Nacht wachte ich wegen einem quietschenden Geräusch auf. Ich rührte mich überhaupt nicht, lag mit dem Rücken zur Tür auf dem Bett. Die Tür zu meinem Zimmer stand offen und jemand schaute hinein. Die Lichter der anderen Räume strahlten in unser Zimmer. Der Schatten desjenigen, der vor meiner Zimmertür stand, spiegelte sich direkt vor mir an der Wand wider. Es war mein Schwager!

Still blieb ich liegen, meine Augen waren leicht geöffnet und beobachteten den Schatten, der auf die Wand fiel. Ich war ängstlich. Es war das erste Mal, dass ich nachts aufwachte und einen solchen Anblick erlebte. Bis zu diesem Tag war ich nie aufgewacht. Ich ging abends ins Bett und wachte auf, bevor mein Wecker klingelte. Das war bis zu diesem Tag mein Schlafmuster.

Während mir in diesem Moment tausend Fragen durch den Kopf gingen, bewegte Kiraz sich im Bett. Als er sah, dass sich etwas bewegte, wollte er die Tür schließen. Aber als er sah, dass Kiraz sich gerade nur umgedreht hatte, beobachtete er mich weiter. Ich wusste nicht, wie spät es war, ich musste mich umdrehen, um es zu sehen, und ich konnte mich nicht im Bett umdrehen, sonst würde er bemerken, dass ich wach war. Es waren beängstigende Momente für mich, aber auch abstoßend und widerlich.

Aus dem Schatten war deutlich zu sehen, wie er seinen Brustkorb und seinen Bauch mit einer Hand anfing zu streicheln. Mein Schwager beobachtete mich mitten in der Nacht beim Schlafen vor meiner Zimmertür und kam zum Vergnügen. Dann ging seine Hand tiefer und tiefer. Während er sich selbst befriedigte, begann ich seinen Atem zu hören. Nach einer gewissen Zeit schloss er leise die Tür von außen. Damit konnte ich nicht umgehen.

Er war unehrlich, niederträchtig und skrupellos. Ich war die Nichte seiner Frau, was für eine Schande er getan hatte. Fassungslos wollte ich aus dem Bett springen. Plötzlich hörte ich einen heftigen Streit zwischen meiner Tante und meinem Schwager. Aber ich verhielt mich unauffällig, dazu fühlte ich mich, als wäre ich mit meinen Händen am Bett gefesselt. Ich erlebte Momente der Angst, es war ein Albtraum.

Im Dunkeln starrte ich mit offenen Augen die Decke an, dann setzte ich mich mit gekreuzten Beinen aufs Bett, legte die

Ellenbogen auf die Beine und bedeckte mein Gesicht mit den Händen. Ich erinnerte mich, dass ich eine Weile so geblieben war. In dieser Nacht konnte ich bis zum Morgen nicht mehr schlafen und setzte meinen Schwager auf meine Racheliste. An jedem Einzelnen von ihnen würde ich mich rächen. Die Zeit meiner Rache rückte von Tag zu Tag näher.

Am Morgen hatte ich so getan, als ob ich von nichts wüsste. Heute brach mein Schwager wieder auf. Wie immer erzählte meine Tante ihm ihre Wochenpläne. Sie würde ihm per SMS berichten, was sie vergessen hatte, oder es ihm beim Telefonieren mitteilen. So oder so würde sie es auf jeden Fall sagen. Mein Schwager wusste also, wann meine Tante zu Hause war und wann nicht. Manchmal, wenn meine Tante nicht zu Hause war, rief mein Schwager über das Haustelefon an. Normalerweise wollte ich, dass Suat das Telefonat annahm. Als uns noch nichts aufgefallen war, brachte Suat das Telefon zu mir und ließ mich mit meinem Schwager telefonieren. »Wir können uns nicht sehen, Nichte. Hast du dich daran gewöhnt, wie geht es dir? Lass uns öfter sehen, wenn ich zurückkomme. In letzter Zeit gehen wir entweder irgendwo hin oder es sind Besucher im Haus. Ich habe dich vermisst«, hielt er plötzlich solche oder ähnliche Reden.

Sobald meine Tante nach Hause kam, informierte ich sie: »Mein Schwager hat angerufen, ich soll dich grüßen.« »Hat er zu Hause angerufen?«, fragte sie neugierig.

»Ja, er wusste nicht, dass du nicht zu Hause bist«, antwortete ich. »Du meinst, er konnte mich auf dem Handy nicht erreichen?«, hakte sie nachdenklich nach. »Immer noch!«, sagte ich und hob in diesem Moment meine Stimme ein wenig an. »Ich sagte, du wärst nicht zu Hause, er ignorierte es. Er hat mir gesagt, was ich dir gerade erzählt habe, sagte ich. Und du sagst, er konnte mich auf dem Handy nicht erreichen. Um Gottes willen, denk bitte klarer«, schnaufte ich und klang ein wenig hart. Meine Tante war immer noch nicht ansprechbar.

Dies war kein Vorurteil, das auf einer Vermutung beruhte, sondern eine Tatsache, die vier- oder fünfmal hintereinander vorkam. Nach der vierten und fünften Erfahrung ist es normal, dass ich diese Ansicht hatte, denn ich lag nicht falsch. Natürlich konnte ich mich irren, aber seit dem ersten Tag hatten dieser Gedanke und dieses Gefühl mich nicht in die Irre geführt. Im Gegenteil, es war Tatsache, wie oft ich mich nicht geirrt hatte.

So warnte ich Suat, mir das Telefon nicht zu bringen. Besonders nicht, wenn meine Tante nicht zu Hause war. »Sie liegt im Bett, fegt die Treppe oder ist einkaufen gegangen«, sollte er ausreden erfinden.

Es waren nur noch drei oder vier Monate, bis ich eine unbefristete Aufenthaltserlaubnis bekam. Bis dahin musste ich irgendwie alles durchstehen.

Regelmäßig durchsuchte ich das Türkische-Internet. Ich war ständig mit dem Projekt und der Organisation meiner Pläne beschäftigt, um es wahrwerden zulassen, meine Rache zu bekommen. Meine Rache würde sehr schmerzhaft werden.

Bis ins letzte Detail hatte ich alles bedacht.

Es war ein Sonntag im Dezember! Meine Tante hatte an diesem Tag ein Date mit ihren Freundinnen. Zum Glück war mein Schwager nicht zu Hause, er hatte meiner Tante vorher mitgeteilt, dass er am Mittwoch wiederkommen würde. Suat war auch nicht zu Hause. Er bekam von unserem Karatelehrer eine spezielle Ausbildung, so war ich allein mit Kiraz zu Hause. Nachdem ich mich eine Weile ausgeruht hatte, dachte ich daran, bequem mit meinen Kontakten aus der Türkei zu kommunizieren.

Wir hatten uns entschieden, an diesem Tag nicht zu kochen. Meine Tante wollte schon beim Treffen etwas essen und zu Suat meinte ich: »Wir bestellen Pizza, wenn du vom Karate zurückkommst.« An diesem Tag hatten wir uns von der Hektik des Kochens befreit. Es war sehr schwierig, sich während der Arbeit und aufgrund von Verantwortlichkeiten auszuruhen. Das wollte ich bei Gelegenheit nutzen. Kiraz spielte allein. So wollte ich ein schönes Schaumbad nehmen und füllte die Wanne. Genüsslich legte ich eine Hautmaske auf mein Gesicht und ließ mich in der Wanne nieder. Dann hatte ich etwas Entspannungsmusik angemacht. Mein Körper war müde, es war notwendig, sich von Zeit zu Zeit auszuruhen. Fast fünfundvierzig Minuten blieb ich in der Wanne, dann stand ich auf und während ich mir die Haare einseifte, hörte ich ein Geräusch im Bad. Sofort wusch ich mein Gesicht ab, zog den Vorhang an die Seite, der mich bedeckte und schaute nach, was das gewesen war. Alles, was ich sah, war, dass sich die Tür in diesem Moment schloss.

Ängstlich rief ich mehrmals nach Kiraz. Als ich nichts hörte, drehte ich das Wasser ab und rief wieder nach ihr. Etwas später antwortete sie, dann wusch ich mich erleichtert weiter. Während ich mir zum zweiten Mal die Haare einseife, hörte ich das Geräusch erneut. Meine Hände, mein Gesicht, meine Haare, mein Kopf und mein Körper waren mit Schaum bedeckt. Während ich mich sofort unter Wasser abwusch, versuchte ich noch einmal etwas zu erkennen, meine Augen brannten vom Schaum. Die Tür schloss sich wieder, aber ich konnte immer noch nichts sehen. Ehrlich gesagt hatte ich Angst! Wenn Kiraz hereinkam, würde sie ein Geräusch machen, zumindest würde sie Schwester sagen, dass sie reinkommt, um mich zu informieren. Sie würde nicht unangemeldet einen Raum betreten, ohne eine Antwort abzuwarten. Obwohl sie klein für ihr Alter war, hatte sie keine solche Angewohnheit, Kiraz würde nirgendwo hineingehen. Deshalb hatte ich sowohl Angst als auch Misstrauen gegenüber dieser Situation.

Schnell wusch ich den ganzen Schaum mit klarem Wasser ab. Wickelte meine Haare, dann mich in ein Handtuch ein. Sofort ging ich raus, ohne meine sauberen Klamotten mitzunehmen. Tatsächlich hatte ich mich jedes Mal im Bad angezogen oder umgezogen, denn ich hatte noch nie die Angewohnheit, mit einem Handtuch in der Wohnung herumzulaufen.

Auf meinem Weg in mein Zimmer kam mein Schwager unerwartet aus der Küche. In diesem Moment schrie ich vor Angst und meine Hände klammerten sich fest in das Handtuch. Hastig ging ich an ihm vorbei und eilte in mein Zimmer. Er ließ mich nicht aus den Augen, die mich musterten, auch nicht, als ich in mein Zimmer eilte. Bis ich die Tür von innen schloss.

Eigentlich sollte mein Schwager erst am Mittwoch kommen. Er hatte weder meine Tante noch uns über seine Ankunft informiert. Natürlich wusste er, dass meine Tante nicht zu Hause war, sie hatte ein Date. Er wusste auch, dass Suat nicht zu Hause war. Sein Kommen war vorgeplant, ohne jemandem etwas zu sagen. Zum Glück war Kiraz im Raum. Das beruhigte mich sehr. Sie spielte mit ihrem Puppenhaus, ohne sich von allem bewusst zu sein. Aufgebracht fragte ich Kiraz: »Bist du zweimal eingetreten, während ich mich gewaschen habe?« »Nein, bin ich nicht«, antwortete sie. Also hat mich mein Schwager nackt gesehen!

»Ich frage mich, ob er an der Tür stehen geblieben war und mich beobachtet hatte?« Es war widerlich, auch nur an diese Situation zu denken.

Eilig zog ich mich an, halb verkehrt herum, halb gerade, denn ich war total außer mir. Wir hatten beschlossen, das Zimmer nicht zu verlassen, bevor jemand nach Hause kam. Mein Schwager rief ständig nach mir. »Wenn du fertig bist, Yasemin, komm und koch für deinen Schwager. Ich habe Hunger«, schrie er. Wenn ich rausging, war es ein Problem, wenn ich es nicht tat, war es auch ein Problem.

»Ich habe Hunger, wann kommt mein Bruder?«, fragte meine Schwester immer wieder, dabei machte sie eine Grimasse. Obwohl ich unbedingt raus wollte, fing ich an, mit Kiraz und ihrem Puppenhaus zu spielen. In weniger als zwei oder drei Minuten kam Suat nach Hause, dann verließen wir auch unser Zimmer.

»Ich dachte, du würdest dein Zimmer nicht verlassen«, schnaufte mein Schwager. Im Vorbeigehen antwortete ich: »Ich hatte zu tun.« Heimlich hatte ich Suat gesagt: »Wir essen in der Pizzeria zu Abend. Ich ziehe Kiraz an. Ich komme gleich, du machst dich auch fertig!« Sobald wir fertig waren, informierten wir ihn: »Schwager, wir gehen aus, unsere Tante weiß Bescheid.« Fluchtartig schlossen wir die Haustür hinter uns und rannten die Treppe hinunter, als würden wir fortlaufen. Meine Haare waren sogar noch nass. Mit einem Schal hatte ich sie festgebunden, falls das Wetter zu kalt war. Als wir in der Pizzeria saßen, rief ich meine Tante an, um ihr zu sagen, dass mein Schwager zu Hause sei und wir nicht nach Hause kamen, bevor sie von ihrem Treffen zurückkehrte. Gleich machte sich meine Tante Sorgen: »Ist etwas passiert?« »Bleibe nicht zu lange«, bat ich sie nur, denn ich wollte, dass wir mit ihr nach Hause gehen. »Okay!«, sagte sie hastig.

Innerhalb einer halben Stunde betrat meine Tante die Pizzeria. Eilig setzte sie sich neben uns. »Was ist passiert, was ist passiert, sag es mir?«, forderte sie mich auf zu sprechen. »Schon okay, ich habe mich zu Hause unwohl gefühlt, also haben wir uns entschieden, hier zu essen und wollten nicht nach Hause, bevor du zurückkommst. Danke, dass du sofort gekommen bist«, erwiderte ich.

Eigentlich reagierte meine Tante richtig, aber sie war nicht in der Lage einzugreifen. Ich verstand immer noch nicht, warum sie so gefesselt war. Es fiel mir schwer, es zu verstehen!

Mit dem Friseursalon, in dem ich als Praktikantin begonnen hatte, war ich sehr zufrieden. Nurgül bemerkte sofort, dass ich ab und zu schlaflos und erschöpft war. Sie versuchte, mich aufzumuntern, wenn sie Zeit hatte. Jedoch wusste sie nicht, was los war. Es war privat. Wegen der deutschen Weihnachtsferien ging das Friseurteam immer zum Essen aus. Es war meine erste Teilnahme, ich trug ein sehr elegantes und schlichtes, schwarzes, enges Kleid, welches bis zu den Knien reichte, dazu hatte ich mir die Haare gemacht und Make-up aufgelegt. An diesem Tag war ich sehr vorsichtig. Als mein Schwager mich so sah, ließ er mich nicht gehen. Er war sehr wütend auf mich! Sogar mein Handy nahm er mir aus der Hand, was er ab und zu machte, um zu sehen, wer mich anrief, er kontrollierte mich. Aber wenn er nichts fand, gab er es zurück. Um mich nicht zu streiten, ließ ich ihn. Aber er ließ mich nicht gehen, ich konnte das Essen nicht absagen, dabei war ein Platz für mich reserviert. Das Essen wurde vorbestellt. Erst am nächsten Morgen verließ ich mein Zimmer. Ich hatte viel geweint, es war sehr schwer für mich. Wenn ich jemand wäre, der oft ausging, würde ich vielleicht übertreiben. Aber ich war bis zu diesem Tag noch nie wirklich irgendwo gewesen.

Am nächsten Tag bei der Arbeit im Friseursalon, entschuldigte ich mich und sagte irgendeinen Grund, warum ich nicht kommen konnte. »Warum hast du mich nicht informiert?«, tadelten sie mich.

Eigentlich wollte ich ehrlich sein, aber ich wollte nichts über meine Familienprobleme erzählen. Wir hatten uns gut mit den Kollegen verstanden, ich hatte mich an meinen neuen Arbeitsplatz gewöhnt. Nach der Praktikumszeit hatte ich mich sehr über die Nachricht gefreut, dass ich meine Karriere bei ihnen starten konnte und war sehr zielstrebig, denn ich wollte es mir nicht verderben.

Das Leben ist voller Überraschungen.
Wenn es heute weiß ist, gibt es keine Garantie,
dass es morgen nicht schwarz ist.

KAPITEL 26

Es war Weihnachten! Im Jahr 2008.

Zwei Freunde der Familie waren eingeladen. An diesem Tag schaffte ich es nicht, die Küche zu verlassen. Erst die Zubereitung des Essens, dann die Reinigung der Küche beschäftigten mich. Anschließend kam Silvester, die zwei, drei Tage hatten uns viel Kraft gekostet.

Die Besucher trafen ein, alle waren prächtig gekleidet. Der Tisch war gedeckt und sie waren gut gelaunt. Natürlich hatte ich meiner Tante versprochen, dass ich mich um den Service kümmern würde. Denn ich wollte, dass sie sich um ihre Gäste kümmert. In der Zwischenzeit würde ich nicht viel mit ihnen zusammen sein können. Mein Schwager und andere Gäste begannen mit dem Essen und zu trinken. Es gab weihnachtliche Unterhaltungsprogramme im Fernsehen. Die Freuden waren vorhanden und die Gespräche wurden mit der Zeit immer dunkler. Nachdem der Esstisch abgedeckt war, hatte ich Snacks, Obst und verschiedene warme und kalte Vorspeisen zubereitet und schön auf dem Tisch angerichtet.

Die Trinkszene ging weiter. Die zweite Raki-Flasche wurde geöffnet und Gläser nacheinander angestoßen. Ich mochte dieses Getränk und die Trinkumgebung überhaupt nicht. Es erinnert mich an sehr schlechte Zeiten.

Nachdem ich zum Putzen und Spülen in die Küche gegangen war, kam mein Schwager zu mir. Er stand vor mir, seine Zunge ließ er über seine Lippen gleiten. »Gib mir Eis, Yasemin!«, forderte der Widerling. Er nutzte jede Gelegenheit.

Als ich ihn sah, drehte ich sofort meinen Kopf in die andere Richtung. Ich war angewidert von ihm, er muss es sicher gespürt haben.

»Ich bringe das Eis hinein, du kannst zu deinen Gästen gehen«, sagte ich. Jedoch ließ er mich nicht aus den Augen, bis ich aus der Küche ging. Es waren noch eineinhalb Stunden bis zwölf. Eineinhalb Stunden musste ich mir die Zeit vertreiben. Als ich im Wohnzimmer ein- und ausging, schenkte er mir sofort seine Aufmerksamkeit. Meine Tante stand auf und tanzte in Tanzlaune. Sie waren alle sehr fröhlich und ihre Moral war gut. Es war, als gehörte ich nicht zu ihnen.

Um zwölf Uhr waren sie alle draußen. Somit nutze ich die Zeit und konnte weiter aufräumen. Es gab nur noch die Küche fertigzumachen, und ich war sofort in diese Arbeit involviert. Nach der Reinigung wollte ich mich in mein Zimmer zurückziehen. Es war ein sehr arbeitsreicher Tag.

Als sie wieder reinkamen, amüsierten sie sich weiter und tranken. Nachdem meine Tante zwei Gläser getrunken hatte, bat ich sie um die Schlüssel zu meinem Zimmer. Weil der Schlüssel nicht in der Tür steckte. »In der Kiste in meinem Zimmer«, erwiderte sie, aber sie war nicht in der Lage, damit umzugehen oder es mir zu bringen. Trotz meiner Beharrlichkeit war meine Anstrengung vergeblich. Kiraz hatte ich schon schlafen gelegt. Suat würde in dieser Nacht auch in Kiraz und meinem Zimmer schlafen. Schließlich zogen wir uns in unser Zimmer zurück. Zu dritt lagen wir auf dem Bett und schliefen vor dem Fernseher ein.

Mitten in der Nacht, die Gäste mussten gegangen sein, hörten wir von unserem Zimmer aus die lauten Gespräche meines Schwagers und meiner Tante. Es war unklar, in welchem Raum sie sich befanden. Denn dieses Echo wurde auf mich reflektiert, als käme es aus jedem Raum. Manchmal redeten sie miteinander, als würden sie schreien und manchmal redeten sie miteinander, indem sie ihre Stimmen hochhielten. Dieses Gespräch war so laut, dass sie Suat und mich nachts weckten. Suat schlief nach einer Weile wieder ein, aber ich konnte nicht schlafen, weil ich mich nachts nicht wohlfühlte, wenn mein Schwager da war, denn ich fühlte mich nicht sicher und vertraute ihm nicht. In dieser Nacht musste ich mich zwingen, nicht zu schlafen, bis ich von beiden keinen Ton hörte. Egal wie müde ich war, ich hätte nicht schlafen sollen, weil sie beide betrunken waren.

Wieder lag ich mit dem Rücken zur Tür, normalerweise schlief ich so. Ihre Stimmen waren etwas gedämpfter geworden. Ab und zu fielen meine Augen zu, ich hatte es in dieser Nacht schwer. Aber zu meiner Sicherheit hätte ich nicht schlafen sollen.

In dieser Nacht wurde die Tür plötzlich wieder geöffnet. Das Licht aus den anderen Räumen warf wieder Schatten auf unsere Wand. Wie erstarrt blieb ich liegen, denn ich hatte Angst! Obwohl meine beiden Geschwister bei mir waren, hatte ich Angst. Ich hatte diese beängstigende Szene wieder durchlebt.

Soweit ich von seinem Schatten aus erkennen konnte, beobachtete mich mein Schwager vor der Tür und streichelte sich wieder. Plötzlich sah ihn meine Tante. »Was machst du an der Tür?«, fragte sie überrascht! Schnell zog sich mein Schwager zurück und schloss leise die Tür. Plötzlich begann er mit meiner Tante zu streiten. Ihr Streit war sehr laut, und in dieser Nacht schlug und schlug er meine Tante. Meine Tante blieb, wie sie es immer tat, still. Jetzt war ich endgültig wach. Aber in gewisser Weise tat es meiner Tante gut, diese Szene auch zu sehen. Endlich erkannte sie, dass ich nicht falsch lag.

Im Arbeitsumfeld merkte Nurgül, dass ich immer Angst vor plötzlichen Bewegungen hatte. In diesen Momenten, in denen ich Angst hatte, beruhigte sie mich: »Yasemin, Schatz, hab keine Angst! Warum hast du Angst, meine Kleine, nur wir sind hier. Du brauchst dich vor nichts zu fürchten, hier bist du in besten Händen. Mach dir keine Sorgen!« Es war ein herzliches und sehr freundliches Verhalten von ihr. Wer weiß, während sie sich meine Audioaufnahmen anhören wird, lächelt sie mit Sicherheit bei diesem Teil, wenn sie sich an diese Tage zurückerinnert?

Ich war ein sehr schüchterner Mensch, selbst wenn ich jemanden neben mir stehen sah, hatte ich Angst und sprang sofort auf. Aber zum Glück hatte ich diese Tage überlebt. Heute fühlte ich mich stark. Sie konnten mich nicht zerstören, mich nicht auf die Knie zwingen, trotz ihrer Schläge und jedem Dolchhieb. Ich hatte gekämpft, damit war ich immer beschäftigt zu kämpfen. Gegen diejenigen kämpfte ich, die mir Unrecht angetan hatten. Damals wollten mich alle vernichten, sie schafften es nicht. Ich kämpfe! Ich war sehr niedergeschlagen in diesem Krieg gegen die Bösen. Sie beschuldigten mich, ich wurde verleumdet, gestoßen, geschlagen, verachtet und gedemütigt. Im Laufe der Jahre hatte niemand einen Tropfen Liebe für mich gegeben. Mir wurde die Liebe geraubt. Das Gute oder das Schlechte bemerkte ich sofort, sollte ich sagen, es war Lebenserfahrung? Trotzdem konnte ich mich in einem Menschen irren, es gab immerhin gute Schauspieler unter uns.

Vielleicht war mein Kampf noch nicht vorbei. Obwohl ich denke, es war vorbei. Vielleicht sollte ich weiterkämpfen. Schließlich wissen wir nicht, was wir morgen sein werden. Nur Gott weiß es! Wie können wir aufstehen und selbst denken oder Pläne für morgen schmieden, wenn wir nicht einmal wissen, was in zwei Sekunden passieren wird? Wir sind unwissende Diener, vergib uns!

Der Unterschied zwischen früher und heute ist folgender: Rückblickend fühle ich mich jetzt stärker. Ich interveniere, ich bekämpfe diejenigen, die mir Unrecht getan haben. Ich lasse mich nicht mehr unterdrücken. Von nun an verneige ich mich vor niemandem mehr. Ich habe zwei Geschwister, für die ich stark sein musste. So musste ich auch für sie kämpfen. Zwei sind mir von meinem Herrn anvertraut worden. Vielleicht war meine Prüfung zwei Mal, vielleicht hatte mein Herr mich geehrt, auf meine beiden Geschwister aufzupassen. Wer weiß? Ich möchte diesen Test, der mich vollkommen ehrt, für Gott abschließen!

Ein Teil von mir war von Liebe und Mitgefühl erfüllt, der andere Teil von mir wollte Krieg gegen sie führen. Ich wollte Rache! Ich möchte mich auf eine Weise rächen, die niemandem das Leben kostete! Meine Rache rückte von Tag zu Tag näher. Bald war es so weit, ich werde sie alle bald im Dunkeln ertränken. Obwohl ich weit weg war, kannte ich sie alle. Die Verbindungen zur Türkei hatte ich nicht ganz abgebrochen, ich hatte dort meine Leute. Wir bereiteten uns alle auf unsere Weise auf die Zeit vor, in der meine Rache beginnen wird!

Als mein Schwager kam, standen wir unter großem Druck. Zu diesem Druck kam noch die Belästigung. Angst breitete sich über uns aus. Plötzlich stand er vor der Tür. Ohne vorherige Ankündigung; wie die Tage zuvor ... Vor allem die Tage, an denen er wusste, dass ich immer allein zu Hause war. In den Tagen, als er wusste, dass meine Tante zu dieser Zeit nicht zu Hause war, suchte er nach einer Gelegenheit mit mir alleine zu sein. Seine Gedanken hatte ich gespürt. Seine Augen bedeuteten alles. Ich war in seinen Träumen und Fantasien.

Seine Fassade war jetzt vollständig verschwunden. Ein Schamgefühl besaß er nicht mehr. Er hatte mich sogar berührt, als wir zufällig aneinander vorbeigingen, dabei schaute er mich hungrig an. Ich war von allem und jedem angewidert. Jetzt, da die Gefahr präsent war, verstand ich wieder einmal, dass ich in dieser Wohnung nicht bleiben konnte.

Mir blieben nur noch wenige Monate, um eine Aufenthaltserlaubnis zu erhalten. Ich wünschte, ich hätte etwas mehr

Geduld gehabt! Bis heute hatte ich nicht verstanden, was das für ein Gesetz war. Warum konnte ich meine eigene Wohnung nicht vor fünf Jahre mieten? Es war ein bürokratisches Land, alles war geordnet und diszipliniert. Wäre Deutschland jemals so mächtig geworden, wenn es das nicht wäre? Meine fünf Jahre waren bald um. Konnten sie nicht die letzten ein oder zwei Monate ein Auge zudrücken? Während ich mich mit diesen Fragen auseinandersetzte, hatte ich es natürlich selbst recherchiert, als ich einen freien Moment hatte. Es war tatsächlich wahr. Meine Arbeit schien getan. Ich musste irgendwie zurechtkommen. Irgendwie musste ich es schaffte, mich zu beschützten und in meinem Zimmer zu bleiben.

Von der Arbeit war ich ein oder zwei Wochen krankgeschrieben vom Salon. Natürlich bekam ich ohne, dass mein Schwager und meine Tante in Kenntnis waren, einen Bericht vom Arzt. In der Zwischenzeit konnte ich meine Angelegenheiten erledigen. Weil ich sonst keine Zeit hatte, da ich fünf Tage im Friseursalon arbeitete; von morgens bis abends. Überall, wo ich hinging, entschied mein Schwager, sogar wenn es sich um einen Einkauf handelte, musste ich ihn informieren. Er hatte uns Angst gemacht. Es war wirklich schwer, in Angst zu leben.

Um bis zum Abend nicht gesehen zu werden, musste ich mich gut vor ihnen verstecken. Mein erster Job war: Ich musste vor Gericht gehen und das Sorgerecht für meine Geschwister annehmen, dass meine Tante mir gegeben hatte. Ich machte geltend, dass niemand Rechte an meinen Geschwistern haben sollte. So wartete ich wie alle anderen, bis ich an der Reihe war.

Als ich an der Reihe war, sagte ich der Dame dort, was sie wissen musste.

»Werden Sie geschlagen, gewalttätiger Angriff, sind die Sorgeberechtigten alkohol- oder drogensüchtig? Warum wollen Sie sie in Obhut nehmen? Sofern es keine Gründe gibt, die ich aufgeführt habe, können wir Ihnen das Sorgerecht nicht übertragen, das Gesetz ist so.«

Darüber war ich fassungslos. »Zu Hause gibt es Gewalt, er schlägt meine Tante!«, antwortete ich.

»Dann lass deine Tante kommen und sich beschweren. Wenn wir ein Protokoll zu ihrer Beschwerde erhalten, wird Ihnen das Sorgerecht zugesprochen.«

»Meine Tante hat Angst, sie würde sich bestimmt nicht über ihn beschweren«, erwiderte ich.

»Ich kann im Moment nichts für Sir tun!«, meinte sie. Als sie mich wegschicken wollte, fragte ich schnell: »Was ist, wenn er mich sexuell belästigt?« Die Frau starrte mich mit weit aufgerissenen Augen an! In diesem Moment legte sie alles beiseite und widmete mir ihre volle Aufmerksamkeit. »Kümmern Sie sich um ihre Geschwister? Wo sind Ihre Eltern?«, erkundigte sie sich. Ich hatte versucht, alles in meinem Deutsch zu erklären, das ich gelernt hatte. Jetzt redete ich und ich hatte überhaupt keine Angst. Ich machte mir keine Sorgen, dass sie mich auslachen oder so. Was sie also wirklich fragen wollte, war etwas ganz anderes.

Die harte Frau von eben hatte sich in eine gutherzige und mitfühlende Frau verwandelt. »Wissen Sie, was das für ein Gebäude ist?«

»Ja, wir sind bei der Staatsanwaltschaft«, sagte ich selbstbewusst.

»Sie haben gerade gesagt, Sie wurden sexuell belästigt und übernehmen obendrein die Verantwortung für Ihre Geschwister. Da ihre Geschwister minderjährig sind. In diesem Fall, da es sich um eine Straftat handelt, ignoriert der Staat diese Straftat nicht, sondern greift (um der Kinder willen) ein. Das ist das Recht des Staates. So wie es ein Mutter- und Vaterrecht gibt, kümmert sich der Staat um uns. Ich möchte, dass Sie aussagen. Vielleicht sind Sie im Moment noch nicht bereit, aber die Möglichkeit, dass es zumindest im Protokoll steht, wenn Sie eine Strafanzeige einreichen, wird Sie dieses Protokoll in dieser Situation retten. Eine Sekunde; Ich werde zwei Telefonate führen und dann erzähle ich Ihnen, was passieren wird.«

Die Frau machte Pläne für mich. Jedoch stand ich unter Schock … und war nicht in der Lage, eine Strafanzeige zu erstatten, denn ich dachte an einen ruhigen Abgang … So einen Abgang möchte ich wirklich nicht.

Während ich auf sie wartete, telefonierte sie. Als sie auflegte, drehte sie sich mir zu: »Jetzt kommen zwei Polizisten, ich will nicht, dass Sie Angst haben. Beruhigen Sie sich, entspannen Sie sich. Dies wird keine Strafanzeige sein. Sie nehmen Ihre Aussage auf und erstellen ein Protokoll. Andernfalls wird der Staat Anzeige erstatten und Ihnen ihre Geschwister weg-nehmen. Kommen Sie nach Abgabe der Stellungnahme noch einmal zu mir und lassen Sie uns unsere schriftliche Arbeit aus-füllen und unseren Antrag als Petition schicken, damit wir Sie in Obhut nehmen können. Sie haben die Wahl ...«, erklärte sie.

Ein weiterer Schock! »Was hatte sie gesagt?« Ich konnte es nicht glauben, was ich hörte. Sie sagte offiziell entweder deine Geschwister oder deine Aussage. Eigentlich war meine Ant-wort offensichtlich. Es war an der Zeit, meine Aussage abzu-geben und ihr Sorgerecht zu beantragen. So sagte ich sofort zu. Sie war begeistert.

Nachdem ich meine Aussage ausgefüllt hatte, gab sie sie den Polizisten. Es kam kein Schreiben der Staatsanwaltschaft zu Beschwerdezwecken ins Haus. Es bedeutet, dass die Frau mich nicht angelogen hatte ... In den ersten Tagen hatte ich deswegen große Angst gehabt, denn ich wollte nicht, dass sie wussten, womit ich es zu tun hatte. Es musste vor ihnen verborgen bleiben. Ich kontaktierte die Türkei bis zum Rest meiner Pause über das Internet in einem Internetcafé. Meine Kontakte schickten mir alle Informationen und alle aufgenom-menen Fotos. Sie stand unter ständiger Beobachtung. Aber sie war sich dessen nicht einmal bewusst. Unsere berühmte liebe Nalân-Dame! Also hatte sie noch eine Beziehung zu unseren familienfreundlichen Anwaltsfreund, erfuhr ich. Es bedeutete, dass ihre heimliche Liebe immer noch andauert.

Meine Rache begann!

Immer noch war sich mein Bruder Nihat der Situation nicht bewusst. Wer weiß, wie viele Intrigen sie noch gegen meinen Bruder geschmiedet hatten. Er war sich der Gefahr nicht bewusst. Auch seine Konten sahen nicht gut aus. Wie eine Zwiebel hatten sie ihn geschält. Das waren meine ersten Ziele in der Türkei. Zuerst hatte ich meinen Bruder wecken wollen. Ich besaß alle Bilder und musste sie irgendwie zu ihm schicken. Er musste aus seinem Tiefschlaf aufwachen. So begann meine Rache. Es war an der Zeit, aber ich hatte keine Eile. Meine Ziele fielen mir eins nach dem anderen ganz selbstverständlich ein. Also hatte ich mich sehr wohlgefühlt.

Vorsorglich hielt ich meine E-Mail-Adresse und ID-Nummer geheim und schickte die Bilder an meinen Bruder - zuerst um ihn aus seinem Schlaf zu wecken. Keine Notizen, nur Bilder sendete ich ihm. Es waren Fotos von Herrn Rechtsanwalt und seiner Affäre mit Nalân, die sehr enge, warme und freundliche Posen zeigten!

Auf seine Reaktion war ich sehr neugierig. Aber obwohl ich sie ihm geschickt hatte, waren sie noch zusammen. Mein Bruder hatte diese Fotos nicht einmal überprüfen lassen. Irgendwie hatte Frau Nalân meinen Bruder mit ihren Lügen und Heuchelei getäuscht. Es gab keine andere Erklärung dafür, dass sie immer noch zusammen waren.

Früher oder später!
Wird jeder Verbrecher bestraft!

KAPITEL 27

Während meiner Krankschreibung hatte ich mit Nurgül SMS geschrieben. Das hatte sie am Anfang des Buchs erwähnt. Ich wollte mich ihr öffnen und ihr sagen, dass ich in Gefahr war, dass ich mich bei meiner Tante nicht wohlfühlte, dass ich zwei Geschwister hatte und all die negativen und positiven Erinnerungen, die ich hegte. Sie war die Person, mit der ich warm wurde und mein Blut kochte. Meine einzige, meine barmherzige, meine schöne … Meine Schöne mit einem schönen Herzen. Die ihr eigenes Leben vergessen hatte, denn sie war die Seele ihres Bruders. Weil ich nicht zur Arbeit ging, war sie sehr neugierig zu wissen, wie es mir ging. Da bis zu diesem Tag niemand an mich gedacht hatte, tat es gut, dass es jemand machte. Es war das erste Mal, dass ich dieses Gefühl spürte und ich schuldete ihr meinen Dank. Es spielte eine Rolle in meinem kurzen Leben, aber diese kurze Zeit umfasste alle meine Jahre.

Ein anderer Tag aus den Tagen;

Erneut hatte meine Tante ein Date. Mein Schwager war nicht zu Hause. Wer weiß, in welchem Teil der Welt er sich wieder befand.

Meine Geschwister und ich waren abends zu Hause … Ich hatte es eilig und bereite das Haus vor. Mittlerweile hatten sich meine Geschwister gewaschen, danach erledigten sie ihre täglichen Aufgaben. Sie kümmerten sich um die Kleidung, Wäsche, Geschirr… Das waren die Pflichten einer Hausfrau…

Ich hatte ein wenig Schwierigkeiten, das menschliche Dasein zu erklären. Wir würden nicht immer perfekt sein. Wir alle hatten schließlich Fehler.

Inmitten meiner Hektik öffnete sich plötzlich die Außentür. In diesem Moment war ich wie wild hochgesprungen. Vor uns stand mein Schwager. Vor Schock erstarrte ich und hielt meine Hände vor den Mund. Es war offensichtlich, dass ich Angst hatte. Damals stand mein Schwager vor mir und biss sich mit den Zähnen auf die Lippe. Schnell zog ich mich mit meinen Geschwistern in unser Zimmer zurück.

Eine halbe Stunde später rief mein Schwager nach mir, dann rief er erneut. Aber ich hatte es ignoriert. Plötzlich kam er näher, seine Stimme kam immer näher. Er hatte sechs- oder siebenmal gerufen. »Schwester, mein Schwager ruft nach dir, antworte ihm. Du weißt, dass es schlimm wird, wenn er wütend wird«, sagte Suat zu mir.

Panisch machte ich Suat ein Handzeichen. »Okay, okay, sei bitte leise«, flüsterte ich, denn ich spürte die Gefahr. Jetzt stand er vor der Tür, klopfte dreimal laut und rief noch einmal: »Yasemin?«

Indem ich die Augen weit aufriss, zeigte ich Suats, dass ich Angst hatte. »Bitte«, flehte ich. Dann hielt ich Suats Hand und beugte mein Gesicht vor, als wollte ich weinen. »Mein Gott, bitte hilf uns, ich suche Zuflucht bei Dir, mein schöner Herr.

Wir haben keine Zuflucht, keinen Beschützer außer Dir. B e -schütze uns vor den Leuten, die uns unterdrücken, o Herr«, betete ich und suchte Zuflucht bei Gott, während Tränen aus meinen Augen liefen.

In diesem Moment sagte mir Suat: »Ich bin auch bei dir, Schwester, natürlich. Da ist natürlich Gott zuerst. Aber bitte vergiss mich nicht, denn ich bin nicht mehr der kleine Suat. Wenn er die Hand hebt, dann hast du einen Bruder, der dich beschützen kann. Nie mehr werde ich zulassen, dass jemand die Hand gegen dich erhebt, nur damit du es weißt!«

Was er gesagt hatte, liebte ich. Ich fühlte mich geehrt, ich umarmte meinen Bruder. Er fühlte sich alt genug, um seine Schwester zu beschützen. Es war ein ehrenhaftes Gefühl. Aber er wusste nicht; dass seine Absicht nicht darin bestand, seine Hand gegen mich zu erheben, sondern mich sexuell zu belästigen. Wie sollte ich das Suat sagen? Ich konnte es nicht aussprechen …

Erneut rief er angespannter.

»Yasemin! Ich habe gerade gerufen. Du hast Bitte gesagt, du bist immer noch nicht gekommen. Was verweilst du in deinem Zimmer? Komm her!»

»Geh!«, bat Suat mich. Sofort stand ich auf und ging zu meinem Schwager.

»Bitte, wolltest du etwas?«, fragte ich.

»Ja, ich wollte etwas. Komm schon, füll die Wanne für mich, aber heiß und schaumig. Hol mein Handtuch und alles, ich gehe baden«, verlangte er mit einem Grinsen.

Nachdem ich fertig war, zog ich mich wieder in mein Zimmer zurück. Ab und zu musste ich nach dem fließenden Wasser schauen. Als ich sah, dass die Wanne voll war, beugte ich mich über die Wanne, um es abzudrehen. In diesem Moment lehnte mein Schwager sich direkt hinter mir über mich. »Ich wollte die Temperatur des Wassers messen«, log er. Das Gewicht seines ganzen Körpers lag auf meinem Rücken. Mit der anderen Hand hielt er eine Sekunde lang meine Hüfte!

Plötzlich ruckte ich hoch und schob ihn von mir weg. Sofort packte er mit einer Hand mein Kinn und mit der anderen meine Hand und drückte mich mit seinem ganzen Körper auf die Waschmaschine zu. Ich war regungslos. Aber ich wollte kein Geräusch machen, sonst hätten meine Geschwister es gehört. Was Suat sagte, ging mir durch den Kopf. Wenn ich jetzt schrie, würde er sogar Suat schlagen, weil er mich verteidigen wollte. Um meinen Bruder nicht in eine solche Situation zu bringen, griff ich lautlos ein.

Mit aller Kraft kämpfte ich gegen meinen Schwager, aber er war gut gebaut. Plötzlich fing er an, mich zu küssen, während ich immer noch versuchte, ihn zu schubsen. Er hielt meine Hand fest, mit der anderen drückte ich seinen Kopf von mir weg, um ihn loszuwerden. Alles möglichst leise. Ein leiser

Kampf war zu hören, aber er hatte noch immer nicht bemerkt, in welcher Situation ich mich befand.

Als ich ins Bad ging, hatte sich Suat in sein Zimmer zurückgezogen. Kiraz war allein in unserem Zimmer und lag im Bett. Er begann mit seiner freien Hand über meine Brust zu reiben, während ich mit einer Hand immer noch seinen Kopf wegdrückte. Damals gelang es mir, seinem Griff zu entkommen, indem ich mich stark anstrengte. Erschrocken rannte ich in mein Zimmer und schloss meine Tür ab. Ich war hilflos und weinte, denn ich hatte Angst, dass er die Tür aufbrechen und den Raum betreten würde. Mein Herz schlug, als würde es explodieren. Von ihm kam kein Laut. Hilflos wanderte ich durch mein Zimmer, ich konnte vor Angst nicht stehen bleiben.

Gerade war ich sehr wütend auf Suat. Warum war er in sein eigenes Zimmer gegangen? Jetzt waren meine Gedanken bei ihm und ich betete, dass er seine Tür abgeschlossen hatte. Angestrengt versuchte ich, ihn von der Tür aus zu hören und zu lauschen, weil ich befürchtete, dass er Suat etwas antun würde. Schnell nahm ich mein Telefon und hinterließ eine Nachricht auf dem Handy meiner Tante: »Komm schnell nach Hause, und wenn du ankommst, schick Suat sofort auf unser Zimmer!«

Auf einmal hörte ich meinen Schwager und Suat plaudern, während ich Nurgül eine SMS schrieb. Vor Aufregung hatte ich sie halb fertig abgesendet, da meine Hand aus Versehen an den Knopf kam. Aber Suat war in großer Gefahr.

Ich konnte es nicht ertragen und öffnete die Tür. »Hey, wovon redet ihr?«, fragte ich. Direkt antwortete Suat verwirrt: »Nur so, von der Schule und so.« Schnell brachte ich Suat in unser Zimmer. Zum Glück hatte ich es geschafft und allen Mut zusammengenommen. Jetzt war ich erleichtert und umarmte ihn. »Bis wir dieses Haus verlassen, schlaf bitte nicht mehr allein in deinem Zimmer«, forderte ich. Auf der Stelle erkannte Suat, dass etwas nicht stimmte. »Lass uns ins Bett gehen, wir fahren morgen früh los«, meinte ich zu Suat.

Sobald wir im Bett lagen, war Suat eingeschlafen. Meine Augen waren offen, bis meine Tante kam und dann, bis sie einschlief! Inzwischen hatte Nurgül mir ein paar Nachrichten hinterlassen.

»Wer ist es, Yasemin, wer kann das Zimmer betreten? Was passiert da? Wenn du in Gefahr bist, sag es einfach!« Sie näherte sich mit einem wohlwollenden Herzen. So schrieb ich ihr: »Wir kommen morgen früh«, dann legte ich das Handy beiseite. Zu dieser Zeit kamen Anrufe von einer unterdrückten Nummer. Es war definitiv mein Schwager.

Am Morgen verließ ich das Haus vor sechs Uhr. Nurgül machte sich große Sorgen. Sie hatte an diesem Morgen die Lunchboxen für meine Geschwister vorbereitet. Zögerlich erzählte ich ihr ein wenig von dem, was ich durchgemacht hatte, konnte aber nicht sagen, in welcher Situation ich mich gerade befand.

Weil es eine andere Vorgeschichte hatte. Das Ende des Films, der nicht gesehen wird, ist nicht klar.

In diesem Moment, während ich meinen eigenen Schmerz durchlebte, war ich bei Nurgül zu Hause. Als jemand, der die Privatsphäre sehr respektiert, vertraute sie mir. So wie eine Schwester umarmte sie mich liebevoll. Wie immer war ihre Aufmerksamkeit auf mich gerichtet. Während ich sprach, achtete sie auf nichts anderes. Wir blieben nicht lange bei ihr, wir gingen sofort wieder, da ich meine Geschwister zur Schule bringen musste. So gab es einen hastigen Abschied.

Der Brief der Staatsanwaltschaft sollte an meinen Arbeitsplatz geschickt werden, aber es gab noch keine Neuigkeiten. Jetzt wurde ich ungeduldig, denn ich wollte so schnell wie möglich da raus. Jeden Tag stand ich vor der Tür der Staatsanwaltschaft. Aber irgendwie erhielt ich keine Ergebnisse für meinen Antrag.

Es war nicht mehr auszuhalten, wie war ich in einen solchen Zustand gekommen! »Warum muss ich fünf Jahre warten, wessen Geist wird es hören, wenn ich die letzten Monate eine Wohnung miete?« Eine Weile dachte ich nach, denn ich war lange genug in diesem Haus.

Um acht Uhr abends klopfte es an unserer Tür und wir waren alle überrascht. Ich frage mich, wer das sein könnte? Das Erste, was mir in den Sinn kam, war: Könnte es jemand von der Staatsanwaltschaft sein? Ich näherte mich der Tür.

Suat beeilte sich, die Tür zu öffnen. Als mein Schwager mich zur Tür gehen sah, packte er mich an den Schultern. »Verschwinde aus meinem Blickfeld!«, schnauzte er mich an. Schnell entfernte ich mich ein wenig von der Tür, ohne zu protestieren. Nach Suat ging mein Schwager zur Tür. Mein Arbeitgeber, Kollegin und Nurgül waren gekommen. Augenblicklich hielt ich mir eine Hand vor den Mund und betete, dass sie es nicht verbockten. Die Leute zu Hause wussten nicht, dass ich krankgeschrieben war, wenn das jemals herauskam, war ich geliefert.

Als mein Schwager mit einem Blumenstrauß in der Hand zurückkam, hob er eine Augenbraue an und mit einem leichten Lächeln sagte er: »Hier, diese Blumen gehören dir.« Während er mir die Blume reichte, ließ er sie sanft mit der Handfläche über meine Brust gleiten, als würde er meine Brust streicheln. Wieder erwischte er mich, ich war negativ überrascht, was passiert war. Grob nahm ich die Blumen in meine Hand und zog mich in mein Zimmer zurück.

Das Fass war jetzt übergelaufen. Dieses Mal hatte mich dieses Verhalten mehr genervt als sonst. In meinem Zimmer murmelte ich vor mich hin. Inzwischen hatte mir mein Schwager aus anderen Gründen mein Handy wieder einmal abgenommen. Er spürte, dass ich einen Freund hatte, also nahm er mir mein Handy weg, ließ es aber ausgeschaltet.

Wieder eine Nacht war überstanden. In der Küche befand sich altbackenes Brot und ich wollte es für uns ausbacken, weil Suat Spiegeleier mit Brot mag. Außerdem dachte ich, die Kinder würden es morgen zur Schule mitnehmen können. So schlug ich ein Ei nachdem anderen auf und gab einige Gewürze hinzu. Im Herd röstete ich die Eierbrötchen, dabei war ich bei der Arbeit in Gedanken versunken. Es war halb zehn, soweit ich mich erinnerte.

Mittlerweile hatte ich ein ganzes Tablett Brote geröstet und musste noch eine Pfanne Spiegeleier machen. Als ich mit meiner Arbeit halb fertig war, betrat mein Schwager die Küche: »Was hast du für einen Appetit an diesem Abend?« Seine Gedanken waren wieder woanders, das war in jeder Hinsicht offensichtlich. Und was für eine Frage stellte er? Wieder wurde ich wütend. Aber dann dachte ich, *es dauert nicht mehr lange, sei geduldig. Hab Geduld bis zu dem Tag, an dem du gehst.*

»Deine Tante ist auf dem Sofa eingeschlafen. Mach schon, bedecke sie mit etwas!«, forderte er mich auf. Darüber war ich überrascht … Obwohl es seine Frau war, konnte er nicht einmal eine Decke über sie legen. Was für ein seltsamer Mann mein Schwager war! Schnell zog ich die Pfanne beiseite, ging und deckte eine Decke über meine Tante. Als ich zurückkam, kochte sich mein Schwager gerade Wasser auf, anscheinend wollte er Tee trinken. Es war mir unangenehm, dass er in der Küche war, aber ich hatte noch zu tun, die Pommes waren noch nicht fertig. So stellte ich mich wieder an den Herd und machte die Pommes fertig.

Mein Schwager kam mir etwas näher, dabei beobachtete er mich. Natürlich fühlte ich mich sehr schlecht. Warum sieht er mich an, murmelte ich immer wieder vor mich hin. Dann griff er nach der Schranktür, die direkt neben mir an der Wand hing. Extra streckte er sich so, dass ich mich zwischen seinen beiden Armen und seinem Körper wiederfand. Um da rauszukommen, musste ich mich bücken. Gerade als ich ihn wegstoßen wollte, trat er ein paar Schritte zurück.

»Okay! Okay! Beruhige dich, achte auf deine Stimme, du wirst die anderen aufwecken«, flüsterte er leise, dabei machte er Handzeichen. Dort hatten wir zum ersten Mal ein persönliches Gespräch über dieses Thema geführt, sodass niemand es hörte. Es schien ihm nichts auszumachen. Nachdem ich die Küche aufgeräumt hatte, zog ich mich in mein Zimmer zurück. Mit offenen Augen lag ich auf meinem Bett, bis ich von drinnen nichts mehr hörte.

Am nächsten Morgen verabschiedete sich mein Schwager von uns allen und war wieder einige Tage unterwegs. Meine Tante hatte einen sehr wichtigen Arzttermin. Vor Mittag würde sie bestimmt nicht nach Hause kommen. Meine Krankmeldung dauerte sowieso noch. Obwohl dies eine Gelegenheit war, musste ich nicht rausgehen, niemand war zu Hause. Nachdem ich meine Geschwister zur Schule gebracht hatte, kam ich wieder heim. Zuerst hatte ich ein ruhiges Frühstück, dann räumte ich auf und saugte den Boden. Während ich die

Müllsäcke wechselte, hörte ich, wie jemand die Wohnung betrat. Auf der Stelle erstarrte ich, denn ich war schockiert und sehr erschrocken.

Wer war da gekommen? Vor Angst konnte ich nicht an die Küchentür gehen. Plötzlich stand mein Schwager in der Küchentür und starrte mich an.

Was machte er zu Hause? Sicherlich dachte er dasselbe über mich. Langsam betrat er die Küche und stellte mir Fragen. Die Müllsäcke in meiner Hand raschelten, da meine Hände vor Angst zitterten.

»Schwager, warum bist du nach Hause gekommen?«, fragte ich entsetzt.

»Was ist mit dir?«, stellte er eine Gegenfrage.

»Ich wurde bei der Arbeit krank, sie haben mich nach Hause geschickt, stammelte ich.

»Dann leg dich hin, anstatt zu Hause zu arbeiten, komm, leg die Sachen aus deiner Hand«, forderte er mich auf.

Sogleich nahm er mir die Tüte aus der Hand, legte sie mit der anderen Hand auf die Theke, aber er gab mir nicht den Weg frei, damit ich durchkonnte. Auf der einen Seite standen Küchenschränke und auf der anderen ein Esstisch mit Stühlen. Um an ihm vorbeizugehen, ging ich nach links und rechts, aber er gab nicht nach.

Im Bruchteil einer Sekunde packte er meine Haare von hinten griff über meine Schultern und fing an, meine Brust zu streicheln und meinen Nacken zu küssen. Als er mir von hinten an den Haaren zog, fühlte sich mein Nacken freier an. Mit einer Hand stieß ich ihn von mir weg, dabei trat ich ihn mit meinen Füßen, so viel ich konnte. Mit meiner freien Hand schlug ich auf seinen Arm, seine Schulter, seinen Rücken, sein Gesicht, seinen Kopf, überall, wo ich drankam. Entkommen war unmöglich, aber ich trat und schlug ihn unaufhörlich, um von ihm wegzukommen. Dann hielt er meine Hand, schob mich zu den Küchenschränken und lehnte sich an mich, sein ganzes Körpergewicht lastete auf mir.

»Lass los, hör auf!«, schrie ich ihn an. Aber es war vergebens, er hörte nicht auf. Irgendwie hatte er es geschafft, mich Bewegungslos zu machen. Gewaltsam schob er sich zwischen meine Beine. Mit einer Hand hielt er meine Hände über Kopf, und mit der anderen griff er immer noch nach meinen Brüsten.

»Lass es, lass mich los!«, kreischte ich, aber er hielt mir den Mund zu. Er war über mir und tat sein Bestes, um mich zu immobilisieren.

Ständig schrie ich weiter: »Tu es nicht, lass es!«

Auf einmal klingelte das Haustelefon. Das plötzliche Geräusch hatte ihn abgelenkt. Endlich konnte ich entkommen, indem ich ihn mit meinen Armen und meiner ganzen Kraft wegdrückte.

Auf der Theke lag ein großes, langes Messer, das ich sofort ergriff. Mit einer Hand hielt ich das Messer, die andere ballte ich zur Faust.

»Wenn du mich noch einmal mit deiner Hand und deinem Körper berührst, schneide ich dich in Stücke, verstehst du mich? Ich werde dich klein hacken! Ich habe nichts zu verlieren. Ich schneide dich in Stücke, verstehst du mich?«, brüllte ich, dabei zitterten meine Hände und Beine.

Nur Gott weiß, wie ich aus der Wohnung gekommen war, denn ich weiß es nicht mehr. Bald fand ich mich bei der Polizei wieder, da ich Strafanzeige erstatten wollte. Jetzt konnte ich es beweisen, denn ich hatte Spuren seiner Prügel am Körper.

Mehrmals hatte er meinen Kopf gegen die Wand geschlagen, er biss mir in den Arm und blaue Flecken von seinem Griff an meinen Armen waren zurückgeblieben.

Mit Nachdruck hatte ich darauf bestanden, dass meine Geschwister von der Schule genommen wurden. Ich hatte alles getan, um sie davon abzuhalten, nach Hause zu gehen. Nachdem ich meine Geschwister bei mir hatte, wollte ich im Salon vorbeischauen. Weil ich kein Telefon mehr hatte, welches er mir abgenommen hatte, konnte ich nicht einmal anrufen. Mit Nurgül war ich am Morgen verabredet gewesen. Jetzt war es fast Mittag. Sobald ich aus dem Polizeiauto stieg und den Salon betrat, stürzten sie sich alle auf mich. Sie umarmten mich wirklich alle.

»Ich bin von zu Hause weggegangen, Nurgül, kommst du mit?«, fragte ich sie. Ich war nervös, verängstigt und erschöpft.

Der Einzigen, der ich vertraute, war Nurgül. Jetzt hatte ich niemanden außer ihr und meinen Geschwistern. Als unsere Chefin ihre Zustimmung gab, nahmen wir Nurgül und kehrten mit meinen Geschwistern und der Polizei zum Polizeirevier zurück.

Nurgül war sehr überrascht. Sie konnte mich nicht sofort fragen, aber bei jeder Gelegenheit hakte sie nach: »Was ist mit dir passiert, Yasemin? Schweig nicht! Sag es mir!«

Die Polizei erklärte, sie würden mich mit meinen Geschwistern in ein Frauenhaus bringen. Auf einmal fühlten sich meine Füße im Korridor des Polizeireviers komisch an, mir wurde schwindelig. Es war, als würde kochendes Wasser über mich gegossen, dann wurde ich ohnmächtig. Als ich wieder zu mir kam, war ich in einem Krankenzimmer. »Sie hatten einen Nervenzusammenbruch«, erzählten die Ärzte. Schaum war aus meinem Mund gekommen, meine Augen waren weiß gewesen. Daran konnte ich mich nicht erinnern. Nachdem ich das Bewusstsein wiedererlangt hatte, wollte ich sofort das Krankenhaus verlassen. So schnell wie möglich wollte ich aus der Stadt weg. Es war, als würde man vor einer Gefahr davonlaufen! Sobald mir die Ärzte meinen Blutdruck gemessen hatte, stand dem nichts mehr im Weg, das Krankenhaus zu verlassen.

Am Abend, es war bereits nach sieben, begleiteten die Polizei meine Geschwister und mich in ein Frauenhaus.

Drei Tage blieben wir im Frauenhaus. Die Beamten / Sozialarbeiter des Ortes hatten für uns sehr schnelle eine Wohnung an einem abgelegenen Ort gefunden, dazu vermittelten sie mir einen Job und meldeten meine Geschwister in der Schule an. Da sie wussten, dass wir aus dem Frauenhaus kamen, wurden meine Geschwister ohne Probleme sofort in der Schule angenommen. Wir hatten uns die Wohnung angeschaut, mit dem Vermieter gesprochen und unsere gegenseitige Vereinbarung unterzeichnet. Auf Anhieb hatte ich die Wohnung geliebt, mir war auf den ersten Blick warm ums Herz geworden. Es war mein Erstes zu Hause. Mit viel Liebe hatte ich auf mein Erstes zu Hause geschaut. Es war die Metropole, in der wir leben würden. Es wäre ein Neuanfang für uns.

Wenn das Leben voller Kriege ist,
ist die Waffe des Menschen in seiner Seele!

KAPITEL 28

Hier hatte sich nun der Staat um uns gekümmert. Es war der einzige Flüchtlingsstaat. Nachdem ich vor meinen Verwandten davongelaufen war, nahm mich der Staat unter seinen Schutz. Ich bereue es nicht, dass ich nach Deutschland gekommen war. Ja, ich hatte fünf Jahre Qual erlebt. Von dem Tag meiner Ankunft, bis zu diesem Tag hatte ich gelitten. Was würdest du jetzt vielleicht sagen? Vielleicht richtig, vielleicht war es falsch? Wer weiß? Aber ich verstand nur eines, Deutschland war ein Land, das die Menschenrechte nicht missachtet, und deshalb fühlte ich mich als betroffene Frau in diesem Land sicher.

»Sie können die Wohnung Anfang des Monats bewohnen«, sagte er, aber da unsere Situation dringend war, ließ uns der Vermieter die Wohnung sofort beziehen. Ich musste von null anfangen, weil ich Geschwister hatte, musste ich von nun an noch stärker sein. Wir riefen Nurgül an und kommunizierten miteinander. Mit dem ganzen Salonteam kamen sie zu mir nach Hause. An diesen Tag erinnerte ich mich gut. Über den Staat hatte ich auch vergünstigt viele Möbel gekauft.

In der ersten Phase sah ich viel Hilfe vom Staat. Dann schaute ich mir heute meine Wohnung an, „mashallah", in unserer Wohnung fehlte es an nichts. Wir hatten eine komplett eingerichtete Wohnung und es gab sogar einen idyllischen Garten. Danke Gott ...

Heimlich rief ich meine Tante an. »An welchem Tag kehrt mein Schwager nach Hause zurück?«, fragte ich.

»Er ist gestern abgereist, er wird fünf Tage nicht zu Hause sein. Also kehrt er nach drei Tagen zurück, warum fragst du? Wo bist du, Yasemin?«

»Tu uns trotzdem einen Gefallen. Pack alles, was wir in unseren Zimmern haben. Packe unsere Kleidung in unsere Koffer und allen Kleinkram in Kisten. Bitte, Tante«, flehte ich.

»Okay, mein Kind, okay. Ich werde es tun. Was ist passiert? Yasemin, hat dein Schwager dir etwas angetan? Wo wirst du nun bleiben?«, erkundigte sie sich.

»Ich bin immer noch nicht in der Lage, dir zu antworten. Meine einzige Bitte an dich ist; Sammele all unsere Sachen, alle … Ich bin morgen Abend um 8 Uhr da. Bitte bereite alles bis zu dieser Stunde vor, wir wollen dort nichts mehr haben«, sagte ich.

Das war eine neue Aufregung für mich. Ich musste zu meiner Tante, um unsere Sachen zu holen, das war ein Muss. An diesem Tag fuhr ich mit dem Zug, meine Geschwister blieben alleine zu Hause. Mein Arbeitgeber und Nurgül waren auch zu meiner Tante gekommen, um mir zu helfen. Danach würden sie mich mit meinen Habseligkeiten an meiner Wohnung absetzen. Ohne Patzer konnten wir unsere Sachen bei meiner Tante abholen. Darüber war ich sehr erleichtert. Es war mein persönlicher Besitz.

Es war ziemlich spät. Nachdem ich meine Geschwister ins Bett geschickt hatte, suchte ich nach der Holzkiste in den Paketen.

Meine ganzen Lieblingsstücke lagen darin, sie bedeuteten mir viel. Ein großer Geldbetrag, den ich von meinem Bruder bekommen hatte, war auch in der Kiste. Ich wusste nicht, wie viel in dem Umschlag war. Die Bilder und alles, was mich an meine schönen Zeiten erinnerte, waren in meiner Box. Nur ich besaß den Schlüssel.

Liebevoll öffnete ich die Schachtel und war in den alten Tagen versunken. Von Zeit zu Zeit brach ich in Schluchzer aus, und von Zeit zu Zeit tauchte ich in Erinnerungen ein und lächelte ein wenig.

Ich glaube, den Rest hatte Nurgül ganz an den Anfang geschrieben. Dies ist, was ich durchgemacht hatte. Nicht einmal hatte ich bisher über die negativen Ereignisse gesprochen, die ich erlebt hatte, es gab einige, die ich nicht erzählte, aber die meisten davon schon, bis ich am Ende meiner Audioaufnahmen angekommen war? Kann sein. Vielleicht war ich jetzt wirklich am Ende angekommen.

Gerade fiel mir noch eine andere Erinnerung ein. Vor Kurzem hatte ich ein Telefongespräch mit Nurgül. Sie sagte mir, dass sie angefangen hatte, meine Aufzeichnungen aufzuschreiben. Darüber war ich sehr glücklich, aber auch aufgeregt. Sie erzählte mir von ihrer Arbeit, ohne auf den Inhalt der von mir gesendeten Tonaufnahmen einzugehen.

»Wenn man über das Buch spricht. Was glaubst du, wie es heißen soll?«, fragte sie mich. Es war eine unerwartete Frage, sie war mir nicht in den Sinn gekommen. Als ich merkte, dass ich Schwierigkeiten hatte zu antworten, war Nurgül sehr zuversichtlich.

»YASEMINS KAMPF«

Sagte sie leicht lächelnd. Mit Bewunderung und Überraschung erwiderte ich: »Was?« Dabei lächelte ich sehr selbstbewusst. »Ja, Yasemins Kampf«, sagte ich. Es war unglaublich, der Titel des Buches hatte mir sehr gut gefallen. Nurgül hatte einen starken Sinn und Schreibfähigkeiten. Wenn sie das sagte, war es so. So war der Buchtitel entstanden. Jetzt war ich am Ende meiner Audioaufnahme angelangt …«

Jetzt hatte Yasemin ihre Aufnahmen beendet. Und ich widmete meine Zeit, um ein Buch zu schreiben. Wenn wir ab und zu telefonierten, sprachen wir immer über unsere Intensität.

Erst hatte ich es Yasemin nicht gesagt, damit sie sich nicht aufregte, aber ihr Schwager suchte sie und bat mich schmunzelnd, den Aufenthaltsort von Yasemin zu verraten. Ein paar Mal war er in der Eingangstür meines Arbeitsplatzes oder manchmal versperrte er mir in der Pause den Weg. Jedes Mal antwortete ich: »Ich weiß nicht!« Jedoch glaubte er mir nicht. Er hatte es nie geglaubt...

Als ich anfing, Gefahr zu spüren, konnte ich es nicht mehr ertragen. So erzählte ich Yasemin doch alles. Seitdem hatte ich nichts mehr von ihr gehört. Sogar ihre Telefonnummer hatte sie geändert.

Ungefähr ein Monat war vergangen. Ich hatte immer noch keine Neuigkeiten gehört. So hatte ich ihr einen Brief geschrieben und verschickt. Viereinhalb Wochen später kam mein Brief zurück ...

Gott, ich fing an zu schwanken. Ich fragte meinen Arbeitgeber: »Was sagt ihr, sollen wir in den nächsten Tagen zu Yasemin fahren? Telefonisch ist sie nicht erreichbar und der von mir geschriebene Brief wurde mir zurückgeschickt. Ich mache mir Sorgen.«

»Natürlich gehen wir morgen Abend hin«, versprach meine Chefin.

Als wir uns ihr Haus ansahen, sahen wir, dass Yasemin nicht mehr dort wohnte. Sie war fort ... spurlos verschwunden. Es gab keine Anhaltspunkte. Sie flog mir aus der Hand, Yasemin ...

Später hatte ich es sehr bereut. Ich war sehr wütend auf mich, dass ich mir wünschte, ich wäre nie von ihrem Schwager angesprochen worden, vielleicht hätte sie dann nicht den Kontakt zu mir abgebrochen.

Aber es passierte etwas, in welche Richtung auch immer. Man musste für alles das Beste wünschen.

Es spielt keine Rolle, ob es sich um eine Beziehung, einen Lebensstil oder einen Job handelt. Wenn es dich nicht glücklich macht, lass es los.

KAPITEL 29

Acht Jahre später!

In fast jeder freien Minute arbeitete ich an dem Buch. Mit zwei Jobs, Haushalt usw., hatte ich nicht viel Zeit über und schrieb nur gelegentlich. So ging meine Arbeit eineinhalb Jahre lang, dann hatte ich das Buch entschlossen fertiggemacht. Jetzt musste ich einen Verlag finden.

Von mehreren Verlagen wurde ich betrogen. Deshalb verzögerte sich der Druck immer wieder.

Da ich mit Verlagen zu tun hatte, wurde meine Zeit für das Buch von Tag zu Tag länger.

Nachdem ich dieses Buch geschrieben hatte, legte ich es in eine kleine Schachtel.

Hin und wieder las ich es, wenn ich mich an diese Tage zurückerinnerte, und während ich las, erlangte ich neue Erkenntnisse und erinnerte mich an Yasemin.

Von Yasemin hatte ich acht Jahre nichts gehört. Aus den Augen, aber nicht aus meinem Herzen. Wer weiß, wo sie jetzt war?

Acht Jahre später kam erstmals ein Lebenszeichen von Yasemin über Facebook. Sie schrieb eine Nachricht von ihrem Fake-Profil. Darüber war ich überglücklich, ich hoffte zumindest, dass sie es war. Sie schickte mir eine Einladung, um vor der Kamera zu sprechen. Um mich zu schützen, hatte ich meine eigene Kamera ausgeschaltet, aber es war wirklich Yasemin.

Sie hatte sich sehr verändert. Wie glücklich war ich, als ich sie sah.

»Ich bin auf dem Weg Richtung Frankfurt, aber ich wollte nicht weiterfahren, ohne bei dir vorbeizuschauen«, sagte sie. Die Welt war meine gewesen. Auf der Stelle stimmte ich einem Treffen zu. Über ihre Nachricht war ich sehr glücklich.

In anderthalb Stunden wollten wir uns treffen, nach acht Jahren. Sie können sich nicht vorstellen, wie ich diese anderthalb Stunden verbracht hatte. Ich war auf dem Höhepunkt der Freude und Aufregung. Eilig ging ich zu der Adresse, an der wir uns treffen wollten. Kaum hatte ich mich hingesetzt, kam Yasemin schon.

»Was für ein wunderschöner Ort, der an das Hochland erinnert«, waren ihre ersten Worte. Wir umarmten uns aufrichtig ... Dann, als wir beide glücklich auf unseren Plätzen saßen und uns mit einer Hand festhielten, sagte sie: »Herzlichen Glückwunsch zu deinem Buch, Nurgül!« Ich bedankte mich und sagte ihr, dass die Verlage geschummelt hatten, dass ich hart daran gearbeitet hatte, mir viel Mühe gegeben hatte, aber meine Begeisterung für meine täglichen positiven und negativen Aktivitäten verloren hatte. Auf sehr verständnisvolle Weise meinte sie: »Ich verstehe.« Ihre Hand lag immer noch auf meiner.

Yasemin hatte ihr Image komplett verändert. Vor mir stand eine Geschäftsfrau. Eine wundervolle Ansicht, meine schöne Yasemin. »Vielleicht motiviert es mich nach unserem Treffen heute und ich kann meine Arbeit beenden. Darf ich dich wiedersehen und treffen?«, fragte ich lächelnd. Sie war entzückt, ihre hoffnungsvollen blauen Augen lächelten mich an.

In Eile sagte Yasemin mir: »Ich kann nicht länger als fünfzehn Minuten bleiben. Ich muss meinen Weg fortsetzen. Du bist erfolgreich, ich folge dir, auch wenn du es nicht weißt. Auch wenn ich nicht alles weiß, weiß ich, dass du viel durchgemacht hast. Du bist erschöpft, was hat dich traurig oder müde gemacht?«, erkundigte sie sich. Auf diese Dinge wollte ich nicht eingehen, tatsächlich hatten wir nur fünfzehn Minuten und es waren schon fünf Minuten vergangen.

So sehr hatte ich gehofft, sie würde mir ihre Telefonnummer oder Kontaktinformationen hinterlassen. Jedoch versuchte Yasemin zu erklären, dass sie mir keine Kontaktinformationen geben konnte, weil sie mich nicht in Schwierigkeiten bringen wollte. Es wäre besser so, weil sie an mich dachte, weil sie nicht wollte, dass ich verletzt werde.

Welcher Schaden? Wovon sprach Yasemin? War sie in Gefahr? Innerlich zerfraß es mich. Dieses Treffen hatte mich sehr nachdenklich gemacht. Sie hatte mir nicht einmal gesagt, in welcher Stadt sie lebte. Wie wahrscheinlich war es, dass so etwas passieren würde.

Die Zeit des Abschieds nahte. Das Treffen war sehr kurz und wir hatten uns noch so viel zu erzählen … »Es ist notwendig, den Passagier auf den Weg frei gehenzulassen, sagt ein türkisches Sprichwort. Entschuldige, Nurgül«, bedauerte sie, stand auf und näherte sich einer Umarmung. Nachdem sie mich geküsst und umarmt hatte, ließ sie plötzlich einen Sprachaufzeichnungsassistenten in meine Hand fallen. Darin befand sich eine Kassette.

Entgeistert starrte ich Yasemin an. Sie ging weg, ohne zurückzublicken. Ich starrte ihr nach, bis sie außer Sicht war. Die Aufregung war auf dem Höhepunkt. Tausende von Fragen gingen mir durch den Kopf, aber sie war weg.

Bevor ich ging, wollte ich die Rechnung bezahlen und rief den Kellner. »Bezahlt!«, erwiderte er einsilbig. Die ganze Zeit hatte sie mich nie aus den Augen gelassen. Auf dem Weg zu meiner Wohnung dachte ich darüber nach, wie sie mit einem Wimpernschlag die Rechnung bezahlen konnte.

Die Audioaufnahme von Yasemin wollte ich so schnell wie möglich hören. So bereitete ich alles vor und widmete meine ganze Aufmerksamkeit der Kassette.

»Vieles hat sich in meinem Leben verändert, seit wir uns kennengelernt haben und seitdem wir uns nicht mehr gesehen haben. Es sind unvorhersehbare Veränderungen aufgetreten. Meine Geschwister sind immer noch bei mir und sie werden bei mir bleiben, solange sie wollen, so Gott will. Ich habe mich nie aufgegeben und bin heute dieselbe Yasemin, wie früher. Kiraz macht ihr Abitur, um sich auf die Universität vorzubereiten. Suat ist ein Musterknabe. Er hat sein Abitur als zweit

Bester mit Auszeichnung absolviert und studiert jetzt. Ich hoffe, dass er genauso erfolgreich sein Studium absolviert. Es ist fast so weit, ich bin geduldig. Nach meiner Berufsausbildung habe ich mich in der Meisterschule eingeschrieben und meinen Meisterbrief erfolgreich erhalten. Jetzt betreibe ich drei Salons, alle drei gehören mir. Aber wir arbeiten Tag und Nacht. Dies sind die ersten Informationen über uns, die in den 8 Jahren geschehen sind ...

Aber in diesen acht Jahren hat sich viel angesammelt. Viele Dinge haben sich in meinem Leben verändert. Während ich meine vergangenen Erfahrungen aufgezeichnet habe, konnte ich alles verdauen und mir wurden die Augen geöffnet. Ich fühle eine Verbesserung in mir und gleichzeitig eine Erleichterung. Ich kann sagen, es fühlte sich an wie eine Therapie. **Reden** ist wirklich entspannend. Gut, dass du mir damals gesagt hast, ich solle reden. Diese Aufzeichnung wird sehr kurz sein. Wenn ich Zeit habe, möchte ich wieder mit den Aufnahmen beginnen und dir Audioaufnahmen senden. Deshalb habe ich dir diesen Aufnahmeassistenten überlassen, nachdem ich mich verabschiedet habe.

Yasemin beendete ihren Kampf; auf der Suche nach **Rache**... Yasemin begann sich in diesen acht Jahren nach und nach zu rächen. Ich habe keine Eile, ich werde sehr bald alle Rechnungen einzeln bezahlen lassen.«

„ICH STEHE ÜBER MEINEM KAMPF.
JETZT IST ZEIT FÜR RACHE!!!"

Mit diesen Worten hatte Yasemin ihre Aufnahme beendet:

»Ich habe meinen Kampf überlebt,

jetzt ist es Zeit für Rache.«

Das bedeutet, dass Yasemins Rache 3 uns erwartet.

Warten wir ab ...

LESERKOMMENTARE

»Hallo Nurgül, ich habe heute das Cover Ihres zweiten Buches gesehen. Ich verfolge Ihre Seite und habe gesehen, dass die Leute ihre Meinung mit Ihnen teilen können, nachdem sie Ihre Bücher gelesen haben. Ich wollte auch etwas dazu schreiben, denn das Thema, das Sie geschrieben haben, beinhaltet wirklich die heutigen Probleme. Es muss gelesen und verbreitet werden, denn dieses Buch ist der Beweis dafür, wie stark ein Mensch sein kann. Manchmal sage ich: Wenn all diese Übel von dieser Welt ausgelöscht werden könnte, wenn nur das Gute bliebe, aber ich weiß, dass dies unmöglich ist. Ich hoffe, dass eines Tages all das Schlechte korrigiert wird und alle Yasemins glücklich sind.«

ANONYM

»Hallo Schwester Nurgül, ich gratuliere dir von ganzem Herzen. Ich habe beide Bücher gelesen. Hat Yasemin das alles wirklich erlebt? Es ist so schwer zu glauben. Wenn ich es wäre, wäre ich entweder ein Mörder oder ein Opfer, das auf den Tod wartet. Ich freue mich, dass du diese Bücher geschrieben hast. Ich hoffe, sie geben jemandem Hoffnung. Ich glaube, es wird so sein! Ich freue mich dich zu kennen. Ich liebe dich.«

Ecem DÖNMEZ

»Hallo Nurgül, ich habe deine beiden Bücher gelesen. Ich gratuliere dir. Nachdem ich dieses Buch beendet hatte, wollte ich unbedingt Yasemin kennenlernen. Sie ist wirklich ein starker und mutiger Mensch. Damit könnte nicht jeder umgehen. Herzlichen Glückwunsch zu deiner Schriftstellerei. Ich werde sehnsüchtig auf deine neuen Bücher warten.«

ANONYM

»Sehr geehrte liebe Frau Nurgül. Ich bin Mitglied im Frauenhilfeverein. Ich habe Ihr Buch mit großer Bewunderung gelesen. Ich möchte mit Ihnen privat über Ihr Buch sprechen. Wie auch immer Ihre Zeit es erlaubt. Wir können schöne und positive Projekte rund um Ihr Buch realisieren. Wir können das Projekt meiner Idee als Team mit den Mitgliedern der Solidaritätsplattform der Frauenbranche verwirklichen. Als Team stehen wir hinter Ihnen bei der Ankündigung, nein zu Gewalt gegen Frauen zu sagen und nicht zu schweigen. Möge Ihr Erfolg immer weiter höher steigen. Mit freundlichen Grüßen.«

ANONYM

»Ein grausames Leben! Ich habe Yasemins Kampf beendet. Mein Herz war zerrissen. Beim Lesen habe ich es mir zur Pflicht gemacht, da Sie es als Ihre Pflicht empfinden, dieser Stimme Tausenden Gehör zu verschaffen. Titelbilder sind perfekt stimmig, passend zum Cover und sorgfältig ausgewählt, Lektorat und Korrekturlesen vorhanden, Qualität ist perfekt. Herzlichen Glückwunsch, es ist eine gelungene Arbeit.«

ANONYM

»Liebe Frau Nurgül, endlich habe ich Sie in den sozialen Medien gefunden. Ich konzentrierte mich auf Yasemins Serie. Schob meine Arbeit beiseite und fand mich direkt im Thema wieder. Das wirkliche Leben war mein Interessengebiet. Das Buch hat meine Erwartungen übertroffen. Es war schnell gelesen, aber die Wirkung hält immer noch an. Wird es Serie drei geben? Wie ist Yasemins richtiger Name? Redest sie noch mit Ihnen? Vielen Dank, dass Sie ein interessantes Buch veröffentlicht haben. Möge Ihre Schriftstellerei ein Erfolg nach dem anderen erlangen.«

ANONYM

»Hallo. Ich wollte Ihnen über Ihre Bücher schreiben. Ich kann sagen, es ist eines der besten Bücher, die ich je gelesen habe. Normalerweise lese ich lieber Bücher über das wahre Leben, das hat mich schon immer fasziniert. Tatsächlich habe ich jedes Mal, wenn ich ein Buch kaufe, absolutes Zögern, aber dann bin ich zufrieden und beobachte, dass die Bücher, die ich als Nachtlektüre verwende, zunehmen. Genau das ist in Ihren beiden Büchern passiert. Ich habe das erste Buch in einem Atemzug zu Ende gelesen und sofort das zweite Buch zur Hand genommen, und es war in einem Atemzug fertig. So zu schreiben erfordert solide Psychologie und Erfahrung. Soweit ich das sehen kann, steht Ihnen das alles zur Verfügung. Ich gratuliere Ihnen sehr. Ich hoffe, Sie schreiben immer die Wahrheit. Mit Liebe.«

ANONYM

»Hallo liebe Nurgül, ich habe deine beiden Bücher gelesen. Ich möchte dir zu dem von dir gewählten Thema gratulieren. Es erfordert großen Mut, diese Bücher zu schreiben. Vor allem gratuliere ich dir zu deinem Mut und Ehrgeiz. Ich hoffe, dass mit diesem Buch alles, was du dir vorgenommen hast, in Erfüllung geht. Freundliche Grüße.«

Nuran ALAGÖZ

Matilda Türkçe

Savaşın İçinden Bir Kelebek

Sert Kapak - İnce Kapak - e-kitap

Matilda Deutsch

Ein Schmetterling inmitten des Krieges

Paperback - Hardcover - e-book

Matilda English

A butterfly through the war

Paperback - Hardcover - e-book

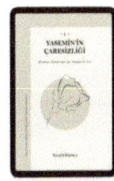

Yasemin'in Çaresizliği - 1 Türkçe

Binlerce Yasemin'den Bir Yasemin'in Sesi

Sert Kapak - İnce Kapak - e-kitap

Yasemin'in Savaşı - 2 Türkçe

Binlerce Yasemin'den Bir Yasemin'in Sesi

Sert Kapak - İnce Kapak - e-kitap

Yasemin'in İntikamı - 3 Türkçe

Binlerce Yasemin'den Bir Yasemin'in Sesi

Sert Kapak - İnce Kapak - e-kitap

Yasemins Verzweiflung - 1 Deutsch

Eine Stimme unter Tausenden

Paperback - Hardcover - e-book

Yasemins Kampf - 2 Deutsch

Eine Stimme unter Tausenden

Paperback - Hardcover - e-book

Yasemins Rache - 3 Deutsch

Eine Stimme unter Tausenden

Paperback - Hardcover - e-book

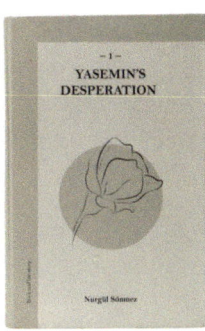

Yasemins Desperation - 1 English

One voice among thousands

Paperback - Hardcover - e-book

Yasemins Struggle - 2 English

One voice among thousands

Paperback - Hardcover - e-book

Yasemins Revenge - 3 English

One voice among thousands

Paperback - Hardcover - e-book

1001 Gece Yerine Bin Bir Gün Türkçe
"Özgürlüğe süzülen bir mülteci"
Sert Kapak - İnce Kapak - e-kitap

Statt 1001 Nacht - Tausendundein Tag Deutsch
"Weg in die Freiheit"
Paperback - Hardcover - e-book

Instead Of 1001 Night – One Thousand and One Day English
"A refugee soaring to freedom"
Paperback - Hardcover - e-book

Maarouf Türkçe

"Vatanı tarafından terk edilmiş bir adamın, inanılmaz öyküsü"

Sert Kapak - İnce Kapak - e-kitap

Maarouf Deutsch

"Ein Mann, der von seiner Heimat verlassen wurde"

Paperback - Hardcover - e-book

Maarouf English

"The incredible story of a man abandoned his homeland by force"

Paperback - Hardcover - e-book

■ **Sunduğumuz hizmetler:**

Almanca, İngilizce, Fransızca ve Türkçe dillerinde uzman edebi kitap çevirileri.

• Editörlük - Almanca, İngilizce, Fransızca, Türkçe
• Düzeltme - Almanca, İngilizce, Fransızca, Türkçe

Siz de eser(ler)inizin çevirisini yapmak ve ek hizmetlerimizden (redaksiyon, düzenleme, kitap kapağı tasarımı, illüstrasyon & kitap dizgisi) yararlanmak istiyorsanız bize ulaşın.

▷ Talebinizi bize e-posta ile gönderebilirsiniz.

■ **Nous offrons:**

Des traductions littéraires professionnelle des livre en allemand, anglais, française et turc.

• Lectorat - Allemand, Anglais, Français, Turc
• Lecture de correction - Allemand, Anglais, Français, Turc

Vous êtes également intéressé par la traduction littéraire de votre ou vos œuvres et par le bénéfice de nos services complémentaires (relecture, correction, conception de couvertures de livres, illustration et composition de livres).

▷ Alors envoyez-nous votre demande par e-mail.

Wir bieten:

In den Sprachen **Deutsch, Englisch, Französisch & Türkisch** fachgerechte literarische Buchübersetzung an.

• Lektorat
- Deutsch, Türkisch, Englisch, Französisch

• Korrekturlesen
- Deutsch, Türkisch, Englisch, Französisch

Sie haben auch Interesse eines Ihrer Werke zu Übersetzen? Dann schreiben Sie uns gerne ein Email.

We offer:

Professional literary book translation in **German, English, French & Turkish.**

• Editing
- German, Turkish, English, French

• Droofreading
- German, Turkish, English, French

MERHABA HALLO HELLO

Nurgül Sönmez
- Schriftstellerin -

📘 nurgulsonmez
✉ ns.nurgulsonmez@gmail.com
📷 nurgulsonmezofficial

■ **Wir bieten:**

In den Sprachen Deutsch, Englisch, Türkisch und Französisch fachgerechte literarische Buchübersetzung an. Zusätzlich;

• Lektorat - Deutsch, Englisch, Türkisch, Französisch
• Korrekturlesen - Deutsch, Englisch, Türkisch, Französisch

Sie haben auch Interesse Ihr Werk oder Ihre Werke literarisch zu Übersetzen und von unseren zusätzlichen Dienstleistungen zu profitieren (Lektorat, Korrekturlesen, Buchcover Design, Illustration & Buchsatz).

▷ Dann schicken Sie uns Ihre Anfrage per Email.

■ **We offer:**

Professional literary book translation in German, English, Turkish and French.

• Editing - German, English, Turkish, French
• Droofreading - German, English, Turkish, French

You are also interested in literary translation of your work(s) and benefit from our additional services (Editing, droofreading, book cover design, illustration & book typesetting).

▷ Then send us your request by email.